Traudi Schlitt

Tod im Beinhaus

Ein Alsfeld-Krimi

Bibliographische Information der Deutschen Nationalbibliothek

Die Deutsche Nationalbibliothek verzeichnet diese Publikation
in der Deutschen Nationalbibliographie, detaillierte bibliographische Daten sind im Internet über http://dnb.d-nb.de abrufbar.

1. Auflage: September 2023

Umschlaggestaltung: Maike Lindner Mediendesign

Umschlagfotos: Traudi Schlitt / Merci photography by Steffi Wittich

Alsfeld-Karte: Vobitz

Herstellung und Verlag: BoD – Books on Demand, Norderstedt.

ISBN 9783757851873

Für alle, die Alsfeld so mögen wie ich.

Alsfeld!
Klein, aber bunt - hier sind alle Akteurinnen und Akteure!

Maris Frauentruppe:

Yasemin Erdal, Reinigungsfachkraft

Petra Lorenz, Wirtin des märchenhaften B&B

Mari Reul, Buchhändlerin

Tine Waterfeld, freie Journalistin

Olga Winter, Podologin

... in Maris Buchladen:

Jannis Blum, Abiturient, Aushilfe

Klaus Reul, Mitarbeiter, Maris Bruder

Milena Waterfeld, Auszubildende, Tochter von Maris
Freundin Tina

Herbert, Maris großer Hund

... rund um die Polizei:

Matthias Alt, Hausmeister

Thomas Eisenträger, Kriminalkommissar

Clara Faust, Staatsanwältin

Nadine Paulsen, Polizeiobermeisterin, Schwiegertochter
von Maris Freundin Petra

Daniel Rensch, Kriminaltechniker

Dr. Susanne Weber, Gerichtsmedizinerin

Simon Winter, Polizeiobermeister, Sohn von Maris
Freundin Olga

Gabi vom Amtsgericht

... in und um Alsfeld:

Alex Baier, ehemaliger Geschäftsführer eines Autohauses

Helmut Becker, Wirt

Lisa Berger, Wirtin

Fynn Bergmann, Sekretär der Bürgermeisterin

Bettina Bücking, Rechtsanwaltsgehilfin, Ehefrau von Siegfried Bücking

Siegfried Bücking, pensionierter Richter, Stadtarchivar, Ehemann von Bettina Bücking

Alexander, Sebastian und Miriam Bücking, Kinder des Ehepaars Bücking

Manuela Döring, alte Bekannte

Doro Fischer, alte Bekannte

Harald Fischer, alter Bekannter

Rosa Fliege, Ladeninhaberin

Vera Horchler, Studienrätin und Vorsitzende des Geschichts- und Museumsvereins

Frieda Kaiser, ehemalige Verkäuferin

Ingrid Knieling, Mitarbeiterin im Bürgerbüro, Ehefrau von Roman Knieling

Roman Knieling, Lehrer, Ehemann von Ingrid Knieling

Nils Lorenz, Lehrer, Ehemann von Nadine Paulsen, Sohn von Maris Freundin Petra

Frank Mertens, Journalist

Thorsten Michaelsen, Anwalt

Walter Michels, Rentner

Felizitas Müller, Journalistin

Hilde Schmidt, Ladeninhaberin

Xenia Meyerhof, Wirtin

Jonas Schäfer, Mitarbeiter Amazon

Leon Schäfer, Mitarbeiter Amazon

Christian Schaufuß, Zahnarzt und Erster Stadtrat, Ehemann von Corinna Schaufuß

Corinna Schaufuß, Mitarbeiterin im Bürgerbüro, Ehefrau von Christan Schaufuß

Sabine Schlegel, Inhaberin einer Metzgerei, Schwester von Thomas Eisenträger

Rico Schlegel, Metzger, Schwager von Thomas Eisenträger

Luise Schön, Bürgermeisterin

Helga Schultz, Friseurmeisterin

Manuel Schwab, Inhaftierter

Yvonne Schwab, Ladeninhaberin

Laura Siewert, Studentin

Michael Townsend, Psychotherapeut

Britta von der Bäckerei

Schwester Hildegard vom Alsfelder Krankenhaus

Jupp, Obdachloser

Tobi vom Ordnungsamt

... und sonst so:

Bea, Annika und Antonia Eisenträger, Thomas' Familie

Erdal, Nesrin und Merve Özlüg

Sonja Reiter, Schulsekretärin

Peter Wiegand, Lehrer

Alfredo, Inhaber der Lieblingspizzeria der Polizei

Antonio, bofrost-Fahrer

Dinesh Sing, Achtsamkeitstrainer

Julian und Marcel aus Bad Hersfeld

Mandy, Verkäuferin, Ralfs Frau

Ralf, Thomas' Freund und Kollege aus Weimar, Mandys Mann

Dr. Wehner, Untere Wasserschutzbehörde

Gut zu wissen (wenn man nicht aus Alsfeld ist):

„Schnuggel" ist oberhessisch und steht für Süßigkeiten.

Das „Schöppchen" ist ein feines Bier aus dem Vogelsberg.

Und das Beinhaus, das Gebäude, das das Stadtarchiv beherbergt, diente tatsächlich als Beinhaus: In seinem Gewölbe wurden die Gebeine aus dem alten Friedhof aufbewahrt.

Alsfeld, Marktplatz

Beinhaus

Bürgerbüro
und Fußpflegepraxis

Buchladen

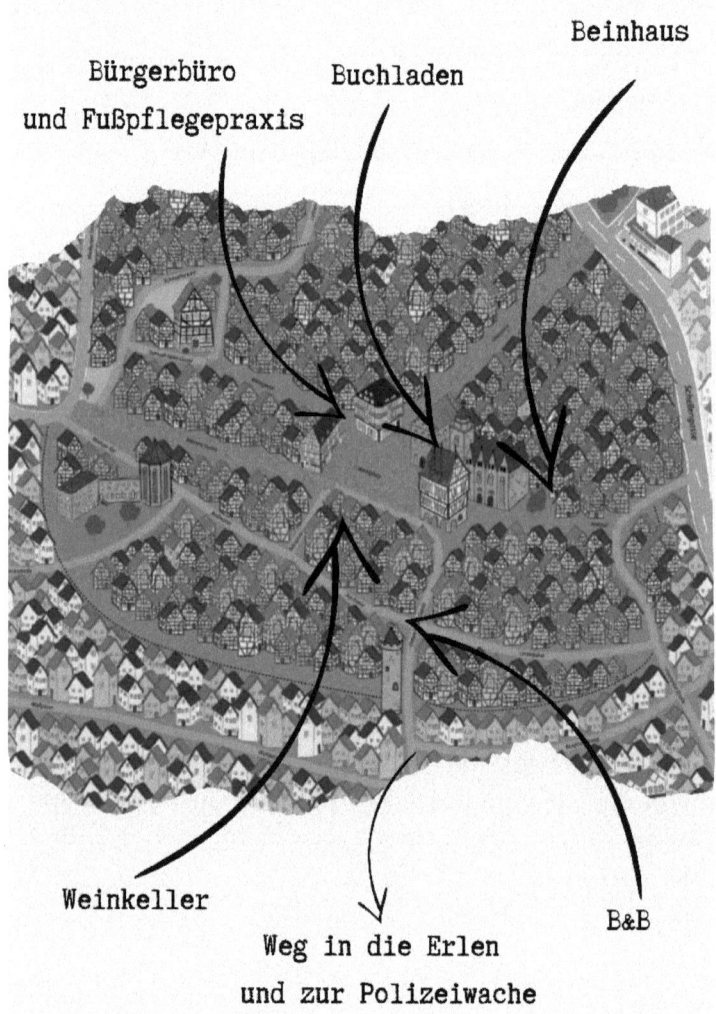

Weinkeller

Weg in die Erlen
und zur Polizeiwache

B&B

1

Dienstagmorgen.

Die Türme des Alsfelder Rathauses ragten in den strahlendblauen Sommerhimmel, der sich wie immer von allen Unbilden unter ihm unbeeindruckt zeigte und seine Bläue selbst an dieses erste Corona-Jahr 2020 verschwendete. Nur der Turm der Walpurgiskirche, die sich seit fünfhundert Jahren in direkter Nachbarschaft zum Rathaus und damit auch stets in Konkurrenz mit dem großbürgerlichen Fachwerkhaus befand, war noch höher als dessen beide Türme – selbst wenn man die Kugelaufsätze mitmaß. Zu Füßen der beiden Bauwerke tat sich eine große Baugrube auf: Die Sanierung des Alsfelder Marktplatzes kurz vor dem achthundertjährigen Stadtjubiläum war und blieb ein Politikum, ein Thema, das die Alsfelderinnen und Alsfelder gerne lang und breit diskutierten.

Marianne Reul, genannt Mari, kannte das zur Genüge. Auch ihr Haus säumte den historischen Platz mit dem schwarzglänzenden Basaltpflaster – es war das älteste Haus in dem viel bewunderten Ensemble. Und nicht selten sammelten sich vor dem Eingang zu ihrem Buchladen „Lesen mit Genuss" kleine Menschentrauben, die sich ausführlich über die neuesten Funde in den Katakomben ihrer Stadt austauschten. Sie redeten über die Notwendigkeit oder Überflüssigkeit neuer, rutschsicherer Pflastersteine, über die Unfähigkeit der städtischen Bauabteilung oder wahlweise deren Weitsicht. Und sie beschwerten sich über die noch nicht weit genug vorangeschrittenen Planungen zum achthundertjährigen Stadtjubiläum in zwei Jahren. Manchmal gab es auch ein Lob für die Pläne des regen Teams um den Ersten Stadtrat Christian Schaufuß. Selten waren die Menschen hier einer Meinung und wenn es den Anschein hatte, es könne doch vorkommen, dann schwenkte schnell jemand um – wo käme man denn hin, wenn mit einem allseitigen Nicken eine vielversprechende Diskussionsrunde am Morgen bereits nach drei Minuten zu Ende gehen würde! Nur darin, dass das Verhalten von Bürgermeisterin Luise Schön einer solch altehrwürdigen Stadt mehr als unwürdig war, waren sich dann doch fast alle einig. „'Promiskuitiv' heißt das, hat jetzt mein Enkelsohn gemeint", gab der Rentner Walter Michels zum Besten. Obwohl die meisten in seiner Gesprächsrunde das Wort nicht kannten, wussten sie instinktiv, was gemeint war. „Sexuell freizügig" war noch das Freundlichste, was die Alsfelder über die privaten Aktivitäten ihrer Bürgermeisterin sagten. Erdrutschartig hatte Luise Schön bei der letzten Kommunalwahl den Platz in einem der schönsten Amtszimmer Hessens gewonnen, die alten Genossen mussten sich mehr als einmal die Augen wischen, als mit ihr eine Frau ins Rathaus einzog, noch dazu eine Grüne – mit der CDU als Koalitionspartner. Was war da nur passiert in ihrer alten, verlässlichen, roten Stadt? Und wie viele Männer mochten wohl für die Frau gestimmt haben, die mit strahlendem Lächeln von ihren Wahlplakaten verkündet hatte „SCHÖN für Alsfeld". Dass die SPD mit ihren letzten amtierenden Bürgermeistern für ein erhebliches Maß an Frustration selbst bei ihren allertreuesten Wählern gesorgt hatte, lag auf der Hand. Doch jahrzehntelang hatte dies keinerlei Konsequenzen gehabt – warum also jetzt? „Die Zeiten werden als verrückter", meinte Helga Schultz, Inhaberin eines Friseurgeschäfts in der Obergasse in schönstem Oberhessisch und ergänzte: „Und jetzt mit dem Corona werden alle, die erst schon ein wenig schräg waren, noch schräger." Sie wusste, wovon sie sprach, denn in ihrem Friseursalon wurde ja nicht weniger besprochen als vor dem Buchladen, im Eiscafé oder vor Rosa Flieges kleinem Zeitungs- und Schnuggelladen, wo man sich ebenfalls stets gerne auf ein Schwätzchen traf.

Auch heute gab es wieder viel Gesprächsstoff. Mari, die über dem Buchladen wohnte und deren Fenster weit offenstanden, hörte alles unfreiwillig mit an. Während der Bauarbeiten auf dem Marktplatz waren neben einer sehr alten noch nicht zugeordneten Mauer unter dem weggeräumten Pflaster auch Münzen gefunden worden, um die es schon Streit gab, noch bevor Mari ihren Laden aufgeschlossen hatte. „Ich warne Sie, Herr Bücking", hörte Mari die durchdringende Stimme von Vera Horchler. Die Geschichtslehrerin und Vorsitzende des Alsfelder Geschichts- und Museumsvereins klang stets so, als wäre sie furchtbar aufgeregt. Selbst, wenn es gar keinen Grund für eine Aufregung gab, überschlugen sich die Laute, die sich alle gleichzeitig aus ihrer Kehle zu lösen schienen und sich auf dem Weg von dort zu ihren Lippen nur mühsam zu einem verständlichen Satz sortierten, bis sie daraus hervorpurzelten. Man kann sich denken, dass diese Art zu sprechen nicht nur in ganz Alsfeld bekannt war und imitiert wurde, auch die Schülerinnen und Schüler des Alsfelder Gymnasiums ließen keinen Abiball aus, ohne die durchaus ansehnliche und sehr gebildete Frau nachzuäffen. Vera Horchler hatte sich daran gewöhnt. Kein Sprechtraining, keine Logopädie, nichts hatte ihr geholfen. Schließlich war es ein Coaching bei dem berühmten indischen Achtsamkeitstrainer Dinesh Singh, zu dem sie ein Jahr lang jede Woche für viel Geld nach Frankfurt gefahren war. „Lerne, dich in deiner Ganzheit zu lieben", hatte er ihr als Mantra mitgegeben und dieses mit gekonnten praktischen Maßnahmen unterstützt, an die Vera Horchler auch jetzt noch gerne zurückdachte. „Ich liebe mich in meiner Ganzheit", sagte sie sich morgens vor dem Spiegel das erste von siebzehn Malen an einem Tag – es half ihr. Sie fühlte sich zumindest wegen ihres Sprachfehlers nicht mehr antastbar und hatte erfolgreich für den Vereinsvorsitz kandidiert. „Ich warne Sie, Herr Bücking", schrie also Vera

Horchler an diesem Morgen, „wenn Sie glauben, dass Sie nur eine Münze aus diesem Fund zur Begutachtung bekommen, dann sind Sie auf dem Holzweg. Dr. Wehner von der Unteren Denkmalschutzbehörde ist schon unterwegs und wird alles, was wir gefunden haben und hoffentlich noch finden, mitnehmen." „Das kann er gar nicht, Sie alte Schnepfe", konterte der Stadtarchivar gewohnt uncharmant. „Die Münzen gehören der Stadt und weder Ihnen noch dem Amt für Denkmalschutz – Sie sind auf jeden Fall die Allerletzte, die das, was ich für den Schatz vom Silberbul halte, in die Finger bekommt." „Ach was, Schatz vom Silberbul", fauchte Vera Horchler angewidert zurück. „Der ist doch nur eine Erfindung von Brodhäcker. Das weiß doch jedes Kind. Wie können Sie nur auf so einen Unsinn hereinfallen – da sieht man mal, wo ihre geistigen Kapazitäten aufhören."

Mari pflichte heimlich der Lehrerin bei – als Buchhändlerin und Kind der Stadt kannte sie alle Geschichten des vor wenigen Jahren verstorbenen Lokaljournalisten –, aber sie hatte genug gehört. Sie saß noch am Fenster ihrer Wohnung über dem Buchladen und frühstückte. Unterhaltungen dieser Art brauchte sie dabei gerade heute nicht. Antonio hatte abgesagt, dabei hatte sie sich so auf das Treffen mit ihm gefreut. Er musste eine Tour für einen erkrankten Kollegen übernehmen und kam daher nicht an Alsfeld vorbei. Schade. Sie schloss das Fenster und verdrückte die zweite Hälfte ihres Nutellabrötchens. Wie in ihrer Kindheit leckte sie die überschüssige Nusscreme, in die sich ihre Fingerkuppen gedrückt hatten, ab. Dazu nahm sie einen großen Schluck schwarzen Kaffee aus einer blauglasierten Tasse, die ihr Name zierte, und machte sich mit der aufgefüllten Tasse langsam die alte Treppe hinunter, um ihren Laden aufzuschließen.

„Das wird noch was Schönes geben bei uns", hörte Mari die Befürchtungen der Morgenrunde jetzt direkt vor der Tür. Die beiden Streithähne waren indes verschwunden. Vera Horchler musste zum Unterricht und schon fehlte Siegfried Bücking die Gegnerin. Kopfschüttelnd hatte er sich auf den Weg ins Marktcafé gemacht. Für den pensionierten Richter war dort stets ein Platz reserviert. Jeden Morgen trank er dort seinen Earl Grey und las dazu ausgiebig die Oberhessische Zeitung. Und zwischendurch hob er mehr als einmal den Kopf: Nichts von dem, was in seiner Stadt vorging, sollte ihm entgehen. „Also, ich glaube nicht, dass die Stadt jetzt schon groß was plant zum Jubiläum – man weiß ja auch gar nicht, wie das mit dem Corona weitergeht", änderte Frieda Kaiser das Thema. Die ehemalige Verkäuferin war täglich in ihrer Heimatstadt unterwegs und genoss es, dass man sich nun nach Monaten des Lockdowns endlich wieder treffen konnte – so ein Schwätzchen auf dem Marktplatz war für die Zweiundneunzigjährige das reinste Lebenselixier. „Aber in zwei Jahren wird das ja wohl mal vorbei sein", zeigte sich Alex Baier, ehemaliger Geschäftsführer eines angesehenen Alsfelder Autohauses zuversichtlich. „Ich habe jedenfalls nicht den Eindruck, dass im Rathaus groß was passiert", warf die Friseurin ein, „zumal der Christian ja seit gestern auf dem Kreuzberg ist." „Der Herr Schaufuß", fragte Walter Michels nach, „auf dem Kreuzberg, bei den Mönchen? Was will er denn da?" „Einkehrtage", erwiderte Helga Schultz wissend. Sie hatte das erst gestern in ihrem Salon erfahren, den sie jetzt dringend mal aufsuchen musste. „Wahrscheinlich muss er sich von seiner anstrengenden kommunalpolitischen Arbeit erholen", mutmaßte Alex Baier und zwinkerte der Friseurin verschwörerisch zu.

Da klackerte es auf dem Marktplatz – ein Geräusch, an das sich alle hier ansässigen Ladeninhaber seit der letzten Wahl im vergangenen Jahr gewöhnt hatten: Bürgermeisterin Luise Schön war auf dem Weg zu ihrem Arbeitsplatz. Niemals würde sie auf ihre High Heels verzichten, die ihre ohnehin schon langen Beine perfekt machten. Mehr gab es dazu nicht zu sagen. Oder doch: Die perfekten Beine steckten in edlen beigen Bouclé-Shorts, zu denen die Bürgermeisterin ein schlichtes Seidenshirt und die passende Jacke trug. Ihre langen Haare fielen in sanften dunkelbraunen Wellen über ihre Schultern und wer konnte, Mann oder Frau, schaute ihr nach. Obwohl sie eine unglaubliche Erscheinung war und ihrem Namen alle Ehre machte, hatte Luise Schön im Wahlkampf mit ihrer Kompetenz bestochen: Sie war nach ihrem Studium der VWL und Ökologie zunächst Trainee bei einem großen Stromanbieter in Norddeutschland geworden, dort aber schnell aufgestiegen und war lange Zeit als Prokuristin die rechte Hand des Geschäftsführers. Mehr und mehr war ihr jedoch klar geworden, dass Ökologie und fossile Energiegewinnung für sie nicht mehr zusammenpassten – auch nicht mehr als Übergang. Sie war den Grünen beigetreten und hatte sich dadurch im Konzern nicht gerade beliebt gemacht, auch wenn sie an vielen Stellen große Sympathien genoss. Diese waren aber mehr persönlicher als geschäftlicher Natur. Luise hatte zwar auch mit ihrem brillanten Verstand und großartigen analytischen Fähigkeiten gepunktet und insgesamt ein gutes Standing, aber als sie vorschlug, dass ihr Stromkonzern bis zum Jahr 2025 CO2-neutral werden sollte, legte man ihr nahe, das Unternehmen zu verlassen. Zeitgleich verstarb ihre Großmutter, die ihr ein kleines Häuschen direkt am Schnepfenhain vermachte – ein Zeichen für die gebürtige Alsfelderin, wieder in ihre Heimatstadt zurückzukommen. Sie bewarb sich bei einem ortsansässigen Unternehmen, das in der Energiebranche tätig war, und arbeitete aktiv bei den Grünen mit. Als die ALA, die Alternative Liste aus

Grünen, Unabhängigen und Linken, sich bei der letzten Kommunalwahl traute, eine eigene Kandidatin aufzustellen, war sie die erste Wahl. Trotz ihres guten Auftretens, ihrer Verbindlichkeit und Kompetenz rechnete ihr niemand eine Chance aus. Falsch gedacht. Die Gegenkandidaten von CDU und SPD waren zu schlecht. Die Alsfelder entschieden sich am Ende für eine grüne Frau. SCHÖN für Alsfeld. Ohne auch nur den Anflug eines Zauderns durchschritt Luise die Baustelle, grüßte ihre Untertanen und öffnete die schwere Eichentür am Rathaus, um die fünfundzwanzig, von zahllosen Vorgängern ausgetretenen Stufen, zu ihrem Amtszimmer zu erklimmen.

Der Vormittag in der Buchhandlung verlief schleppend. Kurz vor Beginn der großen Ferien lag die Sommerschwüle wie eine wattierte Decke über der Stadt. Herbert, Maris Hund, lag faul in seiner Ecke im Laden. Klaus, Maris Bruder, der ebenfalls im Laden mitarbeitete, hatte sich an dem gemütlichen Gartentisch vor dem Laden niedergelassen, trank sein Zitronenwasser und verwickelte die Passanten in Gespräche. Klaus war drei Jahre jünger als Marianne und nach dem Unfalltod der Eltern gemeinsam mit Marianne im Buchladen der Großeltern aufgewachsen. Seine geistige Behinderung aufgrund des Down-Syndroms schien ihn kaum zu beeinträchtigten. Sein Leben verlief in einem für ihn perfekten Wechsel zwischen betreutem Wohnen, seinen Runden durch die Stadt und der Arbeit im Buchladen. Hier galt er als unterhaltsamer Berater: Wann immer Zeit war, sprach Mari ihm die Titel, die Zielgruppe und die Klappentexte von Büchern auf sein Handy. Er konnte viele von ihnen auswendig, und da er zumindest die Buchtitel anhand ihrer Gestaltung und ihrer Titel, die er fast immer entziffern konnte, erkannte, konnte er stets das eine oder andere Buch empfehlen. Damit verblüffte er insbesondere die vielen Touristen, die sich zunächst nach einer richtigen

Buchhändlerin umgeschaut hatten. Milena, die Auszubildende, hatte heute Berufsschule, doch gleich würde Jannis Blum kommen. Er war ein pickliger, nickelbebrillter Oberstufenschüler, Deutsch-LK, angehender Germanistikstudent, der nach dem Vorbild zahlloser erfolgreicher Autoren (und erfolgloser auch, doch dieses kleine Detail ignorierte er gerne) auch Buchhändler sein wollte, und half, so oft es sein Stundenplan gestattete, in der Mittagszeit im Laden aus. Klaus bestand nämlich auf seiner Stunde Mittagspause, die er im gegenüberliegenden Marktcafé verbrachte. Auch wenn Klaus den Laden seiner Meinung nach ganz gut alleine schmiss, nutzte Mari Jannis' Anwesenheit gerne, um mit Herbert eine Runde zu drehen, kleine Besorgungen zu machen oder sich mit Antonio zu treffen. Heute wartete sie schon auf Jannis, der sich verspätete. Sie hatte das Gefühl, Herbert, der schon bei Jahren war, könne sich mit seinen allzu menschlichen Bedürfnissen nicht mehr lange zurückhalten. Bald müsste sie ihn in den kleinen Innenhof lassen, damit er sich seiner Last entledigen konnte. Aber Herbert war ein großer Hund und entsprechend groß waren seine Hinterlassenschaften. Auf jeden Fall zu groß für einen kleinen Altstadt-Innenhof. Und den Gestank mochte Marianne ehrlich gesagt auch nicht. Lieber ließ sie Herbert auf dem benachbarten Kirchplatz hinter der Walpurgiskirche seine Notdurft verrichten, wo sie dann auch die Doggybag, mit der sie Herberts Würste aufnahm, gleich in den Abfallbehälter warf. Nicht, dass sie etwas gegen die Kirche gehabt hätte, aber es war ihr einfach lieber, dass es dort stank als bei ihr.

Gerade als sie schon gehen wollte, merkte sie, dass im Beinhaus, dem Stadtarchiv auf der anderen Seite des Kirchplatzes, die Tür offenstand. „Prima", sagte sie zu sich selbst, „wenn jemand da ist, bringe ich gleich noch die Bestellung hin." Sie ging zurück in den Laden, wo Jannis sich in die Graphic-Novel-Ecke verkrochen hatte, die Milena in der Buchhandlung eingerichtet hatte. Er schwärmte – wie er glaubte, heimlich – für das stets missgelaunte junge Mädchen, das es hasste zu lesen und nur deshalb eine Ausbildung zur Buchhändlerin machte, weil ihre Mutter Tine mit Mari befreundet war. Außerdem mochte sie den Laden und die Leute darin, was sie natürlich niemals zugegeben hätte.

Mari zeigte Jannis Milenas neueste Erwerbung, das schön gebundene Buch „Habibi", für das sie sich selbst überraschenderweise sehr begeistert hatte, und schnappte sich die Bestellung für das Beinhaus – zwei dicke Bücher zum Thema „Zukunftsperspektiven in mittelalterlichen Städten" – und machte sich noch einmal auf den kurzen Weg zum Stadtarchiv. Beinahe wäre sie mit Corinna Schaufuß zusammengestoßen, die offenbar vom Parkplatz an der katholischen Kirche auf dem Weg zu ihrer Arbeit im Bürgerbüro am anderen Ende des Marktplatzes war. Die beiden grüßten sich kurz und jede ging ihrer Wege. Auf dem Kirchplatz herrschte ein reges Treiben. Die Menschen schienen einfach nur vor die Tür zu wollen und sich zu treffen, wo und wann immer es ging. Die Tür zum Stadtarchiv war jetzt geschlossen, aber Mari konnte sie leicht aufdrücken. Sie ging den kurzen Weg an dem gewaltigen Zeitungsarchiv vorbei und wollte gerade zum Schreibtisch von Siegfried Bücking gehen, als sie über den Stadtarchivar stolperte. Er lag in seinem Blut, mit verrenkten Gliedmaßen und weit aufgerissenen Augen, die aus dem schwer demolierten Gesicht hervorzuragen schienen. Ungläubig starrte er Mari an. Und sie starrte genauso ungläubig zurück.

2

Dienstagmittag.

Als Kriminalkommissar Thomas Eisenträger auf dem Kirchplatz eintraf, hatten die Kollegen von der Bereitschaftspolizei den Bereich schon großflächig abgesperrt. Mari, die so gut wie nie ein Handy bei sich trug, hatte nach dem ersten Schock geistesgegenwärtig reagiert, die Tür zum Beinhaus wieder geschlossen und war zügig zum Laden gelaufen. Von dort hatte sie direkt bei der Polizei angerufen, auf die sie dann vor ihrem Laden wartete. Jannis hatte von all dem nichts mitbekommen, so sehr war er in das neue Buch vertieft. Mari kannte diesen Zustand zwar auch von sich, allerdings fragte sie sich angesichts der völligen geistigen Abwesenheit ihrer Aushilfe, ob nicht vielleicht doch Klaus verlässlicher war. Dieser verfolgte den Polizeibesuch in der Buchhandlung vom gegenüberliegenden Marktcafé, wo er nach dem Essen genüsslich eine Zigarette rauchte. Klaus schien sich zunächst nicht zu wundern, denn Simon Winter und Nadine Paulsen, die beiden Polizisten, kamen öfter im Laden vorbei. Simons Mutter und Nadines Schwiegermutter gehörten zu Maris legendärem Freundinnenkreis und man verstand sich gut. Dennoch sah man ihn unruhig werden: Offenbar spürte er, dass dieses Mal irgendetwas Besonderes vor sich ging. Allerdings hatte er wohl noch nicht bezahlt und konnte nicht einfach gehen. Nach und nach blieben die Passanten stehen, ohne genau zu wissen, was los war: Der Tatort lag zwar abgeschirmt vom Marktplatz hinter der Walpurgiskirche, aber dass etwas in der Luft lag, war nun deutlich spürbar. In der Eisdiele an der Ecke zur Obergasse herrschte um die Mittagszeit reger Betrieb, und das Alsfelder Publikum verfolgte mit großem Interesse, was sich da grade anbahnte. Es dauerte nicht lange, da erschien auch die Bürgermeisterin unter den Bögen des Rathauses, und die Ladenbesitzer schauten aus ihren Geschäften. Corinna Schaufuß blickte vom Bürgerbüro über den Marktplatz zur Buchhandlung, genauso wie Hilde Schmidt vom Tabakladen nebenan und das Team von Ramspeck, dem Alsfelder Laden für alles. Xenia Meyerhof, die Wirtin vom Kartoffelsack, merkte als Erste, dass sich das eigentliche Geschehen hinter der Kirche abspielte, doch bis sich das rumgesprochen hatte, war der Platz schon unter Kontrolle der Polizei. Gottseidank. Thomas atmete auf.

„Geht's dir gut?" Nadine schien besorgt, denn Mari konnte eigentlich so gut wie nichts umhauen. Kalter Schweiß stand der Buchhändlerin auf der Stirn; ihr Gesicht war blass. Mari bat um etwas zu trinken. Sie hielt sich selbst für hart im Nehmen, aber ein solches Blutbad hatte sie noch nie gesehen. Als sie im Beinhaus war, hatte sie nur einen kurzen Blick auf Bücking geworfen, der schrecklich ausgesehen hatte. Von seinem Gesicht war außer den schreckgeweihten Augen nur wenig übrig. Viel Blut und viel Matsche irgendwie. Mari musste würgen. Es war schrecklich. Natürlich hatte auch sie Bücking nicht gemocht, aber er hatte sie zumindest nie angegrabscht oder sie despektierlich behandelt. Im Gegenteil: Er war ihr gegenüber stets über die Maßen respektvoll, was in ihrem Freundinnenkreis schon für den einen oder anderen Kommentar gesorgt hatte: Von heimlicher wahrer Liebe bis hin zu umgekehrtem Mobbing war die Rede gewesen; nichts davon traf zu, aber erklären konnte Mari sich das auch nicht. Jetzt jedenfalls lag der ehemalige Richter in seinem Blut, und für eine versierte Krimileserin wie Mari sah das sehr nach einer Riesenwut mit Tendenz zu einer Beziehungstat aus. Aber noch war sie gar nicht imstande, irgendetwas dazu zu sagen. Sie saß an diesem heißen Sommertag auf der Hollywoodschaukel vor ihrer Buchhandlung und zitterte wie Espenlaub. Auch Herbert hatte gemerkt, dass etwas nicht stimmte. Er wich nicht von Maris Seite und hatte vor lauter Aufregung noch einen Riesenhaufen neben ihren Stuhl gesetzt. Nadine rief die Sanitäter heran, die im Beinhaus ja nichts mehr zu tun vorgefunden hatten. Die zwei jungen Männer kümmerten sich um Mari, die sich langsam erholte und, kaum, dass es ihr besser ging, jede medizinische Hilfe ablehnte. „Heute Morgen hatte Bücking hier einen Riesenkrach mit der Vera", berichtete Mari den beiden Polizisten. Dann bat sie Jannis, der inzwischen doch mitbekommen hatte, dass hier irgendwas nicht stimmte, um ein kaltes Bier aus dem Kühlschrank im Hinterzimmer. Eigentlich trank sie tagsüber nichts, aber das hier war ja nicht eigentlich. Gegenüber im Marktcafé konnte man sehen, wie Klaus langsam unruhig wurde, als er sah, dass sich die Sanitäter über seine Schwester beugten. Er schien froh zu sein, als Helmut Becker, der Wirt vom Marktcafé, zu ihm kam. Doch offenbar wollte auch der erstmal die Lage in Augenschein nehmen und übersah dabei fast, dass Klaus jetzt dringend bezahlen wollte, denn es war noch gar nicht Klaus' Zeit. Dieser hielt Helmut einen Fünfeuroschein hin: „Stimmt so", sagte er, „der Rest ist Trinkgeld." Genauso spielte sich das jeden Mittag ab. Egal, was Klaus aß: Er zahlte immer fünf Euro einschließlich Trinkgeld. Anfangs hatte Mari Helmut noch gebeten, die Differenz aufzuschreiben, damit sie sie zahlen konnte, aber Helmut hatte darauf verzichtet. Er mochte es, wenn Klaus bei ihm im Lokal saß. Er strahlte so eine Ruhe aus, die definitiv damit zu tun hatte, dass er weder Zeit noch Geld kannte. Die fünf Euro waren genauso ein Ritual für Klaus wie die Schläge der Walpurgiskirche, die um eins seine Mittagspause ein- und um zwei ausläuteten.

Kurz nach Kommissar Eisenträger waren Dr. Susanne Weber von der Gerichtsmedizin in Gießen und die Spurensicherung am Tatort eingetroffen. Ihm war es zwar ein Rätsel, warum die fast so schnell waren wie er, der von der Dienststelle In der Au nur einen kurzen Anfahrtsweg hatte, aber egal: So konnten sie gemeinsam den Tatort und die Auffindesituation in Augenschein nehmen und erste Überlegungen anstellen. Einen solchen Tatort hatte Eisenträger selten gesehen. Er war erst vor wenigen Wochen wieder in seine Heimatstadt gezogen und hatte sich noch nicht wieder so richtig eingelebt. Insgeheim hoffte er, dass er bald wieder nach Weimar zurückkehren würde, wo seine Frau mit den beiden fast erwachsenen Töchtern lebte, aber im Moment war seine familiäre Situation etwas verfahren. Das Letzte, was er von seiner Frau gehört hatte, war „Dann geh doch endlich, du Arsch!" Schon vorher war er ausgezogen und hatte zunächst noch in Weimar bei einem Freund gewohnt, sich dann aber kurzfristig für einen Tapetenwechsel entschieden, als sich die Stelle in Alsfeld anbot. In Alsfeld zog es erst einmal vor, möbliert zu wohnen. Seine Vermieterin Petra Lorenz hatte ihm die „Brüder-Grimm-Suite" in ihrer Märchen-Pension überlassen, nachdem er darum gebeten hatte, das ganz in Rosa gehaltene Dornröschenzimmer zu tauschen. Von dem ganzen romantischen Zeug wurde ihm übel. Aus verschiedenen Gründen. Eisenträger wischte die Gedanken an seine drei Frauen weg und sah sich im Beinhaus um. Alles sah nach einem Kampf aus, den Bücking verloren hatte.

Simon war von Maris Buchhandlung über den Kirchplatz zum Beinhaus gelaufen und informierte die Anwesenden: „Der Tote heißt Siegfried Bücking. Er ist siebenundsechzig Jahre alt, Richter im Ruhestand, ehrenamtlicher Stadtarchivar, verheiratet, drei erwachsene Kinder, wohnhaft hier in Alsfeld in der Lessingstraße. Er hatte heute Morgen einen lauten Streit mit Vera Horchler, der Vorsitzenden des Geschichts- und Museumsvereins, und wurde danach noch von Zeugen an seinem Stammplatz im Marktcafé gesehen. So um elf muss er ins Stadtarchiv, also hier ins Beinhaus, gegangen sein. Auf jeden Fall hat er um diese Uhrzeit das Café verlassen." „Und das hast du jetzt schon alles mir nichts, dir nichts rausbekommen?" Eisenträger wunderte sich. Er hatte ganz vergessen, wie kurz die Wege in Alsfeld waren und wie gut man sich kannte. Weimar war zwar auch nicht besonders groß, aber Alsfeld war echt das reinste Dorf. „Na ja, die Mari aus der Buchhandlung, die den Toten gefunden und die Polizei alarmiert hat, wusste das mit dem Streit, und Helmut aus dem Marktcafé wusste, wann Bücking weggegangen ist. Und das zur Person ist ja wohl allgemein bekannt." Allgemein bekannt, na dann, dachte Thomas, und dann sickerte etwas bei ihm durch, das ihn zuvor, während Simon gesprochen hatte, nur kurz gestreift hatte. „Die Mari aus der Buchhandlung." Das wird doch nicht ... Doch, natürlich wird sie ... Thomas durchfuhr es wie ein Blitz: Marianne Reul, die Jahrgangsemanze. Die ganze Oberstufe hindurch hatten sie sich gefetzt: Sie hatte ihm vorgerechnet, wie viel Geld es Frauen im Leben kostete, wenn sie pro Menstruation zwei Mark fünfzig ausgeben müssten, was nur ein kleiner Teil der Ungerechtigkeit sei, die ihre Geschlechtsgenossinnen aushalten müssten, und er hatte ihr mehrfach auf den Kopf zugesagt, dass Frauen gerade aufgrund ihrer ungünstigen körperlichen Eigenschaften – in erster Linie zu viel Fett, zu wenige Muskeln, mit Eierstöcken und Gebärmutter – niemals für Führungspositionen in Frage kämen, denn Führung, so das Credo von Thomas' jungem, vor Kraft nur so strotzendem Ego, müsse immer, immer mit körperlicher Stärke einhergehen. Die Zeit, besser gesagt, die letzten fünfunddreißig Jahre, hatten ihn zwar eines Besseren belehrt, doch im Grunde seines Herzens hing er immer noch der Idee der männlichen Vorherrschaft an und konnte es nur schwer ertragen, wenn er sich – was sogar in Polizeikreisen ab und an und in den letzten Jahren sogar immer öfter vorkam – von einer Frau etwas sagen lassen musste. Dafür war er doch nicht zur Polizei gegangen! Nachdem er sich in Weimar nicht nur mit seiner Frau überworfen hatte, sondern auch mit der Staatsanwältin, dieser in seinen Augen blöden, geltungsbedürftigen Kuh, hatte er gehofft, in Alsfeld, dem verschlafenen Städtchen seiner Jugend, tickten die Uhren noch in der alten Ordnung. Doch weit gefehlt: Auch hier hatte eine Staatsanwältin das Sagen, noch dazu eine, die über zwanzig – die Zahl versah er in Gedanken mit drei Ausrufezeichen – Jahre jünger war als er und die er kürzlich gemeinsam mit seiner neuen Kollegin Nadine Paulsen in den Alsfelder Kampfsportclub Lion's Heart hatte gehen sehen. Und jetzt lief ihm auch noch Marianne Reul über den Weg. An ihre letzte Begegnung mochte er kaum denken: Auf dem Abifest, das in Alsfeld jeder Jahrgang mit einem mehr oder weniger ausufernden mehrtägigen Zeltgelage auf dem Homberg feierte, hatten sich beide derartig besoffen und gestritten, dass sie nach einer langen Nacht bei Sonnenaufgang wie die Irren übereinander hergefallen waren. Sie wollte ihm wohl zeigen, dass auch Emanzen Sex haben wollten und gar nicht so schlecht darin waren. Und er wollte ihr zeigen, wie echte Männer das machten. Als ob sie das nicht längst gewusst hätte, so wie sie rangegangen war. Noch heute, fast fünfunddreißig Jahre später, hatte er das Gefühl, damals irgendwie den Kürzeren gezogen zu haben. Gleichzeitig war ihm diese Nacht als eine der heißesten Nächte seines Lebens in Erinnerung geblieben. Und das mit Marianne Reul.

„Wo ist denn Frau Reul jetzt?" Es half ja nichts, er musste sie befragen. Als er die paar Schritte zur Buchhandlung gelaufen war, hatte Marianne sich schon ein wenig gefangen. Er sah sie auf dem Stuhl vor ihrem Laden sitzen, in Jeans und T-Shirt, so unspektakulär wie eh und je. Die Füße steckten immer noch in Birkenstocks, wenn auch hoffentlich nicht in denselben wie 1986. Die Fußnägel: natürlich unlackiert. Wahrscheinlich rasiert sie sich vor lauter Feminismus auch immer noch nicht die Achseln, dachte er. Nach wie vor trug Mari die Haare kurz und pflegeleicht. Nie wieder hatte Thomas eine Frau gesehen, die so wenig Aufhebens um sich machte. Zumindest, was das Aussehen betraf. Sonst hatte Mari schon einiges zu bestellen gehabt. Als sich nach dem Abitur ihre Wege getrennt hatten, hieß es, sie habe sich in Fulda, wo sie ein Soziologiestudium angefangen hatte und in einem seiner Meinung nach linksversifften Buchladen gejobbt hatte, einer linken Zelle angeschlossen. Diese stand im Verdacht, sich von ihrer WG einen unterirdischen Gang ins Stadtschloss zu graben, um dort einen Anschlag auf die konservative Stadtregierung zu verüben. Das Ganze war umso brisanter, weil der damals von den Linken gehasste, dem nationalkonservativen CDU-Flügel zugeordnete Vorsitzende der CDU/CSU-Bundestagsfraktion Alfred Dregger unweit des Fuldaer Stadtschlosses wohnte. Was genau von dieser Geschichte stimmte und was Maris Rolle dabei war, wusste Thomas nicht genau, aber als er auf ihrem T-Shirt ein grünes Hanfblatt mit dem Schriftzug „Legalize it" leuchten sah, hielt er wieder alles für möglich.

„Hallo, Mari", sprach Thomas sie an. Er fühlte sich unbehaglich, aber er hatte die Flucht nach vorne gewählt. Mari würde ihn auf jeden Fall erkennen, also verzichtete er lieber gleich auf Förmlichkeiten jeder Art. Er hoffte nur, dass nicht auch ihr die Nacht auf dem Homberg als Erstes wieder einfiel, wenn sie ihn sah. „Thomas?! Thomas Eisenträger! Ich glaub's ja nicht. Was machst du denn hier?" Auf einen Schlag war Mari wieder voll da. Ganz die Alte: Ihre Augen funkelten, ihr wacher Geist arbeitete auf Hochtouren, das sah Thomas ihr an. Er wunderte sich selbst darüber, wie gut er sie kannte. Schade, dachte er, wenn sie ein Mann wäre und nicht so linke Ansichten hätte, wäre sie echt gar kein schlechter Kumpel. Allerdings war sie jetzt erstmal Zeugin in einem offenbar unnatürlichen Todesfall – und vielleicht mehr als das. Jegliche Regung, ganz egal in welche Richtung, verbot sich also. „Sag bloß, du bist jetzt hier bei der Polizei! Wo warst du eigentlich die ganze Zeit? Und warum haben wir uns eigentlich seit damals nicht mehr gesehen? Du warst wie vom Erdboden verschluckt." Mari hatte recht. Er hatte Alsfeld damals schnell den Rücken gekehrt und direkt nach dem Abitur die Polizeiausbildung angefangen. Zuerst hatte er noch zuhause bei seinen Eltern gewohnt, die eine gutgehende Metzgerei hatten. Aber dann gingen ihm ihre vorwurfsvollen Blicke zunehmend auf den Geist: Sie hatten schon nicht gewollt, dass er Abitur machte („Wozu braucht ein Metzger Abitur?"), aber als er dann mit seinem Plan, zur Polizei zu gehen, ernst machte, platzte ihr Lebenstraum – wenn auch nur vorübergehend – und ihr Verhältnis wurde von Tag zu Tag schwieriger. Also nahm er sich eine kleine Bude in Gießen und kam nur noch zu hohen Feiertagen und Geburtstagen zurück. Nach der Wende wendete sich auch das Blatt in der Metzgerei: Thomas' kleine Schwester Sabine schnappte sich auf einem Sonntagsausflug auf die Wartburg einen Metzgergesellen aus dem thüringischen Wutha-Farnroda und sicherte den Fortbestand der Metzger-dynastie in Alsfeld, wenn auch jetzt unter dem Namen Schlegel und mit kulinarischen Erweiterungen wie Thüringer Rostbratwurst oder Eichsfelder Stracke. Die Sonne am Wursthorizont seiner Eltern war wieder aufgegangen, aber Thomas war schon zu weit weg. Vielleicht war seine Rückkehr nach Alsfeld auch die Chance, mal ein wenig aufzuräumen. „Wieso habe ich dich eigentlich auf keiner Abi-Feier gesehen?", fragte Mari mitten in Thomas' Gedanken. „Dienst", antwortete er knapp, denn er merkte wohl, dass die Umstehenden, insbesondere Nadine und

Simon, sich wunderten, dass ausgerechnet er und Mari sich so gut zu kennen schienen.

„Also, du hast den Toten gefunden", wurde Thomas jetzt halbwegs förmlich. Schließlich hatten sie hier einen Mord aufzuklären. „Ja." Mari erzählte noch einmal haarklein, wie sich das alles zugetragen hatte. „Und du bist nicht ins Beinhaus rein, sondern an der Tür stehengeblieben?" „An der inneren Tür, fast zumindest." Hinter der Eingangstür gab es im Beinhaus einen kleinen Windfang und dahinter noch eine Glastür. Danach stand man direkt in einem kleinen Gang, an dessen Wand ein Regal war, das von oben bis unten mit den dicken Lederbänden der Jahresausgaben der Oberhessischen Zeitung bestückt war. Etwa zwei Meter weiter kam man in den einzigen Raum des Stadtarchivs. Darin standen der Schreibtisch des Stadtarchivars und zwei Tische mit Stühlen für Besucher. Direkt um die Ecke links führte eine Treppe nach oben in das eigentliche Archiv. Auf den unteren Stufen dieser Treppe hatte Bücking gelegen. „Also, ich musste schon die paar Schritte bis zum Raum gehen, aber da sah ich Bücking gleich so komisch am unteren Ende der Treppe liegen und bin direkt wieder raus." „Hast du außer der Tür was angefasst?", fragte Thomas. „Nein, ich glaube nicht", antwortete Mari. „Aber im Stadtarchiv war eigentlich immer was los. Gerade jetzt, wo schon so vieles im Hintergrund läuft wegen des Stadtjubiläums in zwei Jahren, gehen alle möglichen Leute dort ein und aus. Da werdet ihr sicher viele Spuren finden." „Das lass mal unsere Sorge sein", antwortete Thomas unfreundlicher als er wollte. Aber er konnte es einfach nicht leiden, wenn Menschen unaufgefordert für ihn mitdachten. Thomas hatte sich schon immer gefragt, wer sich für das alte Zeug im Stadtarchiv interessierte. Dass dort ein Kommen und Gehen herrschen sollte, konnte er sich nicht vorstellen. „Was lagert denn da so?" fragte er dann doch.

„Da fragst du am besten mal jemanden, der sich damit auskennt", antwortete Mari, die sich unbeeindruckt von Thomas gereiztem Tonfall zeigte und ihn erstaunlich offen und freundlich ansah. „Meines Wissens gibt es da natürlich das große Zeitungsarchiv, aber auch viele alte Schriften, Aufzeichnungen und Fotografien. Stadtpläne, alte Verträge, Vereinsmitteilungen, Briefe, Karten – keine Ahnung. Das war schon ewig Bückings Reich. Er hat alles katalogisiert und sortiert. So wie ich ihn einschätze, ziemlich ordentlich sogar. Er war ein ziemlicher Korinthenkacker." Thomas wunderte sich, dass Mari, die für ihn als Ermittler auch als Tatverdächtige in Frage kam, sich so offen abschätzig über den Toten äußerte. Er ahnte noch nicht, dass das bei weitem das Freundlichste sein würde, was er über Bücking zu hören bekommen würde. „Am besten fragst du Vera Horchler. Sie ist die Vorsitzende des Geschichts- und Museumsvereins. Sie konnte Bücking zwar nicht ausstehen, aber sie ist kompetent und kooperativ." „Allerdings hat sie sich heute Morgen heftig mit Bücking gestritten", gab jetzt Simon zu bedenken. Bis dahin hatten alle Anwesenden gebannt und erstaunt die Begegnung von Mari und Thomas verfolgt. Jetzt kam wieder Leben in die Menge, die sich inzwischen auf dem Marktplatz versammelt hatte. Natürlich hatte sich die Tat herumgesprochen und für Aufruhr gesorgt. Von leisem Gemurmel bis hin zu den wüstesten Behauptungen war jetzt alles zu hören. „Jetzt befragt mal die Passanten hier, wenn ihr den Eindruck habt, da wäre was Gescheites dabei", herrschte Thomas Nadine und Simon an. Das Getümmel und Gemurmel auf dem Marktplatz machten einen sehr unübersichtlichen Eindruck auf ihn, und unübersichtliche Eindrücke hasste er. „Zigarette?", fragte Mari mitfühlend. „Gerne." Irgendwie musste Thomas runterkommen. Er war erstaunt, als sie ihm ein Päckchen Gauloises hinhielt. Die Blauen natürlich. Früher hatte Mari selbst gedreht. Jeder

Emanze ihr Javaanse, dachte Thomas und wurde leicht wehmütig.

Was für ein Tag. Gerade als er die Zigarette nehmen wollte, blickte er in ein von braunen Locken umrahmtes Gesicht, das wie gemalt war. Er schaute die Erscheinung an, die sich vom Rathaus her auf den Weg direkt zu ihm gemacht hatte, und erkannte die Bürgermeisterin. Was für eine Granate! Fast schlotterten ihm die Knie, als sie ihn mit Namen ansprach. „Herr Eisenträger, schön, Sie endlich persönlich kennenzulernen", sagte Luise Schön. Den Namen hatte er sich eingeprägt. Seine offizielle Begrüßung vor vier Wochen war zwar coronabedingt ausgefallen, aber sie hatten miteinander per Videokonferenz gesprochen. „Das ist ja ganz furchtbar", kam sie auf ihn zu, „versprechen Sie mir, dass Sie dieses Verbrechen so schnell wie möglich aufklären, ja?! Halten Sie mich auf dem Laufenden", bat Luise Schön, „und schauen Sie doch mal im Rathaus auf einen Kaffee vorbei." Thomas nickte und sah ihr mit geöffnetem Mund nach, wie sie mit ihren langen Beinen wieder in Richtung Rathaus entfleuchte. Mari hielt Thomas immer noch ihre Zigarettenschachtel hin. „Willste jetzt eine oder nicht, Mann?", fragte Klaus ungeduldig. Ihm war anzusehen, dass ihm hier zwar alles ein bisschen zu wuselig war, er es aber auch sehr spannend fand. Offenbar fühlte er sich als Beschützer seiner Schwester Mari. Thomas musste grinsen. Von der Fulder Gasse erschien ein Mann und aus der Obergasse zeitgleich eine Frau. Thomas kannte beide nicht, aber Journalisten erkannte er auf hundert Meter Entfernung. „Frank Mertens von der OZ und Felizitas Müller vom Online-Magazin", raunte Nadine ihm zu und bestätigte seinen Eindruck. Mit seinem Standardspruch brachte er sich in Stellung, als sie auf ihn zukamen. „Wir haben hier einen unklaren Todesfall, zu dem wir aktuell nichts Substantielles sagen können. Sobald wir brauchbare Informationen haben, wird sich unsere Pressestelle bei Ihnen melden." Thomas schaute zu Nadine und Simon, die das hoffentlich mitbekommen hatten. Nicht, dass die hier mit irgendwem vertraulich wurden. Jeder kannte jeden, besser oder schlechter, das war offensichtlich. Es hatte sich nichts geändert in Alsfeld. Und er war mittendrin. Er rauchte seine Zigarette auf und winkte Nadine zu. Sie mussten die Witwe aufsuchen, bevor die Nachricht sich von hier aus verbreitete. Da war eine Frau an seiner Seite sicher hilfreich.

3

Dienstagnachmittag.

Rund um den Rodenberg hatten sich in den Sechziger- und Siebzigerjahren die Lehrer, Ärzte und anderen Akademiker niedergelassen. Anders als die eher zweckmäßigen Häuser aus den Nachkriegsjahren südlich des Rodenbergs, die für Heimatvertriebene erbaut worden waren, zeugten die Gebäude auf der anderen Seite der Ernst-Arnold-Straße von Wohlstand und dem Willen, diesen auch zu genießen und zu zeigen. Siegfried Bücking hatte seinen Bungalow in den Achtzigerjahren des letzten Jahrhunderts erworben, als sein Vorgänger am Amtsgericht in den Ruhestand ging und Alsfeld verließ. Groß genug für seine fünfköpfige Familie – und repräsentativ. Genau das, was ein Richter brauchte. Er selbst hatte sich den größten Raum als Arbeitszimmer eingerichtet, in dem er sich auch schon vor seinem Ruhestand bevorzugt aufgehalten hatte. Die Kinder – zwei Söhne und eine Tochter – waren längst aus dem Haus. Sebastian, der älteste Sohn, war Arzt und lebte mit einem Mann zusammen in Frankfurt, was Bückings, insbesondere Siegfried, allerdings gerne verschwiegen. Alexander war Anwalt in Gießen, wo er mit seiner Familie auch wohnte, und Miriam, die Jüngste, war Grundschullehrerin in Alsfeld. Sie lebte mit Mann und Kindern in der Volkmarstraße, direkt gegenüber der Stadtschule.

Thomas war nicht gut im Überbringen von Todes-nachrichten, und Nadine machte keine Anzeichen, ihm die Sache abzunehmen, obwohl er demonstrativ darauf wartete, als sie vor Bückings Witwe an der Haustür standen. Ein bisschen war es wie bei diesem Spiel, wo derjenige verlor, der zuerst wegschaute. Oder wie beim Beamtenmikado, wo derjenige verlor, der sich zuerst bewegte. Nadine schien klar im Vorteil. Thomas fiel ein, dass sie schon jahrelang asiatisches Kampfsporttraining, zu dem auch Meditation gehörte, machte. Womöglich konnte sie daher viele Situationen einfach aushalten, ohne auch nur zu zucken, während er zunehmend unruhig wurde und ihm nach und nach dämmerte, was er ohnehin schon wusste: Nadine würde ihm hier die Aufgabe nicht abnehmen. Schließlich konnten sie die Situation nicht auf diese Weise weiter ausdehnen, das würde peinlich werden.

„Ja, also", druckste er herum. „Ja?", fragte Bettina Bücking nach. Kerzengerade stand sie in der Tür und wartete auf eine Erklärung der Polizisten. Offenbar hatte es ihnen die Sprache verschlagen, und, wie um sie zu ermutigen, fragte sie noch einmal: „Ja, bitte?" Thomas räusperte sich und gegen alle Regeln der Kunst fiel er mit der Tür ins Haus: „Wir müssen Ihnen leider mitteilen, dass wir Ihren Mann heute Mittag tot aufgefunden haben." Er sah, wie Nadine entsetzt mit den Augen rollte und zu Frau Bücking sah, die ihrerseits keine Anstalten machte, in Tränen auszubrechen oder gar zusammenzubrechen. Scheiße, dachte Thomas. Natürlich hatte auch er mal an der Polizeischule gelernt, dass eine Todesnachricht den Hinterbliebenen möglichst schonend beigebracht werden sollte. Sie sollten sitzen und sich sicher fühlen. Glück für ihn, dass Frau Bücking hart im Nehmen war; die frischgebackene Witwe strauchelte nicht einmal und war weit davon entfernt, in Ohnmacht zu fallen. „Oh", sagte sie nur und bat die Polizisten mit einer Handbewegung herein. „Kaffee? Tee?", fragte sie ihre Gäste, während sie ihnen mit einer weiteren Handbewegung bedeutete, auf der cremefarbenen Couch im Wohnzimmer Platz zu nehmen. Nadine und Thomas schauten sich verwundert an, während sie sich setzen. Diese Gefasstheit konnte nur bedeuten, dass Frau Bücking das Ungeheure noch nicht verstanden hatte und sich in einem Schockzustand befand, der verhinderte, dass die Todesnachricht zu ihr durchdrang. „Ich rufe den Notfallseelsorger", flüsterte Nadine Thomas zu, der auf diese Idee überhaupt nicht gekommen wäre. Aber gerade, als Nadine ihr Handy aus der Tasche geholt hatte und wählen wollte, ergriff Frau Bücking das Wort: „Sicher denken Sie, ich hätte nicht verstanden, was Sie gesagt haben. Das habe ich sehr wohl." Sagte es, drehte sich um und ging in die Küche.

Wieder schauten sich die beiden Polizisten verdutzt an. Sie hörten die Witwe mit Kaffeegeschirr und Wasserkocher hantieren und sahen sich im Wohnzimmer um. Ein so ordentliches Wohnzimmer sah man sonst nur in einer Wohnausstellung. Das einzige Zeichen von Benutzung war eine Fernsehzeitung, die auf dem schlierenfreien Glastisch lag, und auf einem weiteren kleinen Glastisch neben einem Sessel stand ein Korb mit Stricksachen. Die Gardinen am großen Fenster zur Terrasse hingen in ordentlichen Falten, die Orchideensammlung stand in Reih und Glied. Die Schrankwand mit integrierter Stereoanlage und einem Ausschnitt für den Fernseher hatte nur wenige offene Regalteile, auf denen einzelne Vasen und Schälchen geradezu präsentiert wurden. Kein Stäubchen weit und breit. Über dem Sofa hing an der Wand ein großes Familienbild, das aus der Zeit stammen musste, als eines der Kinder Abitur gemacht hatte. „Das Bild muss schon über zehn Jahre alt sein", flüsterte Nadine Thomas zu. „Mit der Tochter, Miriam, bin ich im Lauftreff, sie ist die Jüngste und jetzt um die dreißig." Mit einem Tablett mit Kaffee, Tee, Keksen, Milch, Zucker und Süßstoff kam Frau Bücking ins Wohnzimmer zurück. Die perfekte Gastgeberin, die offenbar nicht nur das Kaffeegedeck sorgfältig zusammengestellt hatte, sondern die auch ihre Worte wohlüberlegt zurechtgelegt hatte, während sie in der Küche war.

„Entschuldigen Sie bitte, dass wir uns noch nicht vorgestellt haben", wandte Thomas sich an die Witwe, „mein Name ist

Thomas Eisenträger. Ich bin Kriminalkommissar Eisenträger und das ist Polizeiobermeistern Nadine Paulsen." Er hatte die kleine Pause genutzt, um wieder etwas professioneller zu werden. Das war Bettina Bücking längst. „Siegfried und ich lebten hier nur noch zusammen, weil uns alles andere zu aufwendig gewesen wäre", kam die Frau gleich zum Punkt. Sie war offenbar klare Ansagen gewohnt und informierte die beiden Polizisten, während sie ihnen die Tassen und Kekse hinstellte, dass das Zusammenleben mit ihrem Mann nur mehr ein Arrangement gewesen war. Eine Trennung hätte zu viel Aufhebens bereitet. Thomas fragte sich, ob das nicht auch für ihn und seine Frau etwas sein könnte, aber eigentlich wollte er das auch nicht. Er seufzte. „Wir führten das Leben, an das wir uns mit den Jahren gewöhnt hatten. Er in seinem Arbeitszimmer, ich im Rest des Hauses. Wir gingen uns aus dem Weg, wo wir nur konnten. Das Einzige, worin wir uns einig waren, war, dass wir uns nicht ums Haus oder die Rente oder sonst was streiten wollten. Da hatten wir in unserem Arbeitsleben einfach schon zu viel erlebt. Er war ja Richter, und ich arbeite seit über vierzig Jahren in einem Rechtsanwaltsbüro. Aber nun will ich es doch wissen: Wie ist er denn gestorben? Und wo? Doch nicht etwa im Beinhaus?" Auch wenn alles, was Frau Bücking von sich gab, sehr klar, fast abgebrüht klang, meinte Thomas, doch eine gewisse Traurigkeit heraushören. „Wie kommen Sie darauf?" erwiderte er. „Das Beinhaus war sozusagen Siegfrieds Zweitwohnsitz, seine Residenz geradezu", antwortete Bettina mit einem leicht hysterischen Unterton. Nicht, dass sie jetzt doch noch umkippt, dachte Thomas, aber er musste der Witwe die ganze Wahrheit sagen. „Also, Frau Bücking, Ihr Mann wurde tatsächlich im Beinhaus aufgefunden. Dem ersten Anschein nach wurde er erschlagen." Thomas verschwieg die grausigen Details um das völlig vermatschte Gesicht des ehemaligen Richters. Als sie nicht reagierte, fuhr er fort. „Wir fragen uns natürlich, wer einen Grund gehabt haben könnte, Ihrem Mann das anzutun. Der Täter ging sehr brutal vor, sodass wir davon ausgehen, dass sehr viel Wut im Spiel gewesen sein muss. Haben Sie da eine Idee?" „Könnte es auch eine Täterin gewesen sein?", fragte Frau Bücking zurück. Die Direktheit der Frage überraschte Nadine und Thomas gleichermaßen und offenbar schauten sie so perplex, dass die Witwe an Nadine gewandt fortfuhr: „Frau Paulsen, Sie werden doch sicher wissen, was für einen Ruf Siegfried in der Stadt hatte, oder?" Thomas sah Nadine fragend an. Nadine konnte nur nicken und Frau Bücking ergriff erneut das Wort: „Also, um es kurz zu machen: Mein Mann war ein sexistisches Arschloch."

Das saß. Insbesondere bei Thomas. Er hatte in seiner Laufbahn zwar schon allerhand erlebt, aber die Frauen blieben ihm umso unergründlicher, je mehr er mit ihnen zu tun hatte. Und von einer frischgebackenen Witwe in gut situierten Verhältnissen als Erstes zu hören, dass ihr Mann ein sexistisches Arschloch gewesen war, das war ihm bisher nicht passiert. Dass mal eine nicht spontan trauerte oder zusammenbrach, das ja. Aber so was?! Er rang um Fassung. „Siegfried war bekannt dafür, dass er einfach die Finger nicht von den Frauen lassen konnte", sagte Bettina Bücking mit einer Mischung aus Verachtung und Gleichgültigkeit. Ein Weiberheld eben, dachte Thomas, manche hatten halt Schlag bei den Frauen. „Früher hat er mich einfach nur betrogen und schon damals nicht nur einmal seine exponierte Stellung am Amtsgericht und seine langjährige Freundschaft zum Amtsgerichtsdirektor ausgenutzt. Sicher gab es auch Frauen, die freiwillig mitmachten", erzählte Bettina weiter. „Aber wie freiwillig ist es, wenn ich weiß, dass ich als junge Anwältin allein mit meinen Fähigkeiten nicht weiterkomme? Oder wenn ich als Fachkraft fürchten muss, schikaniert und entlassen zu werden, wenn ich nicht mitmache?" Nadine zuckte kurz, während Thomas Frau Bücking irritiert anschaute. Die Anschuldigungen wogen schwer. Thomas fragte sich, warum sie nur bei diesem Mann geblieben war, wenn sie von solchen Vorfällen wusste.

Es klingelte. Bettina Bücking murmelte eine Entschuldigung und ging hinaus. Thomas und Bettina sahen sich fassungslos an. Nadine informierte Thomas, dass Frau Bücking recht habe mit ihrer Einschätzung. „Ich habe mal von einer Anzeige wegen Vergewaltigung gehört, vor meiner Zeit. Das Verfahren wurde wieder eingestellt", sagte sie und verstummte, weil jetzt Stimmen an der Haustür erklangen. „Ach, Mama", schluchzte eine Frauenstimme. „Das muss Miriam sein", flüsterte Nadine. „Ach, Kind", hörten sie Bettina Bücking mit fester Stimme antworten, „alles wird gut." „Miriam arbeitet an der Stadtschule", klärte Nadine Thomas auf. „Bestimmt hat sich die Neuigkeit wie ein Lauffeuer verbreitet und bis dorthin herumgesprochen." Thomas war froh, dass er die Witwe informiert hatte, bevor sie vom Ableben ihres Mannes von anderen erfuhr. Ob ihre Reaktion dann allerdings eine andere gewesen wäre, wagte er zu bezweifeln. Spätestens seit dem an die Tochter gerichteten „Alles wird gut" wuchs in dem Kommissar die Gewissheit, dass zumindest Bettina froh war, ihr „sexistisches Arschloch" los zu sein. Und die Tochter? Sie schien etwas durch den Wind zu sein, aber sie war ihrer Mutter sehr nah, das erkannte sogar Thomas. Er gab Nadine ein Zeichen, aufzubrechen. Die beiden erhoben sich und gingen zur Haustür, wo Mutter und Tochter noch immer in einer Umarmung versunken waren. „Ich denke, wir lassen Sie jetzt erst einmal allein", wandte Thomas sich an die beiden. Dieses Frauending war ihm nicht geheuer. Nadine sah ihn mit hochgezogenen Augenbrauen an. Sie war offenbar noch nicht bereit zu gehen. Er gab nach, denn sie hatte recht. Thomas nickte ihr zu, und jetzt fragte sie die

Witwe: „Wir müssten wissen, wann Sie Ihren Mann beziehungsweise du, Miriam, deinen Vater zuletzt gesehen haben und wo Sie heute Vormittag waren." „Ich habe ihn am Sonntagabend zuletzt gesehen", gab Bettina ganz sachlich zu Protokoll. „Das war vor zwei Tagen", stellte Thomas fragend fest. „Wie gesagt, wir hatten hier unsere eigenen Bereiche. Siegfried hatte sich schon lange in seinem großen Arbeitszimmer ausgebreitet und schlief in Alexanders altem Zimmer, das er sich als Schlafzimmer eingerichtet hatte. Am Sonntagabend waren wir zusammen in den Erlen spazieren."

Die Erlen waren ein kleines Waldstück, das direkt an Alsfeld grenzte und von vielen Menschen für eine kurze Runde im Grünen genutzt wurde. „Spazieren – ich dachte, Sie lebten getrennt, also, äh, irgendwie", entgegnete Thomas. „Ja, aber wir hatten was wegen des Testaments zu besprechen und im Freien geht das besser als mit uns beiden in einem geschlossenen Raum. Daher haben wir eine kleine Runde gedreht. Kurz vor dem Gewitter waren wir wieder zuhause. Die Schaufußens hoffentlich auch. Die waren auf der anderen Seite der Schwalm unterwegs." Nadine und Thomas nahmen die Information zur Kenntnis. „Und heute Morgen habe ich ihn gehört, wie jeden Morgen", ergänzte Bettina. „Ich arbeite jeden Tag von acht bis dreizehn Uhr. Da Siegfried stets auf seinem Tee um halb acht bestand und nicht damit warten konnte, bis ich aus dem Haus war, sah ich immer zu, dass ich mit meinem Kaffee schon hier im Wohnzimmer saß. Meistens hörte ich ihn dann immer nochmal kurz in der Küche hantieren, bevor ich ging. Danach war ich dann an der Arbeit, von der ich später wieder direkt nachhause ging." „Wo ist denn die Kanzlei?", fragte Thomas. „In der Landgraf-Hermann-Straße", kam es wie aus der Pistole geschossen. „Das ist ja nicht weit vom Beinhaus", warf Nadine ein. Frau Bücking schien die

Andeutung zu verstehen: „Auch wenn ich es nicht bedaure, dass mein Mann tot ist, glauben Sie mir, ich war es nicht." Sie schaute Thomas aus ihren klaren grauen Augen an. Er glaubte ihr. Aber Mari hatte die Tat gegen halb zwei gemeldet. Theoretisch könnte Bettina Bücking also die Mörderin sein. „Hat Sie jemand auf dem Nachhauseweg gesehen?", fragte Nadine. „Ja, die Busfahrer von der Brüder-Grimm-Schule", erwiderte sie. „Die holen dort um die Zeit immer die kleineren Schülerinnen und Schüler ab. Da ich seit Jahren immer den gleichen Weg nehme, kenne ich die meisten von ihnen."

Das würde zu überprüfen sein, genauso wie die Arbeitszeit von Frau Bücking. Allerdings hielt Thomas – egal, was die weiteren Befragungen hergeben würden – die Witwe nicht für die Täterin. „Und Sie?", wandte er sich jetzt an die Tochter, die einen weitaus geschockteren Eindruck machte als ihre Mutter. „Ich war in der Schule", sagte sie, „den ganzen Vormittag und darüber hinaus, bis mir der Hausmeister dann von dem Mord erzählt hat. Dann bin ich gleich los." An das letzte Treffen mit ihrem Vater konnte sich Miriam erst gar nicht erinnern. Wahrscheinlich Weihnachten oder so. Auch das würde zu überprüfen sein. Thomas hob an, sich von den beiden Damen zu verabschieden. Doch Nadine fuhr ihm dazwischen. „Fällt Ihnen denn, abgesehen von den vielen Frauen, die Ihr Mann belästigt hat", – Miriam sah bei dieser Bemerkung unglücklich unter sich und schluckte heftig – „noch jemand ein, auf den wir uns bei den Ermittlungen konzentrieren könnten?", fragte sie abschließend. Beide Frauen sahen sie an und schüttelten den Kopf. „Na ja, schließlich war er Richter", räumte Miriam ein. „Und er war als ziemlicher Hardliner bekannt. Sicher hat er sich da bei einigen Typen, die er verurteilt hat, unbeliebt gemacht. Aber was Genaues weiß ich nicht." Ganz offenbar hatte auch ihr Kontakt zum Vater sich nur auf das Nötigste beschränkt. „Wir melden uns dann wieder", ergriff jetzt wieder Thomas das Wort. Nadine hatte zwar recht mit ihren abschließenden Fragen, das schon, aber es sollte doch klar sein, wer hier das Sagen hatte. „Auf Wiedersehen." „Tschüss, Miriam", wandte sich Nadine an Bückings Tochter, die trotz des schwierigen Charakters ihres Vaters schwer getroffen schien.

Auf der Fahrt zur Wache erzählte Nadine Thomas, was sie über den Vergewaltigungsfall wusste. Dieser lag schon einige Jahre zurück. „Wir haben damals in Frankfurt auf der Polizeischule davon gehört. Natürlich anonymisiert, aber nach allem, was ich heute gehört habe, kann es sich bei dem angezeigten Richter nur um Bücking handeln", sagte sie. Eine Auszubildende am Amtsgericht hatte den Richter wegen Vergewaltigung angezeigt, doch der konnte während der Ermittlungen und später während der Gerichtsver- handlung die Glaubwürdigkeit der jungen Frau so erschüttern, dass die Ermittlungen eingestellt wurden – ohne die Position des Richters nachhaltig zu schwächen. Die Polizeischüler sollten damals diskutieren, wie schnell eine falsche Anschuldigung das Ende einer Karriere bedeuten konnte. „Wahrscheinlich war das damals auch schon der falsche Ansatz, und die Anschuldigungen waren richtig", schlussfolgerte Nadine, „ich werde mir mal die Akten dazu kommen lassen." Thomas war sich nicht sicher, der Fall war abgeschlossen, aber wahrscheinlich hatte die junge Kollegin recht: Man sollte am Anfang einer Mordermittlung keine Spur unbeachtet lassen.

Auf der Wache hatte Simon in ihrem Besprechungszimmer schon ein Board begonnen. Mittendrin hatte er das Opfer gezeichnet, daneben standen die Namen der Angehörigen. Er habe die beiden Söhne, die in Gießen und in Frankfurt lebten, noch nicht erreicht, informierte er Thomas. „Sicher erfahren sie es von der Mutter oder der Schwester", meinte

Simon achselzuckend. „Oder von der ganzen Stadt", ergänzte Thomas mürrisch, dem die schnellen Informationsflüsse jetzt wieder geläufig wurden. „Befragen müssen wir sie aber trotzdem", meinte er, „sehen Sie also zu, dass Sie sie noch erreichen. Sie kommen doch sicher heute oder morgen noch hierher. Frankfurt und Gießen sind ja nicht grade aus der Welt." Nadine hatte sich an ihren Schreibtisch gesetzt und rief beim Amtsgericht an, um nach den alten Fällen von Bücking zu fragen. „Wenn ihr alle Fälle anschauen wollt, die er verhandelt hat, habt ihr viel zu tun", tönte es aus dem Lautsprecher des Telefons. Auch die Mitarbeiterin am Amtsgericht war mit Nadine bekannt, wie Thomas an der Art des Gesprächs merkte. Er wunderte sich: Seines Wissens war die junge Polizistin erst vor drei Jahren nach Alsfeld gekommen, aber sie kannte hier schon jeden. Seine Vermieterin war Nadines Schwiegermutter. Sie hatte ihm erzählt, dass Nadine ihren Sohn Nils bei einem Konzert in der Festhalle kennengelernt hatte. Sie hatte Dienst und er war von ein paar besoffenen Typen angepöbelt worden. Ihr hatte seine Sanftheit direkt gefallen und ihm offenbar ihr selbstsicheres Auftreten. Als die Typen von ihm abließen, um auf die junge Polizistin loszugehen, setzte sie alle drei mit ein paar gezielten Griffen und Tritten schachmatt und tackerte sie mit Kabelbinder an einem Scheinwerferständer fest. Die unflätigen Rufe der Kerle quittierte sie im Gehen mit einem erhobenen Mittelfinger. Dann schaute sie nach ihm, aber außer einer Schockverliebtheit hatte Nils keine bleibenden Schäden davongetragen. Inzwischen waren die beiden verheiratet und Nadine gehörte in Alsfeld schon fast zum alten Eisen. Im Sturm hatte sie viele Bekanntschaften gemacht, sei es im Lauftreff oder im Kampfsportstudio oder auch mal in der einen oder anderen Kneipe. Mit ihrer Schwiegermutter Petra Lorenz, die zum Inner Circle von Maris Frauenclub gehörte, verstand sie sich super und profitierte wiederum von deren Kontakten. „Ja, da hast du wahrscheinlich recht", hörte Thomas sie jetzt sagen. „Wir können auf die Bagatellen verzichten und uns auf die Fälle konzentrieren, die in Haftstrafen mündeten, die wiederum kürzlich endeten, was meinst du?" „Das kann ich dir schnell heraussuchen", antwortete am anderen Ende Gabi, die ihren Arbeitsplatz gut im Griff zu haben schien. „Gabi, eine Frage noch: Kannst du dich an den Fall erinnern, als damals eine Auszubildende am Gericht den Bücking angezeigt hat?" „Ja, kann ich." Schweigen. „Könntest du mir dazu auch die Akte heraussuchen?" „Ich versuch's", antwortete Gabi knapp. „Bis wann meinst du denn, wären die Akten da?" „Die sind alle schon digitalisiert", gab die Gerichtsbedienstete zurück, jetzt wieder zugewandter. „Ich denke, die können schon im Lauf des Nachmittags bei dir sein – ich stelle sie dir ins System, sobald die Auswertung durch ist." Im Lauf des Nachmittags war gut. Es war inzwischen schon halb fünf, und eigentlich hatte zumindest Gabi schon Feierabend. „Das wäre echt super, wenn du das heute noch schaffen würdest, vielen Dank!" Nadine besprach dieses Vorgehen noch mit Thomas und Simon, die ihr zustimmten, dass man sich auf die schweren Fälle und die kürzlichen Entlassungen konzentrieren sollte. An Simons Board war neben der Familie jetzt auch der Name von Mari zu lesen, die den Toten gefunden hatte, und der von Vera Horchler, mit der er sich kurz vor dem Mord öffentlich gestritten hatte. Je nachdem, wie viele Verdächtige sich unter den Verurteilten finden würden, hätten sie in den nächsten Tagen ganz schön was zu tun.

„Nein, Herr Mertens, wir haben nichts Neues", blaffte Thomas den Redakteur der Tageszeitung am Telefon an. Während er mit einem Ohr dem Gespräch zwischen Nadine und Gabi zugehört hatte, war er online gewesen und hatte gesehen, dass das Online-Magazin schon Fotos vom Tatort eingestellt und die ersten Mutmaßungen unhinterfragt veröffentlicht hatte. Das war schon ärgerlich genug, aber nicht zu verhindern. Obwohl natürlich alles stimmte, was die Runde gemacht hatte. Die Interviews mit Passanten, die sich zu dem Vorfall äußerten, hätte man sich allerdings sparen können. Aber genau solche überflüssigen Dinge sah man jetzt ja immer öfter, auch in den Nachrichtensendungen im Fernsehen. Offenbar fand das Publikum das ganz toll. Thomas jedenfalls war stinksauer. Die Tageszeitung wollte anscheinend einen etwas fundierteren Eindruck abgeben und so etwas einflechten wie „nach Rücksprache mit dem ermittelnden Hauptkommissar", aber die Redaktion stand bestimmt auch unter Druck, um nicht komplett hinterher zu hinken. „Herr Eisenträger, nur ein kurzes Statement zum Ermittlungsstand", bat ihn Mertens nun in einem verbindlichen Ton. Thomas fragte sich, was mit der Pressestelle los war. Er hielt den Hörer zu. „Was macht eigentlich unsere Pressestelle?", fragte er in die Runde. „Eigentlich äußert sich immer die Staatsanwältin gegenüber der Presse", antwortete Simon, aber die hatte sich heute noch nicht gezeigt. „Clara ist heute nicht da", wusste Nadine. War ja klar, dass sie die auch kannte. Wahrscheinlich wusste sie auch, wo sich die junge Staatsanwältin gerade aufhielt. „Die ist heute mit Freundinnen nach Frankfurt gefahren. Kultur und Shoppen." Thomas dämmerte, dass er irgendwas sagen müsste. „Also, Herr Mertens, Folgendes: Sie wissen bereits, dass das Opfer der ehemalige Richter Siegfried Bücking ist. Er kam im Beinhaus gewaltsam zu Tode. Über Zeitpunkt und Todesart müssen wir aus ermittlungs-taktischen Gründen schweigen." Er hoffte, Mari, die als einzige Außenstehende den Toten gesehen hatte, tat das auch. „Wir haben die Ermittlungen aufgenommen, stehen aber noch ganz am Anfang, wie Sie sich denken können. Daher können wir Ihnen leider derzeit noch keine Angaben machen." „Ach kommen Sie", bohrte Mertens weiter. „Sie haben doch bestimmt schon einen Ansatz, oder soll ich schreiben, die hiesige Polizei unter der Leitung von Kriminalkommissar Eisenträger tappt noch im Dunkeln?" Thomas kannte das schon. Die Presse war überall gleich, wenn sie eine große Story an der Angel hatte. Das war ihr Job und die Leute wollten unterhalten werden. Aber sein Job war eben ein anderer. „Schreiben Sie, was Sie wollen", gab er bissig zur Antwort und knallte den Hörer auf.

„Ich habe die Söhne erreicht. Sie kommen beide heute noch nach Alsfeld." Simon schaute fragend zu Thomas und Nadine. Sie nickten. Gerade als sie sich im gegenüber der Wache liegenden Schnellimbiss etwas zu essen holen wollten, bis sie erneut in die Lessingstraße aufbrechen mussten, trat eine gutaussehende Frau um die Vierzig ins Büro. „Sie hatten mich hergebeten?" Ihre Art zu sprechen irritierte Thomas, die anderen beiden eher nicht. „Mein Name ist Vera Horchler."

4

Dienstagnachmittag und -abend.

„Entschuldigen Sie bitte, dass ich jetzt erst komme." Vera Horchler war außer Atem. „Aber ich hatte noch Unterricht und mein Handy stummgeschaltet." Sie gehörte zwar zu den Hauptverdächtigen, weil sie sich mit Bücking kurz vor seinem Tod gestritten hatte, doch Thomas glaubte nicht, dass man dieser Tatsache angesichts des schwierigen Charakters des Opfers allzu viel Bedeutung beimessen musste. Die beiden hatten sich ja offenbar regelmäßig in den Haaren gelegen, und Frau Horchler schien – wie Mari schon angedeutet hatte – wirklich kooperativ zu sein. Und attraktiv obendrein, dachte Thomas. Er verwies die Zeugin an Simon. „Polizeiobermeister Winter wird Ihre Aussage aufnehmen." Im Gehen hörte er noch, wie Simon sich räusperte und Frau Horchler einen Stuhl anbot. „Hallo, Simon", begrüßte sie den jungen Polizisten, „ich wusste gar nicht, dass du nach dem Abi zur Polizei gegangen bist. Ich fand ja immer, du wärst auch ein guter Lehrer geworden." Natürlich kannten diese beiden sich auch. Alles andere hätte Thomas auch gewundert. Schnell folgte er Nadine, die schon fast am Auto war. Offenbar hatte sie es eilig. „Na, noch was vor heute?", fragte Thomas. „Na ja, dienstags abends gehe ich immer ins Kampfsporttraining." „Das fällt heute wohl aus", erwiderte Thomas mit einem Blick zur Uhr. „Wenn wir gleich mit den Bückings fertig sind, sind wahrscheinlich die Prozessunterlagen schon im Büro. Je mehr wir heute Abend noch sichten und sortieren, desto besser können wir morgen früh weiterarbeiten." Nadine seufzte. „Eine Stunde Kampfsporttraining hilft, einen klaren Kopf zu bekommen, macht fit und fokussiert", erklärte sie ihrem Chef. Fehlte gerade noch, dass sie anfügt, auch mir würde das guttun, dachte Thomas. Er war vielleicht nicht so gut in Form wie Nadine, aber für sein Alter durchaus noch fit und ansehnlich. Fand er, und er war ja auch nicht untätig: Jeden Morgen joggte er seine Runden. Meist nahm er die Strecke von Alsfeld durch die Erlen über die Altenburg nach Liederbach und zurück nach Alsfeld, wo er von der vielbefahrenen Grünberger Straße entlang wieder Richtung Altstadt zu seiner Pension lief. Unterwegs machte er Halt bei der elterlichen Metzgerei, die jetzt seine Schwester und sein Schwager führten. Dort nahm er sich stets ein frisches Fleischsalatbrötchen zum Frühstück mit, dick bestrichen. Er liebte das! Beim Gedanken daran merkte er, wie er hungrig wurde. Sie hatten über Frau Horchlers Erscheinen ganz vergessen, dass sie sich etwas holen wollten. „Ich habe vielleicht einen Kohldampf", sagte Nadine, „wenn wir nachher ohnehin noch arbeiten müssen, sollten wir uns wenigstens eine Pizza ins Büro bestellen." „Gute Idee", grinste Thomas, der anfing, sich wohlzufühlen mit der patenten Kollegin an seiner Seite. Auch wenn ihm ihre forsche Art ein wenig Angst einjagte, wie er sich insgeheim eingestehen musste. „Was wissen wir denn über die jungen Herren Bücking?", fragte Thomas förmlich und hoffte, es klänge witzig. „Sebastian ist Arzt in Frankfurt und Alexander ist Anwalt in Gießen", antwortete Nadine kurz. „Simon sagt übrigens, dass keiner von ihnen große Lust hatte, seine Termine wegen des Mordes an ihrem Vater zu verlegen, deshalb sind sie auch jetzt erst da."

Zum zweiten Mal an diesem Tag klingelten sie bei Bückings, zum zweiten Mal stand eine völlig aufgeräumte und nach wie vor von den Ereignissen unbeeindruckte Witwe vor ihnen. „Da sind Sie ja wieder, kommen Sie rein. Meine Söhne sind im Wohnzimmer, Sie kennen ja den Weg." Alexander und Sebastian Bücking waren vierunddreißig und sechsunddreißig Jahre alt. Während Sebastian seinem Vater wie aus dem Gesicht geschnitten war, hatte Alexander keinerlei äußerliche Ähnlichkeiten mit seinem Vater. Beide machten einen selbstbewussten Eindruck und schienen wie der Rest der Familie von der Todesnachricht nicht sonderlich mitgenommen. Auch die Tochter hatte sich zwischenzeitlich gefangen und war den Umständen entsprechen ernst, aber guter Dinge. Thomas erblickte eine halb leere Flasche Aperol und eine leere Flasche Sekt in dem sonst so ordentlichen Wohnzimmer. So will man ja auch nicht enden, dachte Thomas, der sich wünschte, dass sein hoffentlich noch ferner Tod bei seiner Frau und seinen Kindern etwas mehr Bestürzung auslösen möge. Bei seinen Töchtern war er da ganz sicher, aber bei seiner Frau .... Die beiden Männer waren es offenbar weder gewohnt, lange auf etwas zu warten, noch die Fäden aus der Hand zu geben, und fingen ihrerseits an, Fragen zu stellen. „Können Sie denn inzwischen schon Genaueres zur Todesursache sagen?", fragte Sebastian Bücking, der Arzt. „Und haben Sie schon einen belastbaren Verdacht?", hob Alexander Bücking, der Anwalt, an. Thomas seinerseits hatte nicht vor, sich von den beiden vorführen zu lassen. „Ihr Vater wurde vor gerade mal sechs Stunden gefunden. Sie wissen sicher selbst, dass in diesem kurzen Zeitraum weder eine Obduktion erfolgt sein kann noch ein Verbrechen geklärt." Frau Bücking und Nadine tauschten Blicke, was Thomas nicht entging. „Frau Paulsen, meine Kollegin, hat bereits die Unterlagen zu den alten Fällen Ihres Vaters angefordert. Hier werden wir als Erstes suchen. Sie beide können mir sicherlich verraten, wo Sie heute zwischen elf und halb zwei waren." „Das ist eine Unverschämtheit", polterte Sebastian Bücking los. „Lass gut sein", beschwichtigte ihn sein Bruder, „das ist Routine." Nadine notierte, dass Sebastian in der Klinik gewesen war und Alexander bei Gericht. Das ließe sich ja schnell überprüfen. „Sicher hat Ihre Mutter Ihnen schon erzählt, dass das Verbrechen sehr brutal ausgeführt wurde", lenkte Thomas jetzt ein. Das Gespräch musste nach seinem holprigen Start in ruhigere Bahnen kommen. „Da scheint viel Zorn im Spiel gewesen zu sein. Haben Sie eine Idee, wer so viel Wut auf Ihren Vater hat?" „Vielleicht hat er Ihnen mal etwas über seine alten Fälle erzählt", wandte sich Nadine jetzt direkt an Alexander. „Kam da jemals etwas zur Sprache, das jetzt zu einer solchen Tat führen konnte?" „Ganz ehrlich: Wir haben unseren Vater gemieden, wo wir nur konnten", antwortete Sebastian. „Und wir haben keine Ahnung, warum unsere Mutter so lange hier mit ihm gewohnt hat. Er war einfach ein Arsch. Schon immer." Das wussten Thomas und Nadine nun ja schon. Alexander schaute unter sich. Offenbar war er der gleichen Meinung wie sein Bruder, wollte es aber nicht so deutlich sagen. „Vielen Dank, dass Sie dann doch so schnell gekommen sind." Thomas stand auf, wandte sich zur Tür und hielt den beiden seine Karte hin. „Wenn Ihnen noch etwas einfällt, melden Sie sich bitte bei mir." Zum zweiten Mal an diesem Tag verließen Thomas und Nadine den Bungalow in der Lessingstraße und zum zweiten Mal konnten sie nicht fassen, dass jemandes Tod selbst seiner Familie – und zwar der gesamten Familie – völlig egal war.

Während sich die Polizisten mit Hilfe der Pizza von Alfredo, ihrem Lieblingsitaliener, in der Dienststelle durch die Akten wühlten, ging Mari nach Ladenschluss über den Markplatz in den Weinkeller. Nach Möglichkeit trank sie dort jeden Abend ihr Feierabendbier – extra wegen ihr hatte Lisa, die Wirtin, Bier überhaupt in ihr Sortiment aufgenommen, eine gewinnbringende Produkterweiterung, wie Lisa ihr verraten hatte. Jeden Freitagabend kamen Maris Freundinnen mit dazu: Tine Waterfeld, freie Mitarbeiterin bei der Oberhessischen Zeitung und Mutter von Maris Auszubildender, Olga Winter, Fußpflegerin und Mutter von Simon, Yasemin Erdal, Inhaberin der Reinigung in der Untergasse und Simons heimliche Liebe, und Petra Lorenz, Schwiegermutter von Nadine und Inhaberin des märchenhaften B&B, in dem Thomas logierte. Unter der Woche schaute die eine oder andere eher zufällig dort vorbei; nicht selten saß Mari aber auch allein unter der kleinen Laube in dem winzigen Innenhof hinter der Weinstube, wo sie mit Lisa eine Zigarette rauchte und über Gott und die Welt sprach. Es war ungewöhnlich voll für einen frühen Dienstagabend, aber spätestens als Mari die Treppe runterkam, war ihr klar, dass alle nur auf sie gewartet hatten. Die Gäste, die zuvor noch wild durcheinander gesprochen hatten, verstummten, als Mari durch das Lokal nach draußen in die Laube gehen wollte. Sie schauten sie erwartungsvoll an, ganz so, als hätten sie eine Verabredung mit ihr und sie hätte ihnen zugesagt, ihnen alle Ereignisse des Tages haarklein zu berichten. Es war Mari zwar unangenehm, aber genau das hatte sie nicht vor. Im Gegenteil. Das Erlebte hatte sie mehr beeindruckt, als sie sich anfangs eingestand. Man fand schließlich nicht alle Tage einen Toten, noch dazu in so einem Zustand. Jetzt wollte sie einfach nur dasitzen, ihr Bier trinken und ihre Zigarette rauchen. Also ignorierte sie die fragenden Blicke und überließ das Alsfelder Publikum, unter das sich auch ein paar Gäste vom Wohnmobilstellplatz gemischt hatten, ihren Vermutungen und den vielen halbwahren Informationen, die sie schon aufgeschnappt hatten. Sie war froh, als Lisa ihr das Alsfelder Schöppchen servierte. Es dauerte nicht lange, da gesellten sich Tine, Olga, Petra und Yasemin zu ihr – keine von ihnen wunderte sich, dass ihr Trüppchen – obwohl es erst Dienstag war – komplett war.

„Wie geht's?" Petras Frage war ernst gemeint, das wusste Mari. Die Freundinnen waren sich nah und hatten noch nie Probleme damit, voreinander ihre Gefühlsleben auszu-breiten. „Na ja", sagte Mari, „der Bücking war zwar, wie er war, aber ob er so ein Ende verdient hat, weiß ich auch nicht. Ich glaube, das hat niemand." Die Frauen schauten Mari fragend an. „Das soll ich vermutlich nicht sagen, aber der Bücking, der ist richtig mit Schmackes erschlagen worden. Und für mich sah es so aus, als hätte ihm, als er schon da lag, jemand noch mal so richtig mit was Schwerem aufs Gesicht geschlagen. Ich weiß gar nicht, womit, da war so eine Matsche um seinen Kopf rum. Eigentlich habe ich ihn nur an seinen Klamotten erkannt." Bücking liebte den englischen Landlord-Style und kleidete sich stets in Cord und Tweed. Mari war noch bei der Erinnerung daran sichtlich mitgenommen. Auch die anderen Frauen schluckten erstmal. Yasemin hatte sich am schnellsten wieder gefangen. „Das ist zwar alles nicht schön", pflichtete sie Mari bei, „und natürlich soll man auch keinen umbringen, nur weil er ein Arsch ist, aber ganz ehrlich: Schade ist es um den nicht." Tine, Olga, Petra und Mari schauten Yasemin entsetzt an. Sie alle waren zwar Freundinnen deutlicher Worte, aber irgendwie erschien ihnen das doch pietätlos. Yasemin spürte wohl, dass sie entweder zu weit gegangen war oder ihr Herz komplett ausschütten musste. „Hat er dich auch angebaggert?", fragte Lisa, die gerade mit einem Tablett mit Getränken die Laube betrat und alles mitbekommen hatte. „Nein, natürlich nicht, nur immer fast mit Blicken ausgezogen", antwortete Yasemin und grinste, denn das war Standard, wie alle wussten: Yasemin war der Grund, warum alle Männer in Alsfeld selbst ihre Sachen in die Reinigung brachten. Unter ihrem Wäschekittel trug sie nämlich außer einem Spitzenunterkleid nichts. Dafür war es ihr viel zu heiß an ihrem vor Bügeldampf und Waschmaschinenwärme meist sehr schwülen Arbeitslatz. Sie empfing ihre Kunden barfuß und stets mit einem strahlenden Lächeln. Ihre schwarzen Haare trug sie kurz, was ihrer weiblichen Ausstrahlung jedoch keinen Abbruch tat. Das Interessante aber war, dass auch die meisten Frauen gerne zu ihr kamen. Sie hatte immer Zeit für einen kleinen Schwatz bei einem frischen

Kaffee und vertrieb außerdem die Kosmetiklinie „Layla'nın sırrı", was so viel wie „Laylas Geheimnis" hieß, die ihre Cousine ihr aus der Türkei schickte und die bei den Alsfelderinnen heiß begehrt war. Schönheitstipps gab es bei Yasemin inklusive, und so war auch ihre Reinigung eine Art kleiner Treffpunkt, wo die Frauen ihren Spaß hatten, wenn die Männer angesichts der adretten Reinigungsfachkraft in Schnappatmung verfielen – was nur das Geringste war. „Sicher fand er mich attraktiv", gab Yasemin zu, „aber der hat doch total Schiss vor mir gehabt. So Typen wie den kenne ich. Die halten sich lieber an Frauen, die sie mit ihrer Breitbeinigkeit noch beeindrucken können. Soll es ja immer noch geben." Von den Freundinnen, die sich hier trafen, gehörte keine dazu. Aber sie wussten auch, dass noch viel zu tun sein würde, bis Kerle wie Bücking das Nachsehen hatten. „Und warum bist du dann so sauer auf ihn?" Petra wollte es nun doch etwas genauer wissen. Yasemin atmete tief ein und aus. „Ich hatte mal eine Nichte, die nach der Schule hier in Alsfeld eine Ausbildung beim Amtsgericht angefangen hat. Merve war richtig gut drauf, energie-geladen, sportlich. Fröhlich. Anfangs war sie ganz begeistert davon und erzählte, wie viel Spaß es ihr machte, aber so nach einem Jahr wurde sie immer in sich gekehrter. Als ich sie fragte, was los sei, hat sie erzählt, dass einer der Vorgesetzten, also Bücking, ihr dermaßen nachstelle, dass sie bald nicht mehr wüsste, was sie tun sollte. Ich war damals sehr mit mir selbst beschäftigt, weil ich mich grade scheiden ließ, aber ich sagte ihr noch, sie müsse das auf jeden Fall melden. Kurz nach unserem Gespräch muss es dann wirklich eskaliert sein und Merve hat Bücking wegen Vergewaltigung angezeigt." Die Frauen hielten den Atem an und wunderten sich, dass sie davon nichts mitbekommen hatten. Außer den Gerüchten, die ohnehin stets um Bücking kursierten, die er aber genauso beständig mit seiner Autorität und seinen Beziehungen entkräftete. „Ihr könnt euch vielleicht vorstellen, wie peinlich meiner Familie all das war. Einerseits wollten sie Merve beistehen, andererseits wollten sie aber auch keinen Wind darum machen. Sie rieten Merve, ihre Ausbildung woanders fortzusetzen, aber Merve hatte eine eigene Vorstellung von Gerechtigkeit und davon, Bücking das nicht einfach durchgehen zu lassen. Auf jeden Fall gab sie nicht klein bei und zog die Verhandlung durch. Bücking gelang es jedoch durch seine Beziehungen bis in die höchsten Reihen, den Prozess zu beeinflussen. Er trieb Bilder von Merve auf Partys auf, die ihre Glaubwürdigkeit untergraben sollten." „Was denn für Bilder?", wollte Olga wissen. „Ganz normal Partyfotos halt. Merve mit Cocktail, Zigarette und knappem Top auf dem Stadtfest oder so. Bücking stellte das so dar, dass sie einfach geltungsbedürftig sei und einen unsteten Lebenswandel führte. Und es gelang ihm. Merve hatte anfangs noch andere Frauen aus dem Amtsgericht als Zeuginnen benannt, die auch angegeben hatten, von Bücking belästigt worden zu sein, aber als es dann ans Eingemachte ging, war keine bereit auszusagen. Und Merve stand noch unglaubwürdiger da." „Und wie ging es weiter?", fragte Tine, denn sie hatte eine Ahnung, was dann passierte: Es gab in diesen Jahren den Selbstmord einer jungen Frau, die sich bei Altenburg auf die Schienen gelegt hatte. Da von dem Prozess nichts an die Öffentlichkeit gedrungen war und es sich um eine türkischstämmige Person gehandelt hatte, war man in Alsfeld schnell von einem familieninternen Ehrenproblem ausgegangen. „Ja, so ist das bei den Türken", hörte man damals lapidar auf den Straßen als Kommentar, mit dem dann alles irgendwie erledigt sein sollte. „Merve sollte und musste danach die Stelle wechseln. Wir haben noch Verwandtschaft in Offenbach, dort sollte sie hin. Alles war schon geregelt, auch das Amtsgericht hatte sich beeilt, ihr dort eine Stelle zu verschaffen, damit sie aus Alsfeld verschwindet. Doch dann hat man sie tot auf der

Bahnstrecke Alsfeld – Fulda entdeckt. Das, was noch übrig war. Und wir als Familie haben eigentlich nie wieder darüber gesprochen. Wahrscheinlich, weil wir bis heute glauben, wir hätten sie zu wenig unterstützt." Selten hatten Petra, Olga, Tine und Mari ihre Freundin Yasemin so gesehen. Sie kannten sich erst, seitdem Yasemin sich nach der Trennung von ihrem gewalttätigen Mann mit der Reinigung selbstständig gemacht hatte. Zwar kam ihnen jetzt die Erinnerung an das Geschehen vor etwa zehn Jahren wieder hoch, aber es war damals ja schon so viel verschleiert worden, dass alle Erinnerungen trügerisch und unvollständig waren. Und die wahren Gründe von Merves Selbstmord hatte ohnehin niemand weiter hinterfragt oder irgendetwas darüber erfahren.

„Wenn man das jetzt mal ganz nüchtern betrachtet, ihr Lieben, bedeutet das natürlich, dass Merves Umfeld, also deine Familie, Yasemin, große Freude an Bückings Tod hat." Yasemin sah erschrocken von ihrem Aperol auf: „Du meinst doch nicht, dass einer von uns ..." „Man kann halt nie wissen", warf Petra ein. Sie war die Pragmatischste von allen. „Aber warum erst jetzt?" „Letzte Woche war Merves Todestag", sagte Yasemin unter Tränen. „Ja, da ist natürlich alles möglich", erwiderte Petra, „allerdings war der Todestag auch schon jedes Jahr." „Aber es war der zehnte", schluchzte Yasemin. Die Freundinnen sahen sich ratlos an. „Jetzt überlegt doch mal", sagte Olga: „Es könnte genauso gut jemand anderes gewesen sein. Hatte Merve einen Freund?" Yasemin schniefte und zuckte mit den Schultern. Ihre ganze Energie, ihre Ausstrahlung, ihre Lebensfreude, all das war ihr in den letzten Minuten abhandengekommen. Ihr Lippenstift hatte sich trotz der Top-Qualität von „Layla'nın sırrı" in ihren Taschentüchern und auf ihrem Gesicht mit dem Lidschatten, der Wimperntusche und den Tränen vermischt. Olga nahm sie jetzt erstmal mit zur Toilette, damit sie sich ein bisschen frisch machen konnte. Yasemin schien es zwar völlig egal zu sein, aber eine von Olgas vielzitierten Lebensweisheiten, die sie aus Russland von ihrer Oma Swetlana mit nach Deutschland gebracht hatte, war: „Egal was kommt: Achte auf deinen Lippenstift, dein Make-Up und die Wimperntusche. Der Rest geht von selbst."

„Ganz ehrlich", gab Tine jetzt zu bedenken. „Das ist zwar alles möglich, aber es liegt doch auf der Hand, dass Merve nicht das einzige Opfer von Bücking war. Wenn sich da jetzt alle aus irgendeinem Grund rächen wollen, dann hat die Polizei so viele Verdächtige, dass sie noch in hundert Jahren an dem Fall sitzt."

„Na das wollen wir erstmal sehen." In diesem Moment war Nadine in die Laube des Weinkellers getreten und sah die Frauen mit erwartungsvollem Blick an.

5

Mittwochmorgen.

Thomas drehte seine morgendliche Joggingrunde und dachte nach. Simon, Nadine und er hatten am Abend zuvor noch lange zusammengesessen und über den Akten gebrütet, die Gabi vom Amtsgericht ihnen noch kurz vor achtzehn Uhr übermittelt hatte. Bücking war wirklich ein Besessener gewesen. Er hat alles wegverhandelt, was ihm auf den Tisch kam. Und er hatte nie jemals auch nur das kleinste Auge zugedrückt. Kein Schicksal eines jugendlichen Straftäters hatte ihn angerührt und zu einem milden Strafmaß veranlasst. In seiner ganzen Laufbahn war er kein einziges Mal unter der von der Staatsanwaltschaft geforderten Strafe geblieben. „Ein harter Hund", hatte Simon gesagt und dabei ein hilflos-verzweifeltes Gesicht gemacht. Thomas selbst hielt grundsätzlich wenig von zu milden Strafen. Er sah stets die Opfer und deren Geschichte. Und die Mühe, die sich die Polizei machte, um jemanden zu schnappen. Oft waren die vermeintlichen Täter dann schneller wieder auf freiem Fuß, als die Polizisten Schichtwechsel hatten. Aber was Bücking da fabriziert hatte, das war selbst Thomas zu arg. So stur und ohne Ansehen der Situation durfte man einfach auch als Richter nicht handeln. Das war unmenschlich. Da waren er und seine Kollegen sich stillschweigend einig. Für ihre Ermittlungen bedeutete dies, dass auch unter den Verurteilten ziemliche viele eine Rechnung mit Bücking offen haben konnten. Dazu die Hälfte der Alsfelder Frauen ...

Eigentlich hatte Thomas gehofft, im Schlaf oder spätestens beim Joggen aufhören zu können, über den Fall nachzudenken. Aber es war alles so verworren. Er hatte überhaupt keine Idee, wo sie anfangen sollten. Noch nie hatte er einen Toten gehabt, der offenbar keinen einzigen Freund hatte, dafür unzählige mögliche Mörder. Fast tat

Bücking ihm leid. Aber nur fast. Thomas beeilte sich an diesem Morgen mit frühstücken und duschen. Er wollte so schnell wie möglich in die Dienststelle, um gemeinsam mit Nadine und Simon einen Plan zu schmieden. So übel waren die beiden Kollegen nicht. Simon war vielleicht ein bisschen zu weicheierig, dafür aber sehr fokussiert und konzentriert. Nadine war hinsichtlich des Weicheifaktors das genaue Gegenteil von Simon, noch dazu ziemlich schlau, bestens vernetzt und – so war zumindest sein Eindruck bisher – loyal. Wie Simon übrigens auch. Und das war doch schon gar nicht mal so schlecht.

Als Thomas die Dienststelle betrat, sah er Nadine im Gespräch mit einer jungen Frau, von der er glaubte, sie schon irgendwo einmal gesehen zu haben. Wahrscheinlich in irgend so einer Krimivorabendserie, die er mit Leidenschaft schaute. Als die beiden ihn erblickten, ging die junge Frau, die einen dunkelblauen Hosenanzug trug und ihr blondes Haar zu einem strengen Zopf gebunden hatte, auf ihn zu, strahlte ihn an und streckte die Hand aus: „Hallo, Herr Eisenträger. Ich wollte mal hören, was Sie so für mich haben. Wir haben hier in Alsfeld ja nicht alle Tage eine Leiche. Noch dazu eine so prominente." In dem Moment erinnerte Thomas sich: Die junge Frau war Clara Faust, die Staatsanwältin. Sie hatte sich ihm schon an seinem ersten Arbeitstag vorgestellt, aber da war er so konsterniert von ihrer Jugend gewesen, dass er sie gleich wieder vergessen hatte. In den letzten Tagen war ihm durch die Zusammenarbeit mit Nadine klargeworden, dass seine Vorurteile Frauen gegenüber möglicherweise nicht von Bestand sein würden. Obwohl er gerne noch ein wenig an ihnen festgehalten hätte, begannen sie zu bröckeln, ohne dass er es wollte. Er stöhnte auf. Was für eine Welt!

„Hat Ihnen Frau Paulsen noch nichts erzählt?" „Ach, was", lachte Clara ihn an. „Wir hatten Wichtigeres zu besprechen als den Fall." Ja, klar, Frauen halt, dachte Thomas sich dann doch und bot der Staatsanwältin einen Platz an. „Wir haben noch nicht allzu viel", fing Thomas an zu berichten, „oder vielleicht das Gegenteil: Wir haben zu viel." Clara sah ihn fragend an. „Zu viele Frauen, an denen er sich offenbar mehr oder weniger vergriffen hat, zu viele Täter, die er mitunter in Blitzprozessen in den Knast geschickt hat, zu viele Menschen in seinem privaten Umfeld, die ihn nicht leiden konnten." „Nicht mal seine Familie trauert", warf jetzt Simon ein. „Eigentlich war der ein ganz armes Schwein." „Nun übertreib's mal nicht mit deinem Mitleid, Simon", gab Nadine zurück. Clara Faust schien sich von den Ausführungen der drei gut unterhalten zu fühlen, allerdings gab sie zu bedenken: „Das ist ja wirklich noch nichts Handfestes. Ihr könnt euch wahrscheinlich denken, dass die Presse alle halbe Stunde bei mir anruft. Ich konnte sie zunächst noch vertrösten, aber spätestens morgen müssen wir eine Presseerklärung zum Ermittlungsstand rausgeben, wenn nicht sogar eine PK einberufen. Also, schaut mal, was ihr heute im Lauf des Tages noch so herausbekommt. Ich denke, wir sollten uns heute Abend nochmal zusammensetzen und brainstormen, was wir morgen der Presse bieten können. Sagen wir, achtzehn Uhr bei mir im Büro? Am besten wir alle zusammen, oder?" Sie wartete tatsächlich, ob alle zustimmten oder jemand noch was einwenden wollte, dann verschwand sie in Richtung obere Etage, wo sich ihr Büro befand. „Also, bis später", rief sie den dreien noch winkend zu, und Thomas musste sein Bild von ihr schon wieder sortieren. Sieht aus wie ein verkleidetes Schulmädchen und hat uns hier alle im Griff, dachte er und wunderte sich, dass er das nicht mal unangenehm fand. Das Schulmädchen war anscheinend auch noch kompetent. Aber wie auch immer, jetzt musste erstmal Butter bei die Fische. Und noch während er weiter überlegte, wo man anfangen könnte, sah er Simon schon an seinem Board stehen, in das über Nacht oder wann auch immer jede Menge Leben gekommen war.

„Ich war nach Dienstschluss den ganzen Abend und die halbe Nacht mit diesen vielen Akten beschäftigt", sagte Simon jetzt. Offenbar hatte er genauso wenig abschalten können wie Thomas. „Also bin ich dann schon um vier Uhr wieder hierher und habe angefangen, alles ein wenig zu sortieren und zu priorisieren." Thomas sah drei verschieden hohe Aktenstapel. „Der große Stapel hier ist meiner Meinung nach zu vernachlässigen. Die Fälle sind schon so lange abgeschlossen, wenn wir die alle nachvollziehen wollen, werden wir überhaupt nicht fertig. Und die Wahrscheinlichkeit, hier noch auf etwas zu stoßen, wenn die Verurteilten schon tot sind oder zumindest fast, geht gegen Null." Thomas fragte sich, was „fast tot" in Lebensjahren bedeutete, denn manchmal hatte er den Eindruck, dass das für ihn in den Augen von so jungen Kerlen wie Simon auch schon galt. Aber er ließ seinen Kollegen gewähren. Schließlich hatte er selbst aktuell überhaupt keine Idee. „So, dann haben wir hier den mittleren Haufen. Da sind ganz interessante Fälle dabei: Täter, die noch sehr jung waren, als sie von Bücking verurteilt wurden, und die nun wieder auf freiem Fuß sind. Auch andere, die von Bücking mehrfach eingebuchtet wurden und aktuell wieder draußen sind, sind hier dabei. Aber nichts richtig Auffälliges." Simon zeigte auf den kleinsten Stapel. „Aber hier, diese beiden Fälle, sollten wir uns genauer anschauen: Bei dem Ersten handelt es sich um einen Typen, der noch aus dem Gefängnis heraus wüste Beschimpfungen gegen Bücking unverhohlen mit der Post verschickt hat. Und dann ist hier noch ein Fall, da sitzt zwar der Verurteilte noch, aber seine Frau ist im Gerichtssaal völlig ausgeflippt, hat Bücking mit faulen Eiern beworfen und ein verlogenes, korruptes und elendes Dreckschwein genannt. Er werde schon sehen, wohin seine Machenschaften führen." Nadine schaute konzentriert und nickte Simon anerkennend zu. Dieser fuhr fort und zeigte auf sein Board: „Diese beiden habe ich hier unter die Verdächtigen geschrieben: Nummer eins, der Typ mit der Post, ist Leon Schäfer. Er ist erst vierundzwanzig. Sobald er volljährig war, hat Bücking ihn festgesetzt. Eigentlich wegen kleinerer Delikte wie Drogenbesitz, Ladendiebstahl, Schwarzfahren und Tankstellenüberfällen mit Spielzeugpistolen, einige davon, als Schäfer noch minderjährig war. Als er dann wegen eines weiteren Tankstellenüberfalls festgenommen wurde, hat Bücking wohl in seiner Urteilsbegründung alle Delikte, die Schäfer als Jugendlicher begangen hat, mit ins Strafmaß gerechnet und ist somit auf acht Jahre Haft gekommen. Schäfer wollte sich damit nicht zufriedengeben und hat die letzten Jahre ständig weiterprozessiert. Nachdem Bücking im Ruhestand war, hat er tatsächlich eine Wiederaufnahme des Verfahrens erwirkt und die letzten beiden Jahre wurden ihm erlassen. Er ist seit genau vier Wochen wieder auf freiem Fuß. Er gilt als impulsiv und jähzornig, und in seiner Zelle hatte er eine Dartscheibe mit dem Bild des Richters als Mittelpunkt. Natürlich ohne Pfeile, aber immerhin." Obwohl es Thomas nicht so richtig passte, dass zwei der Haufen unberücksichtigt bleiben und nur diese beiden Akten verfolgt werden sollten, fand er Simons Vorschlag richtig. Er hatte die Akten ja auch gelesen und so gar keine Anhaltspunkte gefunden, die es ihm ermöglicht hätten, Prioritäten zu bilden. Schließlich hatte fast jeder Verurteilte sich zu einer Beschimpfung oder gar Drohung gegen den Richter hinreißen lassen. Und viele von ihnen waren eben noch nicht tot, aber schon wieder auf freiem Fuß. Um sie könnte man sich kümmern, wenn sich aus den zwei ersten Fällen nichts ergeben sollte. Während er nachdachte, spürte er Simons und Nadines Blicke auf sich. Anscheinend sollte er was sagen. Thomas räusperte sich. „Ja, sehr gut, Simon. Das klingt alles sehr schlüssig. Was denkst du, Nadine?" Seit gestern Abend, als sie noch mit rauchenden Köpfen über ihrer Pizza saßen und gegen zehn die mitgelieferte Flasche Lambrusco geöffnet hatten, waren sie per Du. Thomas war erstaunt, wie normal sich das für ihn anfühlte, und auch die beiden schienen damit kein Problem zu haben. Nadine reagierte nicht gleich. Sie dachte offenbar angespannt über etwas nach, doch dann pflichtete sie ihrem Chef bei: „Ja, Simon. Wir sollten auf jeden Fall zu Leon Schäfer und dort mal nach dem Rechten schauen. Wo wohnt er denn? Ist er in Alsfeld?" „Ja, er wohnt in der Curtmannstraße." „Das ist nicht gerade die feinste Wohngegend", sinnierte Nadine. Simon fuhr fort: „Nachdem er aus dem Gefängnis raus war, ist er dort erstmal bei seinem Bruder eingezogen. Der ist übrigens auch aktenkundig." Simon schüttelte den Kopf. Er schien das Gleiche zu denken wie Thomas: Alsfeld war zwar keine Großstadt, aber es gab hier auch den einen oder anderen Clan und mindestens einen Toten im Jahr. Also, einen unnatürlichen Toten.

„Was ist denn mit der Furie?", durchschnitt Thomas Simons Gedanken, „also mit der Ehefrau, die Bücking so beschimpft hat?" „Die heißt Yvonne Schwab, ist vierundvierzig Jahre alt und wohnt in der Unteren Fulder Gasse. Dort betreibt sie einen Haushaltswarenladen mit diversen Zeitungen und einer Paketannahmestelle. Angeblich hat sie unterm Ladentisch auch noch eine kleine Auswahl an ..." Simon wurde rot. „Ja?", drängte Thomas ihn weiterzuerzählen. „Vibratoren", sagte er schnell und fügte hinzu: „Angeblich aller Art." „Das ist ja ein schönes Sammelsurium", meinte Thomas, ungerührt von dem letzten Artikel in der Aufzählung. „Ja, als ihr Mann wegen Unterschlagung und Falschaussage angeklagt und verurteilt wurde, wurde auch bei ihr im Laden alles gefilzt und es ging ziemlich bergab mit ihr." Simon führte sich die Hand zum Mund, wie man ein

Glas ansetzt und trinkt. Thomas nickte, während Simon fortfuhr: „Zumal bekannt wurde, dass sie vor Gericht auch noch so ausfällig geworden war. Zu ihrem Glück ist das Haus in der Unteren Fulder Gasse ihr Elternhaus, sodass sie das Lädchen weiterführen kann, so gut es eben geht." „Das stand wohl kaum so haarklein in der Akte, oder?", fragte Thomas nach. „Natürlich nicht", grinste Simon, „aber meine Mutter stand heute Morgen schon für ein Interview bereit, bevor sie ihre Praxis aufgeschlossen hat." „Deine Mutter?" Thomas zog fragend die Augenbrauen hoch. „Ja, sie hat die Fußpflegepraxis in der Rittergasse. In Alsfeld passiert praktisch nichts, was ihr nicht zu Ohren kommt." Thomas seufzte. Das Alsfeld-Syndrom. Es schüttelte ihn ein wenig, als er sich vorstellte, wie zwischen abgehobenen Hornhautspänen und angeknipsten Zehennägeln die Informationen, Gerüchte und Geheimnisse die Runde machten. Nicht auszudenken, wenn sein Arbeitstag damit begänne, dass ein Mensch nach dem anderen ihm seine Füße in jedwedem Zustand vor die Nase halten würde. Da war ihm eine Leiche dann doch lieber. Zumal das ja nicht so oft vorkam im Jahr. In Thomas persönlicher Rangordnung der unbeliebtesten Jobs rangierte Fußpflegerin ganz weit vorne. Dicht gefolgt von Erzieherin. Gottseidank waren das alles Frauenberufe.

„Also, dieser Frau sollten wir dann auch mal auf den Zahn fühlen – wie verteilen wir uns?" Nadine war wieder in Gedanken versunken. „Nadine?" Thomas kannte sie zwar noch nicht lange, aber eigentlich war sie stets aufmerksam und konzentriert. Ihre Abwesenheit verwunderte ihn. „Ja, also, ähm, es gibt noch eine andere Spur." „Ja, und?" Jetzt wurde auch Simon etwas ungeduldig. Er hob schon seinen Marker, um sein Board zu vervollständigen. „Ich hatte Thomas gestern im Auto schon von dem Fall erzählt, in dem eine Auszubildende am Amtsgericht Bücking wegen sexueller Belästigung angezeigt hatte. Das Ganze verlief im Sande, die Auszubildende verschwand." Thomas hatte gestern zwar gesagt, man könne dieser Spur nachgehen, aber jetzt hatten sie immerhin zwei andere Möglichkeiten. „Na ja", sagte dieser daher, „ich weiß nicht, ob wir so einer alten Kamelle, von der nichts Halbes und nichts Ganzes bekannt ist, nachgehen sollen. Oder hast du neue Erkenntnisse?" Nadine senkte die Augen. Es fiel ihr ganz offensichtlich schwer, darüber zu sprechen. „Ich war gestern Abend nochmal kurz im Weinkeller bei Maris Frauenrunde." Jetzt wurde Thomas doch etwas ungehalten. Er wollte los und bis heute Abend irgendwelche brauchbaren Ergebnisse vorzeigen können. Was er nämlich keinesfalls wollte, war, sich von der jungen Staatsanwältin vorführen zu lassen. Und auf das ganze Frauengedöns von Mari hatte er jetzt grade gar keine Lust. Trotzdem fragte er, schon leicht genervt: „Ja, und?" „Also, die Auszubildende war Yasemins Nichte." Dann erzählte Nadine, was sie am Abend zuvor erfahren hatte. Auch Simon war offenbar so erschüttert, dass er ganz vergaß, etwas an sein Board zu schreiben. Thomas konnte mit der allgemeinen Betroffenheit herzlich wenig anfangen, sondern stellte klar: „Ich weiß ja nicht, was ihr mit der Familie, dem Mädchen oder der Tante zu tun habt. Aber das scheint mir doch im Moment das handfesteste Motiv von allen zu sein." „Du glaubst doch jetzt nicht, dass Yasemin ...?" Simon war ganz entsetzt. „Vielleicht nicht Frau – wie heißt sie eigentlich mit Nachnamen?" „Erdal", sagte Simon schnell. „Also, vielleicht nicht Frau Erdal, aber vielleicht jemand aus ihrer Sippe. Es ist ja, bei aller Liebe, nicht so ganz ungewöhnlich, dass türkische Clans solche Sachen gerne selbst in die Hand nehmen." Thomas hatte schon gemerkt, dass solche Pauschalaussagen bei dem Kollegen und der Kollegin nicht so gut ankamen. Die waren halt einfach noch nicht lange genug im Geschäft. Aber sie widersprachen auch nicht, was Thomas als stilles Zugeständnis wertete. Dass beide sich große Sorgen um Yasemin machten, kam ihm nicht in den Sinn. „Sag mal, Nadine, du hattest doch gestern auch diese Akte bei deiner Gabi vom Amtsgericht angefordert, oder? War die dabei?" Die drei sahen sich fragend an. Niemand hatte dazu einen Vorgang in der Hand gehabt. „Ich rufe nochmal an", sagte Nadine und wählte Gabis Nummer. Das Gespräch war schneller zu Ende als gedacht. Völlig konsterniert knallte Nadine den Hörer auf. Auf Simons und Thomas' fragenden Blick, sagte sie mit bebender Stimme: „Die Akte ist nicht mehr da. Weder als Akte noch als Datei. Weg. Die ist einfach verschwunden!"

6

Mittwochvormittag.

Als Thomas und Nadine in der Curtmannstraße bei Jonas Schäfer klingelten, war ihnen mehr als mulmig zumute. Die Schäfer-Brüder hatten in der Tat schon einiges auf dem Kerbholz und waren nicht zu unterschätzen. Beide Polizisten hatten ihre Hände an ihren Pistolen, als einer der Schäfers die Tür öffnete. Es war zwar noch relativ früh am Tag – erst neun Uhr –, da die Ermittler jedoch alle schon zeitig ihren Dienst angetreten hatten, kam es ihnen vor, als sei es schon viel später. Sie hatten beschlossen, die Verdächtigen in der Reihenfolge von Simons Präsentation abzuklopfen; Leon Schäfer war als Erster dran.

Dass ihnen ein völlig verschlafener Mann in Boxershorts die Tür öffnete, sich die Augen rieb und wie im Tiefschlaf fragte „Ja, was gibt's denn?", damit hatten sie jedenfalls nicht gerechnet. „Leon Schäfer?", fragte Thomas kurz. „Nee, Jonas", antwortete der durchtrainierte Typ, der mit seinen langen blonden Haaren auch gut an einen Strand auf ein Surfbrett gepasst hätte. Der klassische Kleinganove sah irgendwie anders aus. Thomas merkte, wie auch Nadine den jungen Mann anschaute. Sie schien beeindruckt. „Ist Leon auch da?", fragte sie. Jonas drehte sich um und rief in die Wohnung hinein: „Leon, die Bullen. Für dich."

Dann bat er die beiden mit einer Handbewegung in eine sehr aufgeräumte Wohnung, die zwar nicht teuer, aber modern eingerichtet war. IKEA-Style, fand Thomas, der für das schwedische Möbelhaus und die mit ihm untrennbar verbundene weibliche Kaufhysterie noch nie sonderlich viel übrighatte. Wenn seine Frau und die Mädchen mal wieder dorthin shoppen gingen, blieb er in der Regel zuhause oder hatte Dienst. Wenn sie ihn nötigten mitzugehen, gab er an geeigneter Stelle sein vernichtendes Urteil über Sinn und

Qualität der IKEA-Möbel und -Kinkerlitzchen ab und verzog sich in die Kantine. Die Köttbullar waren echt immer spitze. Beim Gedanken an sein verlorenes Zuhause spürte Thomas einen gewaltigen Kloß im Hals. Selbst einen IKEA-Besuch mit den Mädels würde er inzwischen liebend gern auf sich nehmen. Auch Nadine schien in Gedanken woanders zu sein. Sie schaute Jonas nach, der den Raum verließ, um seinen Bruder zu holen, da dieser auf sein Rufen nicht reagiert hatte.

Die Polizisten sahen sich fragend an und Thomas wollte dem jungen Mann gerade folgen, als dieser unverrichteter Dinge zurückkam. „Is' weg", sagte er knapp. „Wie jetzt, weg?" Thomas ärgerte sich, dass sie beide in diesem entscheidenden Moment nicht präsent gewesen waren. „Na ja, eben als ihr geklingelt habt, war er noch da. Und jetzt ist er nicht mehr da. Schätze mal, er ist abgehauen." Jonas gähnte und kraulte sich in der Körpermitte. Nadine schluckte. Dann schüttelte sie scheinbar amüsiert den Kopf und fragte: „Wo er hingegangen sein könnte, wissen Sie nicht zufällig?" Jonas grinste sie an: „Nee." „Und wo er gestern Vormittag war, wissen Sie das?" „Vormittags schlafen wir meistens noch", antwortete der Befragte wortkarg, „wenn uns niemand stört, heißt das." „Und hat Sie gestern jemand gestört?" Thomas war ob des zähen Gesprächs jetzt doch etwas ungehalten. „Nicht, dass ich wüsste." „Dürfen wir uns hier vielleicht mal kurz ein bisschen umsehen?", fragte nun Nadine. „Oh Mann, echt jetzt?" Aber auch Jonas wollte das hier offenbar bald zu Ende bringen und wurde etwas kooperativer: „Was wollt ihr überhaupt von uns?" „Von Ihnen wollen wir erstmal gar nichts", sagte Thomas nun, „im Moment wollen wir einfach wissen, wo Ihr Bruder gestern Vormittag war." „Mann, wir haben geschlafen." „Und von was sind Sie immer so müde?", fragte nun Nadine, die sich einen süffisanten Blick dann doch nicht verkneifen konnte. „Wir arbeiten Nachtschicht bei Amazon. Die haben so viel Bedarf, dass sie sogar Leon direkt eingestellt haben, als er aus dem Knast kam."

Die Beamten schauten Jonas überrascht an. „Ey, ich hab' kein' Bock mehr auf die Scheiße von früher", hörten sie den gutaussehenden Blonden jetzt sagen. „Dauernd irgendwas auszufressen, Schiss vor den Bullen zu haben und doch nicht über die Runden zu kommen. War mir echt zu blöd geworden. Und Nachtschicht liegt mir einfach." Er grinste Nadine so fett an, dass es Thomas schon peinlich wurde. „Und sieht das Ihr Bruder genauso?", fragte er jetzt. „Ganz ehrlich: keine Ahnung. Ich schleppe ihn jetzt erstmal mit und hoffe, es klappt irgendwie mit ihm. Aber ihr seht ja: Das Vertrauen in die Staatsmacht ist noch nicht wieder so ausgeprägt, sonst wäre er ja nicht abgehauen." „Oder er hat Grund dazu, Schiss vor uns zu haben", meinte Nadine jetzt. „Er hat Dauerschiss vor euch." Jonas war jetzt offenbar endgültig wach. Er drückte sich an seinem Kaffeeautomaten einen Kaffee durch. „Wollt ihr auch einen?" Nadine schüttelte den Kopf. Sie stand mehr auf grünen Tee, aber Thomas nahm das Angebot gerne an. Er sah sich um.

Neben der hochwertigen Kaffeemaschine standen noch ein Toaster und ein Wasserkocher. Gegenüber eine Mikrowelle und eine Kitchen-Aid-Küchenmaschine. Durch die geöffnete Wohnzimmertür sah er einen großen Flachbildfernseher. Auf dem Küchentisch lag ein Notebook. Er vermutete, dass das alles mal irgendwo zwischen Krachgarten und Dotterberg, den beiden Rastplätzen auf der A5 bei Alsfeld, vom LKW gefallen war. „Ihnen scheint es ja gar nicht so schlecht zu gehen, Herr Schäfer", stellte Thomas fest. Jonas begriff sofort, was der Kommissar damit meinte. „Ihr seid echt alle gleich. Ich arbeite seit zwei Jahren bei Amazon – nur Nachtschicht. Ich gebe wenig aus, die Miete ist günstig. Ich kann mir das einfach leisten, was ihr hier seht. Auch wenn ihr es nicht glaubt: Ich habe jetzt echt schon ewig kein krummes Ding mehr gedreht."

Während Nadine sichtlich beeindruckt war von dieser Wandlung, blieb Thomas skeptisch: Zu schön, um wahr zu sein, davon war er überzeugt. Aber es ging ja gar nicht um Jonas, sondern um seinen Bruder Leon, der direkt getürmt war. Nadine schien denselben Gedanken zu haben: „Warum haut Ihr Bruder denn ab, wenn er nichts zu verbergen hat?"
„Ihr solltet euch mal die Akten genauer anschauen, dann würdet ihr feststellen, dass die Verurteilung damals durch diesen Scheiß-Bücking hinten und vorne an den Haaren herbeigezogen war. Da braucht man kein Studierter zu sein, um das zu sehen. Der wollte einfach mal einen von uns Schäfers so richtig drankriegen. Und als er Leon zwischen den Fingern hatte, hat er zugelangt. Kein Schwein hat irgendwas für ihn getan. Kein Bulle, kein Rechtsanwalt, kein Staatsanwalt, keine Sozialtante. Der ist einfach eingefahren für Sachen, die er als Vierzehnjähriger gemacht hat. Und wahrscheinlich für alles, was ich gemacht habe und unser Alter auch. Den hatte Bücking auch schon auf dem Kieker, aber der hat sich dann ja abgesetzt. Acht Jahre hat Leon bekommen, acht Jahre! Wisst ihr, was das heißt für so einen jungen Typen? Das macht den doch erst recht kaputt." Jonas hatte sich in Rage geredet und war nun hellwach. „Klar hat der jetzt Schiss, dass ihr ihm schon wieder was anhängen wollt. Was habt ihr denn? Einbruch, Drogen? Bei uns seid ihr immer richtig!" Jonas machte eine abwehrende Handbewegung und drehte ihnen den Rücken zu.

Thomas musterte anerkennend das Muskelspiel, das auch Nadine sich interessiert anschaute. „Also, können Sie sicher sagen, dass Ihr Bruder gestern Vormittag hier geschlafen hat oder nicht?", wurde Thomas jetzt konkret. „Ich. Nehme. Es. An.", antwortete Jonas sehr vernehmlich. „Allerdings habe ich auch geschlafen. Als ich um eins aufgewacht bin, lag Leon auf jeden Fall in seinem Bett. Mehr kann ich dazu auch nicht sagen." „Haben Sie eine Ahnung, wo Leon jetzt sein könnte?", fragte Nadine. „Ich hoffe, nicht da, wo ich vermute." „Alter Spielplatz in den Erlen oder was?" gab Nadine zurück. „Ich hoffe nicht." Thomas schaute Nadine fragend an. „In den Erlen kannst du alles kaufen, was du brauchst", erklärte Nadine ihrem Chef. „Und wenn wir dort auftauchen, werden wir nichts und niemanden finden."

Jonas grinste, als ob er es nicht schöner hätte sagen können. „Müssen Sie heute Abend auch zur Arbeit?", fragte Thomas noch. „Ja klar, von zehn bis sechs, jede Nacht von Montag bis Freitag", antwortete Jonas, „da wird man ja mal bis um eins oder zwei schlafen dürfen." „Tut mir leid, dass wir Sie geweckt haben", sagte Nadine, unnötigerweise, wie Thomas fand. „Sagen Sie Ihrem Bruder bitte, dass er sich bei uns melden soll, wenn er zurückkommt." „Das wird er sicher direkt machen", grinste Jonas jetzt. „Worum geht es denn überhaupt?" „Bücking ist tot. Jemand hat ihn umgebracht und übelst zugerichtet. Jemand mit viel Wut im Bauch. Jemand wie Ihr Bruder." Als Thomas zu Ende gesprochen hatte, war Jonas kreidebleich geworden. Die Angst, dass sein Bruder sich zu etwas hatte hinreißen lassen, das noch viel schlimmer war als all der Kleinscheiß, den sie immer angestellt hatten, war ihm ins Gesicht geschrieben. „Wenn er es nicht war, hat er nichts zu befürchten", beschwichtigte Nadine, die offenbar Mitleid mit dem besorgten großen Bruder hatte. „Bis jetzt wollen wir Ihren Bruder nur befragen. Sagen Sie ihm das bitte."

Die beiden wandten sich zum Gehen und blickten noch einmal auf Jonas, der zusammengesunken auf dem Stuhl am Küchentisch saß. Er reagierte nicht, als sie sich verabschiedeten. Nadine legte noch schnell ihre Karte vor ihn auf den Tisch. „Falls ihr euch doch melden wollt", sagte sie leise zu Jonas. Thomas schüttelte den Kopf: Dass Frauen sich immer so einlullen ließen. Selbst so eine wie Nadine schmolz bei blonden Locken und einem Sixpack wie Eis in der Sonne. Da können sie noch so viel Kampfsport machen, lachte Thomas innerlich über Nadines Umgang mit dem schönen Herrn Schäfer. Umso wichtiger war es, dass er als Chef einen kühlen Kopf bewahrte und sich nicht von seiner Gefühlsduselei ablenken ließ. Auch wenn sein Therapeut immer betonte, wie wichtig es sei, dass er in sich spüre und seine Gefühle zuließe. Papperlapapp. Er war ohnehin nur Bea, seiner Frau, zuliebe dorthin gegangen, in der irrsinnigen Annahme, irgendwas richten zu können. Natürlich wusste niemand davon. Er beim Therapeuten …

Als die beiden wieder im Auto saßen, konnte Thomas es sich nicht verkneifen: „Na, der Baywatch-Typ hat dich aber ganz schön eingewickelt." „Quatsch, eingewickelt." Obwohl Nadine ihren forschen Ton wiedergefunden hatte, merkte Thomas, dass sie zauderte. „Ich halte es nur für möglich, dass Menschen sich ändern. Und was ist eigentlich Baywatch?" Thomas schüttelte den Kopf. Es trennten ihn offenbar mehr Jahre von Nadine, als ihm bewusst war. „Egal", sagte er nur. „Du hast ja ein sehr christliches Menschenbild." „Christlich oder nicht", entgegnete Nadine, „besteht nicht ein großer Teil unseres Strafrechts auch aus Resozialisierung?" „Ja, klappt halt meistens nicht so", antwortete Thomas lapidar. Die vielen Dienstjahre hatten nicht zu einer optimistischen Haltung in dieser Frage beigetraten. „Vielleicht nicht immer, aber manchmal halt doch." Nadine wollte offenbar mit aller Gewalt an ihrem hoffnungsvollen Weltbild festhalten. Sie würde es schon selbst noch lernen, war sich Thomas sicher.

Als nächstes hatten sie Yvonne Schwab auf ihrem Zettel. Sie parkten ihren Wagen in der Untergasse gegenüber der Eisdiele und machten sich auf den Weg in den Laden, der den Ausführungen Olga Winters zufolge viele verschiedene

Bedarfe des täglichen Lebens deckte. Zuvor allerdings machte Thomas noch einen Abstecher in die Bäckerei: Es war schon nach halb zehn – eindeutig Zeit für Thomas' zweites Frühstück. In seiner alten Dienststelle in Weimar war er bekannt dafür gewesen, dass sich sowohl sein Tageslauf als auch seine Laune strikt nach den Essenszeiten richteten. Hier in Alsfeld ahnten die Kollegen wohl auch schon, wie es sich damit verhielt. Allerdings wartete Nadine nicht einfach, bis er mit einem belegten Brötchen zurückkam, sondern sie ging gleich mit und bestellte sich ein Butterhörnchen. Wenigstens war sie nicht so eine Gesunde-Ernährungs-Fetischistin, stellte Thomas erfreut fest.

„Und Nadine, schwer im Stress, oder?", lachte die Verkäuferin hinter der Bäckertheke der Polizistin zu. „Ich habe dich gestern Abend im Aikidō vermisst." „Ja", antwortete Nadine, „du kannst dir wahrscheinlich denken, was bei uns los ist. So ein Mord hat dann halt immer Vorrang." „Das ist bestimmt spannend", überlegte die Verkäuferin, deren Kittel ein Schild mit der Aufschrift „Für euch da: Britta" zierte. Sie zwinkerte Thomas verschwörerisch zu. Der wunderte sich, mit wem man sich hier so alles im Kampfsportstudio traf; er hatte Bäckereifachverkäuferinnen, noch dazu welchen von Brittas Ausmaßen, nicht zugetraut, ihre Freizeit mit einer asiatischen Kampfsportart zu verbringen, die – das hatte er vor Tagen eigens nachgelesen – für ihre defensive und kontemplative Ausrichtung bekannt war. Britta hätte er eher Chips essend vor einer Liebesschnulze auf der Couch liegen sehen. Wahrscheinlich macht sie das auch an den anderen Tagen, dachte Thomas und wartete, bis die beiden Frauen ausgeklönt hatten. „Ja, klar", antwortete Nadine ihrer Sportkollegin, „aber auch anstrengend. Gottseidank haben wir so was nicht alle Tage." „Und das alles, wo der Christian nicht da ist", echauffierte sich Britta leicht. „Christian?" Nadine verstand nicht.

„Na ja, der Christian Schaufuß, du weißt schon, der Stadtrat." „Ja, und was würde der tun, wenn er da wäre?" „Ach, ich weiß ja auch nicht", antwortete Britta. „Aber bei dem habe ich immer so das Gefühl, der kann alles in Ordnung bringen. Die Corinna hat's echt gut mit dem." „Die habe ich doch gestern noch laufen sehen – ist der Christian allein unterwegs?" „Ja, der geht doch immer im Frühjahr für ein paar Tage in ein Schweigekloster", wusste die Bäckereifachkraft. Die ist ja besser informiert als Simons Mutter, dachte Thomas, der dem Gespräch keinen großen Nährwert abgewinnen konnte und leicht ungeduldig wurde. „Nadine, ich geh' schon mal raus", wandte er sich an die Kollegin. „Ich muss", rief Nadine Britta schon im Rausgehen zu. „Ja, wir sehen wir uns morgen im Pilates?" „Weiß noch nicht, mal sehen!" Nadine hatte Thomas eingeholt und biss herzhaft in ihr Butterhörnchen. „Die sieht ja nicht grade aus wie eine Sportskanone", konnte Thomas sich nicht verkneifen. Nadine ließ das unkommentiert und steuerte den Laden von Yvonne Schwab an.

„Dies und das – für jeden was" versprach das Schild über der Eingangstür. Thomas grinste, Nadine auch. Sie hatten wohl denselben Gedanken, der sich um die praktischen kleinen Dinge unter der Ladentheke drehte, die Simon so verwirrt hatten. Als sie den Laden betraten, machte eine große Glocke, die an der Decke hing und von der Tür beim Aufmachen bewegt wurde, auf sie aufmerksam. Es roch nach einer wilden Mischung aus Parfüm, Altpapier und Zigarettenrauch. Thomas sah sich um. Rechts neben der Tür stapelten sich Retouren, die die Menschen hier zuhauf abgaben, weil sich die vielen schöne Dinge, die man sich täglich aus dem Internet bestellte, selten mit der Realität deckten. Er musste an seine Schwägerin denken. Beas

Schwester war Lehrerin und konnte sich stets die Erkenntnis nicht verkneifen „Wir kaufen keine Kleidungsstücke. Wir kaufen die Illusion von der Person, die wir wären, wenn wir diese Kleidungsstücke tragen." Thomas war die Frau zwar viel zu überkandidelt, aber hier hatte sie ausnahmsweise recht: In den Alsfelder Wohnzimmern traf der Style der großen weiten Welt auf die Realität, die Größe 32 eines südafrikanischen blutjungen Models auf die großzügige 46 einer Bäckereifachverkäuferin um die dreißig. Da waren die Klamotten schneller wieder in der Tüte und mit dem vom Versender schlauerweise stets schon vorbereiten Rücksendeetikett versehen, als man sich vorm Spiegel drehen konnte. Das Ergebnis sah man an den vielen Kartons von Zalando, H&M, Best Secrets und den vielen anderen Online-Shops, die vorrübergehend auch des Öfteren in seiner Weimarer Wohnung standen. Thomas seufzte. Warum nur musste er heute immer und immer wieder an seine Familie in Weimar denken?

„Sie wünschen?" Um die Ecke kam eine Frau Mitte vierzig, die irgendwann einmal gut ausgesehen haben musste. Jetzt war ihre Haut faltig, ihre Haare zwar nicht strähnig, aber schlecht frisiert und schlecht gefärbt, ihre Figur war aus den Fugen und ihre Kleidung ausgewaschen und abgewetzt. Sie trug Leggings und einen Kittel darüber. Dagegen war Maris Kleidungsstil fast schon elegant, zumindest originell, dachte Thomas. Als Yvonne Schwab Nadines Uniform erblickte, zog sie ihre Mundwinkel noch weiter nach unten. „Ja?", fragte sie jetzt nur noch knapp. „Ich bin Kommissar Thomas Eisenträger von der Alsfelder Polizeistation und das hier ist meine Kollegin Polizeiobermeisterin Nadine Paulsen", stellte Thomas sie beide vor. Bei Jonas Schäfer vorhin hatten sie das ganz vergessen. „Wir wüssten gerne, wo Sie gestern Mittag zwischen elf und halb zwei waren, Frau Schwab." „Wieso das denn?" „Na du weißt doch, der Bücking", knurrte es aus dem Hinterzimmer, aus dem die Frau vor wenigen Minuten herausgekommen war, gefolgt von einer beachtlichen Rauchschwade, die sich auf den Laden und alles darin Befindliche legte. Wer hier einkaufte, was auch immer, musste hartgesotten sein, so viel stand fest. „Ach so, ja. Das ist ein Ding, oder?", grinste sie die beiden Beamten mit unverhohlener Freude an. „Dass sich den dann doch mal jemand vorgenommen hat." „Sie vielleicht?" Thomas schaute sie fest an. „Ich jetzt? Was denn noch? Reicht es euch nicht, wenn einer von uns unschuldig im Knast sitzt?" Nadine beschwichtigte. „Frau Schwab, es ist schon gut. Wir wissen, dass Sie ein großes Problem mit Herrn Bücking hatten, daher befragen wir Sie als eine der Ersten. Aber wenn Sie zur Tatzeit ..." „Ein Problem! Ich hatte ein Problem? Schön wär's."

Yvonne Schwab schien jahrelang gewartet zu haben, bis sich mal jemand für ihre Version der Geschichte interessierte. Heute war offenbar ihr Tag gekommen. „Der feine Herr Bücking hat Manuel, meinen Mann, dazu angestiftet, ihm für einen heiklen Fall Unterlagen zu beschaffen, und als das aufgeflogen ist, hat er ihn einfach fallengelassen. Und Manuel wurde wegen Diebstahls eingelocht. Und wissen Sie, wer sich nicht mehr hat blicken lassen? Der feine Herr Richter. Der hat Manu einfach seinem Schicksal überlassen und so getan, als ginge ihn das alles nichts an." Thomas atmete tief ein und sah Nadine mit ungläubigem Blick an. Es konnte doch nicht sein, dass einer nach einem langen Berufsleben nur Spuren der Verwüstung und des Hasses hinterlassen hatte. Das gibt's doch nicht, dachte Thomas. Seine Gedanken wurden von einem heftigen Schluchzen unterbrochen. „Und dann, als ich endlich mal zu ihm durchgedrungen bin, um mit ihm zu sprechen, wissen Sie, was er dann gesagt hat: Es sei Manus eigener Wille gewesen, die Unterlagen zu klauen. Da könnte er gar nichts machen.

Es sei denn ..." Nadine schaute die Frau entsetzt an. „Dreimal habe ich es mit ihm gemacht, bis ich gemerkt habe, dass er überhaupt nichts für uns tun wird. Nichts." „Die Drecksau", tönte es von hinten aus dem Raum, dem wieder eine große Rauchschwade in Richtung Laden entwich.

„Und wer sind Sie?", fragte er in Richtung Hinterzimmer. Als Antwort gab es nur einen langanhaltenden, vermutlich sehr produktiven Husten. „Mein Vater, er ist pflegebedürftig und sitzt im Rollstuhl – an seinen besseren Tagen", antwortete Yvonne Schwab. Zumindest fiel er als Verdächtiger aus. Yvonne allerdings nicht. „Es tut mir leid, Frau Schwab, aber selbst unter der Annahme, dass ihre Geschichte stimmt, muss ich Sie nach Ihrem Alibi fragen. Nochmal: Wo waren Sie gestern Mittag zwischen elf und halb zwei?" „Hier, wo denn sonst? Der Laden ist bis dreizehn Uhr geöffnet. Danach gehe ich nach hinten und mache Mittagessen für meinen Vater und für mich. Manchmal kommt auch mein Sohn schon um halb zwei aus der Schule zum Essen. Da muss doch was auf dem Tisch stehen." Fast rührte es Thomas, wie diese Frau versuchte, eine Vorstellung von Normalität aufrechtzuerhalten, die ihr offenbar irgendwann einmal wichtig gewesen war, nach all den Ereignissen aber nur noch wie eine verblichene Erinnerung zwischen den Rauchschwaden in ihrem Laden waberte. „Hatten Sie Kundschaft, Frau Schwab?", fragte Nadine weiter. „Na ja, der alte Michels war da, der holt sich ja vorm Mittag hier immer die OZ, und die Frieda, die hat aus Langeweile reingeschaut, bevor sie runter ins AEZ zum Mittagessen gegangen ist. Das macht sie immer so, liegt ja auf dem Weg." „Das werden wir natürlich überprüfen, Frau Schwab." Yvonne Schwab winkte abwehrend mit der Hand. Ihre ganze Verachtung schwang in dieser Bewegung. Thomas seufzte hörbar. Auf Nadines fragenden Blick schüttelte er den Kopf. Das Ganze nahm ihn ganz schön mit, aber das würde er sicher nicht mit seiner

Kollegin besprechen. Nie im Leben. Aber das Ausmaß, wie Richter Bücking nicht nur alle Menschen in seinem Umfeld tyrannisiert hat, sondern wie sehr er auch seiner eigenen Zunft und sogar der Polizei geschadet hatte, war unfassbar. Unfassbar.

7

Mittwochmittag.

Als Nadine und Thomas um die Mittagszeit auf der Wache eintrafen, hatte Simon schon den ganzen Vormittag verschiedene Dinge recherchiert, die er dem Kollegen und der Kollegin mitteilte: Die Alibis von Bückings Kindern und der Ehefrau stimmten. Man konnte zwar nicht jede Minute nachvollziehen, aber im Großen und Ganzen fielen sie alle für die Tatzeit aus. Auch Jonas Schäfer war seit fast drei Jahren nicht mehr irgendwie aufgefallen. Nadine hatte Simon noch von unterwegs gebeten, die Schäfer-Brüder schon mal unter die Lupe zu nehmen. Jonas Schäfer war zwar nicht reich, aber seine Kontobewegungen verrieten, dass er nicht mehr ausgab, als er bei Amazon verdiente. „Es sei denn, er hat noch einen lukrativen Bareinnahme-Job", grummelte Thomas, der sich noch nicht mit dem Gedanken einer Läuterung der Schäfers, insbesondere des gutaussehenden Jonas Schäfer, der strenggenommen gar nichts mit dem Fall zu tun hatte, anfreunden konnte. Dazu passte auch, dass dessen Bruder Leon sich bisher nicht bei ihnen gemeldet hatte. Wahrscheinlich war er längst bei irgendwelchen alten Kumpanen untergekrochen. Leon zumindest war definitiv nicht der Typ, der bis zur Rente Bücherkisten packen wollte, da war sich Thomas sicher. „Ich bleib' dran", versprach Simon, der seine Erkenntnisse schon ordentlich in sein Board eingetragen hatte. Auch jetzt, als Nadine und Thomas ihr Gespräch mit Yvonne Schwab wiedergaben, schrieb er mit, machte Pfeile, clusterte, malte hier ein Sternchen, da ein Kreuz. Thomas, der das am Anfang für unnötige Wichtigtuerei gehalten hatte, wunderte sich, wie strukturiert Simon das auf Anhieb machte und wie gut man die Aufzeichnungen verstehen konnte und den Überblick behielt. Allerdings bedeutete das nicht, dass der

Fall ihnen klarer wurde. Noch immer tappten sie mit allem im Dunkeln, da half das schönste Wandgemälde nichts. Für die morgige Pressekonferenz war das bisher auf jeden Fall sehr mager.

„Simon, du klärst mit den Kollegen in Bad Hersfeld, ob sie heute Abend in der Nachtschicht mal bei Amazon vorbeischauen wollen – vielleicht taucht Leon Schäfer ja tatsächlich dort auf", wandte Thomas sich an seinen Kollegen, und zu Nadine gewandt: „Und wir werden uns die Familie der Reinigungsfachkraft anschauen. Wie hieß sie nochmal?" „Yasemin Erdal", fiel Simon ein. „Ja, aber die Familie, um die es geht, ist die ihres Bruders Kemal. Er heißt mit Nachnamen Özlüg", erklärte Nadine. „Wollen wir die wirklich wieder quälen nach all den Jahren?" „Also, ich weiß auch nicht, ob das zielführend ist. Die hätten doch jetzt lange genug Zeit gehabt, sich zu rächen, wenn sie das gewollt hätten. Warum grade jetzt?", pflichtete Simon Nadine bei. Thomas schaute die beiden ungläubig an: „Das ist jetzt nicht euer Ernst, oder?! Nur weil die Tante zu den Freundinnen eurer Mutter oder Schwiegermutter gehört, sollen wir die ganze Familie außen vor lassen oder was? Ein stärkeres Motiv als dieses haben wir weder bei Schäfer noch bei Schwab! Und von wegen ‚Warum jetzt?': Genau das müssen wir doch herausfinden. Was ist denn mit euch los?" Thomas konnte es nicht fassen. Er blickte zu Simon und Nadine und konnte ihnen förmlich ansehen, wie unglücklich sie beide über diese Tatsache waren. Nadine bereute wohl schon, dass sie überhaupt etwas dazu gesagt hatte, und was mit Simon los war, konnte er sich ganz und gar nicht erklären. „Also, wo müssen wir hin?", fragte Thomas in die Runde, und Simon suchte schon in der Datenbank nach der Adresse. Thomas hatte zwischenzeitlich seinen Rechner hochgefahren und seinen Mail-Eingang gecheckt. „Der Obduktionsbericht ist eingetroffen." „Und, neue Erkenntnisse?" „Sag' ich euch gleich." Thomas setzte seine Lesebrille auf und las die Berichte sorgfältig durch, während Nadine und Simon gespannt warteten.

„Also", fasste der Kommissar zusammen: „Die Weber bestätigt massive Gewalteinwirkung bei Bücking. Wie es aussieht, ist er zunächst über das Geländer hinunter auf die Treppe gestürzt und wurde dann mit einem großen, flächigen Gegenstand erschlagen. Todesursächlich war nicht der Sturz, sondern die Schläge auf den Kopf, also das Gesicht. Ob der Sturz herbeigeführt wurde oder ein Unfall war, kann sie noch nicht genau sagen." „Also nichts Neues", konstatierte Nadine enttäuscht, fast so, als hätte sie sich gewünscht, dass es etwas geben könne, das so konkret sei, dass die Familie der toten türkischen Frau aus dem Schneider sei. „Doch: In den Wunden wurden Lederpartikel gefunden, die derzeit in der Kriminaltechnik untersucht werden." „Leder, wie soll denn Leder in die Wunden kommen?" wunderte sich Simon.

„Das kann ich euch sagen!" Die Tür ging auf und Daniel Rensch trat ein. „Moinsen", sagte er fröhlich, die fortgeschrittene Mittagszeit ignorierend. „Auch Moinsen", grüßte Nadine zurück und ein kleines Lächeln schien sich auf ihrem Gesicht auszubreiten. „Wenn du kommst, Daniel, dann wird immer alles gut", lachte sie ihn jetzt ganz offen an und wandte sich an ihren Chef: „Das ist Daniel Rensch, Leiter der Spurensicherung – und das, lieber Daniel, ist Thomas Eisenträger, unser neuer Kriminalkommissar." Nadine zeigte erst auf Daniel und schaute zu Thomas, dann schaute sie zu Daniel und zeigte auf ihren Chef. „Wenn Daniel höchstpersönlich kommt, dann hat er was zu sagen", erklärte Nadine dem Kommissar. Daniel gab ihr recht: „Ja, ich glaube, wir können euch die Tatwaffe präsentieren." Na endlich, dachte Thomas. „Ja, und wo ist sie?" „Ach so, äh, nein, nicht präsentieren, sondern sagen, was es war." Ja, wäre ja auch zu schön gewesen. „Ja, und?" Thomas klang ungehaltener, als er wollte. „Na ja, es ist in ein Leder gebundener Jahresband der Oberhessischen Zeitung." Die drei Ermittler schauten ungläubig. „Wie bitte?" Nadine hatte sich als Erste wieder gefangen. „Ein Jahresband der OZ?" „Ja, und um es genau zu sagen, die Monate April bis Juni des Jahres 2004." „Und wenn ihr den Band nicht habt, woher wisst ihr das so genau?" „Er fehlt halt in dem Regal und ist im ganzen Stadtarchiv nicht aufzufinden. Wir haben jetzt nochmal Proben der anderen Einbände genommen, um das abzugleichen. Aber erste Analysen der Rückstände haben bereits ergeben, dass es sich bei dem Leder um ein klassisches Buchbinderleder handelt. Das Verletzungsmuster passt auch zu den dicken Schinken. Der Bücking war nicht wiederzuerkennen – ihr habt ihn ja gesehen." Es stimmte, sie hatten ihn gesehen und es war ihnen allen da bereits klar gewesen, dass es sich um mehrere Schläge handeln musste, die mit viel Kraft ausgeführt worden waren. Wie viel Kraft würde man wohl brauchen, um mit einem Jahresband der Tageszeitung zuzuschlagen? Daniel schien die Fragen zu erraten: „Also, die Jahresbände enthalten nicht über 300 Zeitungen, sondern teilen sich nochmal in jeweils drei Monate, es sind also immer etwa 80 Zeitungen auf die Art gebunden. Das ist aber immer noch schwer genug." „Laut Obduktionsbericht hat der Täter dreimal zugeschlagen", teilte Thomas den anderen im Büro mit. „Tatperson", warf Simon ein, der es zusätzlich zu allem anderen auch mit den Begrifflichkeiten sehr genau nahm. Thomas verdrehte innerlich die Augen. Jetzt genderte der Kollege auch noch. Alles, dass er nicht auch noch „Täter__innen" sagt, dachte der Kommissar. Als er Nadines Blick auffing, war ihm klar, dass sie seine Gedanken erraten hatte. Ihr Lächeln deutete er als schweigende Zustimmung. „Dann müssen seine Klamotten aber doch ganz schön was abbekommen haben", wandte Nadine ein. „Das ist zwar möglich, nützt uns aber nur etwas, wenn wir die Klamotten auch finden", erwiderte Simon folgerichtig.

In dem Moment flog die Tür zum Büro auf. Herein kam Petra Lorenz, Nadines Schwiegermutter und Thomas' Vermieterin. „Ich habe Salzekuchen gemacht und dachte, wenn einer heute eine Stärkung braucht, dann ihr. Kaffee habe ich auch mitgebracht. Man weiß ja nie, ob das hier im Amt alles so klappt." Eigentlich wollte Thomas sich gerade aufregen, dass hier offenbar jeder wie er wollte in die Dienststelle und speziell in seine Abteilung kommen konnte, in der gerade Mordermittlungen liefen. Aber als der Duft des oberhessischen Nationalgerichts samt dem des frischen Kaffees in seine Nase stieg, war der größte Ärger vergessen. Im Gegenteil: Ein spontanes Hungergefühl machte sich breit und allen Umstehenden außer Daniel Rensch schien es genauso zu gehen. „Na dann wünsche ich mal guten Appetit", lachte dieser und verließ das Büro.

Nadine bugsierte ihre Schwiegermutter, die einen intensiven Blick auf Simons ausgeklügeltes Board warf, liebevoll hinaus, nachdem diese alles abgestellt hatte und bevor Thomas unruhig wurde. Sie wusste wohl selbst, dass das hier nicht für die Öffentlichkeit bestimmt war. Und Öffentlichkeit, das war nun mal auch ihre Verwandtschaft. „Petra, das ist wirklich sehr nett von dir", hörte Thomas Nadine noch sagen, „und es kommt uns wirklich mehr als gelegen, aber du kannst hier nicht bleiben, das verstehst du doch bestimmt, oder?" „Ja, tut mir leid, ich hatte nicht damit gerechnet, dass es hier so aussieht wie in den Fernsehkrimis. Ich dachte, das machen die dort nur für die Zuschauer. Aber der Bücking hat ja ausgesehen! Mari hatte ja schon so was angedeutet, aber das hier ist doch … Also, wirklich, wirklich schlimm." „Ja, Petra."

Also hatte Mari doch nicht von sich aus geschwiegen. Thomas merkte, wie ihm trotz der leckeren Düfte der Kamm schwoll. Frauen halt. Wenn die doch nur einmal ihre Klappe halten könnten. Petra würde jetzt bestimmt mit ihrem Wissen auch gleich weiter hausieren gehen. „Tschüss, Herr Eisenträger", rief sie ihm jetzt zu, „lasst es euch schmecken!" Simon, der Dünnste von allen, hatte schon mal angefangen. Er liebte die „oberhessische Pizza" aus Brotteig, Kartoffelschmand und Speck, zu der hier traditionell Kaffee getrunken wurde. Nadine ihrerseits flüsterte noch mit ihrer Schwiegermutter, die sie dabei immer weiter aus der Abteilung schob. „Yasemin", „ihr könnt doch nicht", „die Ärmste" waren Bruchstücke der Unterhaltung, die Thomas noch aufschnappen konnte. Schwierig, wenn so viele Leute meinten, sich in die Ermittlungen einmischen zu müssen.

Als Nadine zurückkam und herzhaft in ein Stück Salzekuchen biss, konnte Thomas nicht umhin, sie zu fragen: „Na, hast du deine Schwiegermutter und damit Maris kompletten Bekanntenkreis auf den neuesten Stand gebracht?" Obwohl er es weder besonders ironisch noch witzig rübergebracht hatte, schien die Frage Nadine nicht sonderlich zu ärgern. Die Frau hatte echt Nerven. „Ach weißt du, Thomas", gab sie zurück, „wenn Mari und ihre Damen uns nicht meilenweit voraus sind, fresse ich einen Besen. Die sind auf unsere paar Aushänge hier nicht angewiesen."

Genau das hatte Thomas schon befürchtet und genau deshalb wollte er sich das Heft keinesfalls aus der Hand nehmen lassen, nicht mal für einen klitzekleinen Moment. „Simon, hast du die Adresse der Özlügügs oder wie die heißen schon da?" „Özlügs", verbesserte Simon, der stets darauf bedacht war, niemanden zu diskriminieren und alles so politisch korrekt wie möglich auszudrücken. „Ja, habe ich. Die sind nach dem Tod der Tochter von Alsfeld weggezogen und wohnen jetzt in Lauterbach in der Schubertstraße." „Wir wollen da jetzt wirklich hin?", fragte Nadine nochmal vorsichtig an. „Wir können uns die Verdächtigen ja nicht aussuchen", antwortete Thomas jetzt erstaunlich entspannt, was er selbst auf den formidablen Salzekuchen und den Kaffee von Petra Lorenz zurückführte, der zehnmal besser war als das Gesöff aus der alten Büromaschine. Wenn er länger bleiben sollte, würde er mal einen Vorstoß in Richtung gemeinsamer Anschaffung eines Kaffeevoll-automaten machen. Hatte in Weimar auch geklappt. In seiner Erinnerung war mit dem Automaten, den er nach akribischen Recherchen in allen einschlägigen Internetforen gekauft hatte, die Erfolgsquote eklatant nach oben gegangen, aber vielleicht täuschte er sich auch. Jedenfalls war so ein feines Essen am Mittag Gold wert. Für ihn und für sein Team, das wusste er genau.

Auf dem Weg nach Lauterbach schwieg Nadine auffällig. „Machst du dir Gedanken wegen deiner Freundin oder ist sonst irgendwas?" Thomas wunderte sich selbst über sein Interesse, aber nun war die Frage ja draußen. „Ja, weißt du, ich stelle mir das immer vor, wenn man so etwas erleben muss wie Yasemins Familie, und weiß doch gleichzeitig, dass man sich das gar nicht vorstellen kann. Ganz ehrlich: Mir ist natürlich klar, dass wir diese Spur nicht liegenlassen können, aber es tut mir tatsächlich in der Seele weh, die Familie jetzt wieder mit den Geschehnissen zu konfrontieren. Wenn sie am Ende nichts damit zu tun haben, was gut wäre, haben wir dennoch alte Wunden aufgerissen. Und wenn sie was damit zu tun haben, wollte man es ihnen ja fast nicht verdenken." Nadine hielt sich die Hand vor den Mund. „Sorry, das meinte ich natürlich nicht so. Ich bin gegen jede Art von Selbstjustiz."

„Ja, ich verstehe", sagte Thomas jetzt, „manchmal weiß man echt nicht mehr wohin mit dem ganzen Scheiß, den wir so mitkriegen. Und der Bücking war ja, na ja, sagen wir mal, speziell. Den hätte ja offenbar jeder, den wir bisher gefragt haben, umbringen können und mancher hätte es wohl tatsächlich auch gerne getan. Gottseidank haben die meisten von uns dann doch eine natürliche Hemmschwelle, die sie von sowas abhält." „Ja, aber wenn dann die Dämme brechen, dann ist auch alles vorbei – stell dir mal diese Riesenkräfte vor, mit denen der Täter oder vielleicht auch die Täterin auf Bücking eingeschlagen hat. Was da für eine blinde Wut im Spiel gewesen sein muss." „Auf jeden Fall war es eine Tat im Affekt. Sonst wäre wohl kaum das verschwundene Lederbuch die Tatwaffe." „Das heißt aber auch, dass der Täter aus einem anderen Grund im Beinhaus war. Entweder zufällig oder schon mit Bücking verabredet, aber nicht mit Mordabsichten." Nadine und Thomas waren gut im gemeinsamen Spekulieren, fand der Kommissar. „Vielleicht sind wir mit der Rache ganz auf dem Holzweg und es war eine Beziehungstat", mutmaßte Nadine jetzt. „Das hättest du wohl gerne", lachte Thomas, der sich fragte, weswegen Nadine das wohl eher wollte: wegen des schönen Schäfer-Bruders oder ihrer Freundin Yasemin. Er hoffte wegen Yasemin, schließlich war Nadine mit Nils, dem Sohn seiner Zimmerwirtin, verheiratet. Nils sah zwar nicht schlecht aus, war aber auch mehr der Kategorie Weichei zuzuordnen, wie Thomas fand. Er war Lehrer an der Brüder-Grimm-Schule, einer Schule für Kinder und Jugendliche mit einer geistigen Behinderung. Thomas bewunderte zwar Menschen, die das machten, aber für ihn wäre das nichts. Während er sich noch über die Ehe von Nadine und Nils Gedanken machte, hörte er, wie seine Kollegin ihn fragte: „Sag mal, Yasemin müsstest du doch auch schon kennengelernt haben?" „Ich, wo denn? Ich komme doch nirgends hin und Frauen lerne ich schon gar nicht kennen."

„Nee, Frauen lernst du gar nicht kennen", lachte Nadine jetzt doch und begann aufzuzählen, wen er schon alles kennengelernt hatte, seit er wieder in Alsfeld war: Die Bürgermeisterin Luise Schön, die Staatsanwältin Clara Faust, seine Vermieterin Petra Lorenz, die Gerichtsmedizinerin Susanne Weber, die Studienrätin Vera Horchler, sie selbst und natürlich Marianne Reul. „Mari kannte ich schon vorher", brummelte Thomas sich in den Bart. „Das war ja nicht zu übersehen." Nadine schien ihre schnelle Antwort peinlich zu sein, aber nun war sie draußen und konnte sich in Thomas Bewusstsein festbohren. Er hatte manchmal Themen, die ihn beschäftigten, selbst wenn er über was anderem brütete, und die immer dann wieder hochploppten, wenn sich ein Gedankenfreiraum auftat. Er hätte nicht gedacht, dass Mari so einen Freiraum besetzte und bemühte sich sehr, diese Störung seines inneren Friedens wieder abzustellen. „Und die Journalistin vom Online-Magazin, wie heißt sie noch?" Thomas war sichtlich überrascht, dass Nadine einen Namen nicht parat hatte. Es gab doch noch Zeichen und Wunder! „Ja ja, schon gut, Alsfeld ist echt frauenlastig", gab er zu. „Aber woher ich jetzt auch noch eure Yasemin kennen soll, weiß ich wirklich nicht." „Hast du nicht gesagt, du hättest kürzlich was in die Reinigung gebracht, weil die Waschmaschine nicht ging?" Ja, hatte er. Er hatte allerdings verschwiegen, dass er die Waschmaschine in seinem Apartment zwar sehr wohl in Gang bekommen hatte, aber seine Hemden und Socken zusammen mit der Unterwäsche auf sechzig Grad gewaschen hatte. Dabei hatte sich so einiges verfärbt. Schließlich war er zu Wartenbachs, dem ortsansässigen Modehaus, gegangen und hatte dort in der gutsortierten Herrenabteilung Nachschub gekauft, den er nicht auch noch versauen wollte. „Du meinst, Yasemin ist die Fackel aus der Reinigung?" Thomas pfiff durch die Zähne und Nadine schüttelte mit dem Kopf. „Kennste einen, kennste alle", hörte er sie sagen. Was sie damit bloß meinte …

Bei Özlügs war nur die Großmutter zuhause. Zumindest sah die Frau, die die Tür des auf den ersten Blick etwas schäbigen, doch ordentlichen Reihenhauses öffnete, so aus. Sie machte nur einen Spalt auf und schien sehr unschlüssig zu sein, was sie tun sollte. Schließlich ließ sie sich von Nadines Uniform erweichen. Die Dienstausweise der beiden Beamten sagten ihr auf jeden Fall nichts. Offenbar gehörte sie zu der Generation Einwanderer, die schon fünfzig Jahre im Land waren und kein Wort Deutsch sprachen. „Wir suchen Ihren Sohn Kemal und Ihre Schwiegertochter Nesrin." Bei den Namen zuckte sie zusammen, aber sonst regte sich nichts. Die alte Frau stellte den beiden einen Tee in einem kleinen Glas hin und bedeutete ihnen mit der Hand, sich zu bedienen, aber es war beiden klar, dass das zu nichts führte. Und für Höflichkeiten fehlte ihnen einfach die Zeit. Sie winkten ab. „Wir kommen ein anderes Mal wieder", wandte sich Nadine an die vermeintliche Oma der Familie Özlüg und legte ihr ihre Karte auf das Schränkchen im Flur. Sie führte ihre Hand zu Mund und Ohr und bedeutete der Frau damit, dass sie anrufen könne. Oder sonst jemand, hoffte Thomas, der mit ein wenig Sorge an das bevorstehende Treffen mit der Staatsanwältin dachte. Als er von der Straße aus noch einmal zu dem kleinen Reihenhaus schaute, sah er die Alte hinter dem Vorhang stehen und ihnen nachschauen. „So eine komische Alte", murmelte er leise vor sich hin, um sich nicht erneut Nadines Emanzenzorn auf sich zu ziehen.

Wieder im Auto, rief Nadine bei Simon an. „Finde doch mal heraus, wo die Özlügs arbeiten. Bei denen war nur die Oma zuhause und die hat kein Wort verstanden." An Thomas gewandt, sagte sie: „Vielleicht hat Simon das ganz schnell und wir könnten direkt bei denen an der Arbeit vorbeischauen, falls das hier in Lauterbach ist. Dann müssen wir nicht dauernd hin und her. Und wer weiß, ob das mit der Karte bei der Oma irgendwas bringt." Nicht schlecht, fand Thomas, und es dauerte nicht lange, da hatte Nadine die Info auf dem Handy: Kemal Özlüg arbeitete bei der Müllabfuhr und seine Frau bei einem Gebäudereiniger. Der Klassiker, dachte der Kommissar, warum sollte es hier anders sein als überall?

Sie machten sich zunächst auf den Weg zu dem Müllabfuhrunternehmen. „Wahrscheinlich ist der gar nicht da, sondern fährt hinten auf dem Müllauto irgendwo in der Gegend herum", mutmaßte Thomas, während er auf dem Besucherparkplatz anhielt. Sie klingelten an einer großen Glaspforte, und es dauerte, nachdem sie gesagt hatten, wer sie waren, nicht lange, bis eine adrette Mitarbeiterin in einem schönen Sommerkleid schwungvoll die Tür öffnete. Thomas war erfreut über den Anblick einer Frau, die sich auch so kleidete und benahm und nicht so burschikos und abgebrüht daherkam wie viele andere Frauen. „Wir suchen Kemal Öz-äh", stotterte er und ärgerte sich, dass er zwar seinen Zettel mitgebracht hatte, diesen aber nicht lesen konnte, weil er seine Lesebrille nicht trug. „Sie wollen zu Herrn Özlüg?", fragte die Angestellte. „Ja, wir suchen Kemal Özlüg", antwortete Nadine. „Setzen Sie sich doch eben kurz hier hin." Die junge Frau wies auf eine rote Sitzecke. „Ich schaue kurz nach, ob er Zeit hat." Thomas schaute Nadine ein wenig verständnislos an. Sie grinste. Was wusste sie denn schon wieder, was er nicht wusste? „Kommen Sie mit, Herr Özlüg ist da. Ich bringe Sie zu ihm." Die Beamten folgten der Frau durch einen Flur, der gesäumt war von Büros, deren Wände und Türen komplett aus Glas bestanden, sodass man überall reinschauen konnte. Es schien gute Stimmung zu herrschen. Am Ende des Flurs klopfte die Angestellte an eine Tür, hinter der sich ein Mann mittleren Alters befand. Auch ihn konnte man schon vom Gang aus sehen. Er trug eine gutsitzende Anzughose und trotz der Hitze ein blütenweißes Hemd. Instinktiv schaute Thomas an sich herunter: Alles wie immer: Jeans und Karohemd, Turnschuhe. Neben der Tür verriet ein Schild, wen sie gleich sprechen würden: „Geschäftsleitung – Kemal Özlüg" stand darauf. „Manchmal ist es eben anders, als man denkt", raunte Nadine ihrem Chef ins Ohr, die die Info zu Özlügs Postion bereits durch Simons Handynachricht hatte. Noch während Thomas überlegte, ob er jetzt sauer sein sollte oder amüsiert über sich und seine Vorurteile, wandte sich der Mann ihnen zu. Jetzt sieht der auch noch aus wie Erol Sander, dachte Thomas und war ganz froh darüber, dass zumindest ein Klischee erfüllt war.

„Ich dachte mir schon, dass Sie kommen würden", fing Kemal Özlüg direkt an. „Ach ja?" Thomas war misstrauisch. „Ja, als wir heute Morgen in der Zeitung gelesen haben, was passiert ist, war uns schon klar, dass Sie früher oder später mit uns sprechen würden." „Sprechen ist gut", sagte Thomas und vergaß kurz jegliche Gesprächstaktik. „Wie Sie sich denken können, sind wir auf der Suche nach einem Täter. Einer Person – oder mehreren Personen –, die einen Grund haben, Bücking lieber tot als lebendig zu sehen. Und Sie und Ihre Familie, Herr Glück, gehören definitiv dazu." „Wir müssen einfach irgendwo anfangen, Herr Özlüg", schaltete sich Nadine jetzt ein, „und Sie sind durchaus nicht der Erste auf unserer Liste." Das wiederum ging den Befragten nun auch nichts an, fand Thomas. „Möchten Sie mit uns über Ihr Verhältnis zu Siegfried Bücking sprechen?" Kemal Özlüg hatte sich an seinen Glastisch gesetzt und schaute an den beiden Polizisten vorbei auf einen nicht vorhandenen Punkt irgendwo in seinem Hochglanzbüro. Er zeigte keine Regung, aber man konnte förmlich spüren, dass er innerlich bebte.

„Nein", antwortete er. Die Beamten warteten, ob er nicht vielleicht noch etwas hinterherschieben wollte. Wollte er offenbar nicht. „Dann sagen Sie uns doch fürs Erste, wo Sie gestern zwischen Mittag zwischen elf und halb zwei waren", forderte Thomas ihn auf. „Es wäre schön, wenn sich Ihresgleichen vor zehn Jahren dieselbe Mühe gegeben hätten, um den Herrn Richter ein wenig näher zu beleuchten", sagte Özlüg jetzt. „Meine Frau und ich werden nicht kooperieren. Wenden Sie sich bitte an unseren Anwalt. Er weiß schon Bescheid." Özlüg hielt den beiden die Visitenkarte seines Anwalts hin, ging zur Tür und bat sie mit einer Handbewegung nach draußen. Konsterniert schauten sich die beiden Polizisten an. Thomas schüttelte ungläubig den Kopf, als könne er nicht glauben, was gerade passiert war. „So ein Lackaffe", schimpfte er und kam direkt zum Kern seines Problems: „Drei Verdächtige und keine Spur – Frau Faust wird begeistert sein."

8

Donnerstagmorgen.

Mari öffnete das Fenster vor ihrem Frühstückstisch und sog die kühle Morgenluft ein. Zum Glück hatte es in der Nacht ein wenig abgekühlt. Mit den Jahren geriet sie noch mehr in Schweiß als früher schon immer, und obwohl sie viele Dinge, insbesondere Äußerlichkeiten, als gegeben hinnahm, wollte sie nicht ungepflegt erscheinen, auch nicht verschwitzt oder übelriechend. Auf das anhaltend heiße Wetter hätte sie also gerne verzichtet. Als Mari wie gewohnt an ihrem schönen Fensterplatz saß und auf den Marktplatz schaute, kam es ihr sehr unwirklich vor, was zwei Tage zuvor hier ums Eck geschehen war. Ein solch brutaler Mord kam selten vor in ihrer kleinen Fachwerkstadt, die Außenstehende vielleicht für verschlafen hielten. Außenstehende halt, dachte Mari, und sortierte in Gedanken die üblichen Verdächtigen, die sich schon vor neun auf ihren Wegen zur Arbeit oder zur Post, vor ihren Geschäften oder zum ersten Kaffee vor der Eisdiele oder im Marktcafé trafen. Gleich würden Klaus und Milena eintreffen und die allmorgendlichen Arbeiten im Buchladen beginnen. Jeder hatte seine Jobs: Klaus stellte die Aufsteller nach draußen und trug die Pakete der Großhändler in den Hinterraum der Buchhandlung, damit diese entweder in die Regale eingeräumt werden konnten oder ihren Bestellern zugeordnet und ins Abholfach geräumt wurden. Letzteres gab Mari immer häufiger an Milena ab. Die junge Frau tat sich zwar nach wie vor nicht durch großen Enthusiasmus hervor, aber sie kamen klar miteinander. Und sie verstand sich gut mit Klaus. So gut, dass sie ihn unbemerkt zum Graphic-Novel-Experten ausgebildet hatte. Kein Wunder: Die meisten Bilder sprachen auch ohne viel Text für sich, und Klaus liebte sie.

Mari atmete tief durch. Es gab Zeiten, da hatte auch sie nichts lieber gewollt als weg. Selbst Gießen war ihr damals, direkt nach dem Abi, noch zu klein erschienen. Frankfurt ging gerade so. Sie hatte dort ein Studium der Literaturwissenschaften angefangen. Schon immer war sie eine Bücherratte gewesen, die sich sowohl in die Klassiker als auch in die moderne Literatur versenken konnte. Insbesondere in die neu aufgekommene Frauenliteratur der Achtzigerjahre: „Wir werden nicht als Mädchen geboren, wir werden dazu gemacht", las sie damals genauso weg wie „Der Tod des Märchenprinzen". Sie wusste, dass sie zu Schulzeiten schon als ein bisschen schräg galt: Die meisten Partys mit dem ganzen blöden Rumgeknutsche waren ihr zuwider, die Musik fand sie meistens doof, zu hart und zu laut, und das Gehabe der Mädels in ihrem Jahrgang, die mit ihren Locken wippten und noch über den blödesten Witz der Jungs lachten, damit diese sich noch ein wenig toller vorkamen, ging ihr auf die Nerven. Dennoch war sie als Freundin beliebt: Sie galt bei Jungs und Mädchen gleichermaßen als verständnisvoll, loyal und verschwiegen. Verschwiegen musste sie auch sein, denn sie traf sich während der ganzen Oberstufe mit ihrem Deutschlehrer. Ein junger Typ, kaum zehn Jahre älter als sie, den sie mit ihrem messerscharfen Verstand, ihrem Witz und ihrer Liebe zur Literatur so sehr für sich eingenommen hatte, dass eine ziemlich intensive Geschichte daraus geworden war. Und ziemlich heiß, erinnerte sich Mari. Aber leider verboten, wie sie heute noch bedauerte. Noch mehr bedauerte sie, dass Peter, so hieß er, noch am Tag der letzten Abiprüfung mit ihr Schluss gemacht hatte. „Es ist vorbei, bye bye Junimond", hatte er ihr ins Ohr gehaucht und Mari hatte zunächst gedacht, er meinte die Schulzeit und damit die Heimlichtuerei. Falsch gedacht. Als sie zur gewohnten Uhrzeit wieder vor der Musikschule auf ihn wartete, wo er nachmittags Gitarrenunterricht gab – also anderen, nicht ihr –

und immer eine Stunde für sie freihielt, war er nicht da. An der Tür klebte eine Single mit einem Aufkleber, auf dem „Für Mari" stand, von Rio Reiser: „Es ist vorbei, bye bye Junimond", las Mari gerade, als Frau Reiter, die Sekretärin, offenbar aus der Mittagspause zurückkam. „Kann ich dir helfen?", hatte sie Mari gefragt, und die hatte, perplex wie sie war, geantwortet: „Ja, ich suche Herrn Wiegand." „Oh, der ist schon im Urlaub, und soweit ich weiß, kommt er auch nicht wieder. Ich glaube, der fängt nach den Ferien woanders an." Mari erinnerte sich an all das, als sei es gestern gewesen. Warum eigentlich? Wahrscheinlich, weil Thomas Eisenträger wieder aufgetaucht war. An ihm hatte sie sich am selben Abend auf dem Homberg dermaßen abreagiert, dass sie ihm gegenüber jahrelang ein schlechtes Gewissen hatte, obwohl sie genau wusste, dass alles, was passiert war, nichts, aber auch gar nichts mit Liebe zu tun hatte. Bei keinem von ihnen. Eher mit Frust und Alkohol. Und gekifft hatten sie auch. Mari grinste vor sich hin. Allerdings fand sie es schon bedenklich, dass auch Thomas seitdem aus Alsfeld so gut wie verschwunden war.

Die Uhr der Walpurgiskirche schlug neunmal und Mari machte sich auf den Weg in den Laden. Herbert, ihr alter Hund, folgte ihr die ausgetretene Holztreppe hinunter und schaute sie mit dem Blick an, den nur er so konnte: In ihm lagen sowohl der dringende Wunsch, jetzt wirklich sehr bald mal rauszukommen, als auch das Wissen um seine Endlichkeit. Herbert war schon vierzehn Jahre alt, und der Tierarzt, den sie immer öfter aufsuchten, schaute sie jedes Mal bedenklicher an. Herbert war aber nicht nur alt, er war auch groß: Wahrscheinlich eine Mischung aus Deutscher Dogge und Irischem Wolfshund, hatte der Tierarzt mal vermutet. Womöglich sogar mit einem Ungarischen Hirtenhund im Stammbaum. Und so war Herbert nicht nur riesig und zottelig, sondern er guckte auch sehr, sehr treudoof aus der Wäsche. In seinen jungen Jahren war er bekannt dafür, seine multikulturellen Gene möglichst breit an die Alsfelder Hündinnenschaft verteilen zu wollen, aber das wusste Mari nur vom Hörensagen. Sie hatte Herbert erst vor vier Jahren bei sich aufgenommen. Sein Frauchen, eine ihrer Stammkundinnen, war in hohem Alter verstorben und hatte Mari zuvor das Versprechen abgenommen, sich um Herbert zu kümmern. Maris Haus war das älteste Fachwerkhaus in Alsfeld. Es bestand aus drei Teilen, erbaut im unvergleichlichen mittelalterlichen Fachwerk der Alsfelder Altstadt. Der erste Teil stammte aus dem Jahr 1350. Und so waren die Geschosshöhen niedrig, die Fenster klein und die Decken und Böden schief und krumm. Man hasste oder liebte es. Mari hatte sich bewusst für Letzteres entschieden. Mit Herberts Einzug allerdings war die Wohnung noch ein wenig kleiner geworden: Eigentlich war immer da, wo der Hund war, kein Platz mehr für jemand anderen. Die vielen Dinge, insbesondere die Bücher- und Zeitungsstapel sowie Kaffeetassen und ab und zu mal eine Bierflasche, die Mari wie Dekorationsstücke in ihrer Wohnung stehen hatte, wischte der ungelenke Hund nicht selten mit einem Schwanzschlag beiseite. Aber auch daran hatte Mari sich gewöhnt und Herbert sich an sie.

Als Mari sah, dass Klaus und Milena ihre Morgenroutinen gut im Griff hatten, machte sie sich auf den Weg in die Erlen. Eigentlich ging sie immer schon vor der Arbeit mit Herbert los, aber heute hatte sie verschlafen, weil sie nachts aus unerfindlichen Gründen wachgelegen hatte und erst gegen morgen wieder eingeschlafen war. Zur Sicherheit ließ Mari Herbert sich auf dem Kirchplatz erleichtern, bevor sie die Obere und die Untere Fulder Gasse hinter sich ließen und in das nahgelegene kleine Waldstück liefen, das Hundebesitzer, Verliebte, Radfahrer, Jogger, Spaziergänger und dem Vernehmen nach auch Händler stimmungsaufhellender Substanzen gerne aufsuchten. Zu jeder Tageszeit traf man dort Leute, aber heute Morgen war alles noch menschenleer. Mari kreuzte die Schwalmbrücke unterhalb des Wohnmobilstellplatzes und lief rechts an dem kleinen Fluss entlang in Richtung grüne Wildnis. Wie in jedem Jahr war sie auch dieses Mal wieder erstaunt darüber, wie grün dieses Stück Natur im Frühjahr fast von einem Tag zum anderen wurde. Irgendwann gab ein ausgiebiger Regen wie letztes Wochenende dem Ganzen den letzten nötigen Tropfen und alles schien zu explodieren. Mari schaute sich um, genoss diese Eindrücke und atmete tief durch. Sie lief den abschüssigen Weg hinunter, ließ den Spielplatz links liegen und ging weiter Richtung Altenburg. Herbert hatte sie längst abgebunden. Er liebte es, frei und unbekümmert vor sich hin zu trotten, schnupperte hier und da und badete bei warmem Wetter in der Schwalm. Das kleine Gewässer durchzog die ganze Region und floss auch durch Alsfeld. Der Hund schüttelte nach einem solchen Bad seine Zotteln so heftig aus, dass auch Mari noch eine Erfrischung abbekam.

Auf halber Strecke lag die wunderschön verwunschene Stelle, an der eine alte Steintreppe mit tiefen und sehr hohen Stufen in die Schwalm führte. Mari hatte immer noch nicht herausgefunden, was es damit auf sich hatte, aber sie liebte diesen romantischen Platz, ein Caspar-David-Friedrich-im-Vogelsberg-Platz, wie sie fand. Auch Herbert mochte diese Stelle sehr. Normalerweise trottete er an der Treppe vorbei ins Wasser. Doch das Schwalmufer war so zugewachsen, dass er fast vornehm die Treppe hinabschritt. Auf halbem Weg jedoch hielt er inne und fing wie wild zu bellen an. Das tat er selten, aber man wusste ja nie, was einen Hund so bewegte. Zumal in dem Alter. „Herbert, was ist denn los?", rief Mari ihm zu und stieg die erste Stufe hinunter zum Wasser. Weiter unten saß Herbert und bellte. Dann stürzte er wie von der Tarantel gestochen auf einen

Berg aus dichtem Laub- und Astwerk zu, das aus dem Ufer wuchs und in vollem Saft stand. „Was willst du denn da? Jetzt komm da raus, wir gehen weiter!" Aber Herbert hatte nicht die Absicht weiterzugehen. Er zauselte an dem Astwerk herum und versenkte seinen Kopf in dem feuchten Geflecht. Als er wieder herauskam, hatte er irgendetwas im Maul, das Mari nicht zuordnen konnte. „Mensch, Herbert!" Widerwillig ging sie zu ihm hin, um ihn anzuleinen und vom Ufer wegzuziehen, was wahrscheinlich wegen Herberts Leibesfülle kaum gelingen würde. Sie seufzte. Als sie sich über den Hund beugte, fiel ihr Blick in das Gebüsch. Was war denn da? Sie zerrte an dem Blattwerk und drückte die Äste und das Laub beiseite.

Was sie dann sah, ging ihr durch Mark und Bein. Ein Mensch lag halb im Gebüsch, halb im sumpfigen Ufer. Sie schwankte und wäre beinah rücklings in die Schwalm gefallen, wenn Herbert nicht dagestanden hätte – ein Fels in der Brandung. Mari atmete tief ein und bewegte den leblosen Körper. Als er fast wie von selbst vom Bauch auf die Seite fiel, abgebremst vom Gebüsch, erstarrte Mari. „Das kann doch nicht wahr sein", entfuhr es ihr. Zu ihren Füßen lag Christian Schaufuß, Erster Stadtrat, seit Montag angeblich auf Schweigeseminar und jetzt definitiv mausetot und von seiner sonstigen Akkuratesse weit entfernt. Herbert hob den Kopf. Er war offenbar bereit, den Rückweg anzutreten.

Thomas hatte sich schon mal behaglicher gefühlt. Er saß im Besprechungsraum der Polizeistation Alsfeld, den seine Kollegen schon früh am Morgen für die Pressekonferenz hergerichtet hatten. Simon hatte Namensschilder mit dem Logo der Polizei ausgedruckt, und Matthias Alt, der Hausmeister, hatte die Tonanlage bei der Kirchengemeinde ausgeliehen, da ihre eigene schon seit Monaten kaputt war und die Formulare für die Ersatzbeschaffung wohl zwischen den Aktendeckeln in den zuständigen Amtstuben schmorten, wie Simon und Matthias vermuteten. Alts Sohn arbeitete im nicht weit entfernten Dekanat und hatte glücklicherweise schnell für Ersatz gesorgt. Gut, dass man sich in Alsfeld zu helfen wusste. „Thomas Eisenträger, Polizeikommissar" und „Clara Faust, Staatsanwältin" warteten als fein säuberlich aufgestellte Schilder neben-einander auf ihren Einsatz, über den sich die beiden dazugehörigen Personen am Vorabend noch abgesprochen hatten.

Clara Faust würde den Stand der Ermittlungen schildern: Vier in die Tat verwickelte Personen, über deren Beziehung zum Ermordeten man aus ermittlungstaktischen Gründen noch nichts sagen durfte. Die Gerichtsmedizin habe den unnatürlichen Tod des Richters bestätigt. Man ermittle natürlich in alle Richtungen und sei sicher, dass sich aus den ersten Spuren bald etwas Genaueres ergebe. Mehr nicht. Natürlich würde sie nichts über das illustre Mordinstrument verlauten lassen. Danach sollte Thomas für Fragen zur Verfügung stehen. Er hasste das. Die Journalisten stellten ihre Fragen stets wie unverhohlene Anklagen: Die Polizei tappt im Dunkeln, die Polizei ist zu langsam, wie kann man sich in Alsfeld noch sicher fühlen, wenn ein Mörder frei herumläuft, und so weiter. Da sich nicht nur Alsfeld, sondern das ganze Land in einem nachrichtenmäßigen Sommerloch ungeahnten Ausmaßes befand, hatten sich neben den Lokalzeitungen und der Hessenschau auch Reporter von RTL und Pro7 angekündigt. „Bald müssen wir in die Stadthalle ausweichen", knurrte Thomas vor sich hin. Schon beim Gedanken an die ganze Bagage schwoll ihm der Kamm. Da halfen auch sein frühmorgendlicher Lauf samt nachgelagertem Fleischsalatbrötchen nichts. Lieber fand er noch eine Leiche, als sich den bösartigen Fragen der Journaille auszusetzen.

Um neun Uhr hatte sich der Raum gut gefüllt, als das unverwechselbare Klackern von dünnen Absätzen eine unerwartete Teilnehmerin der PK ankündigte: Mit wehendem Haar rauschte Luise Schön in den Raum. Sie ging schnurstracks auf Thomas zu, der in der Ecke stand und auf Clara Faust wartete, die noch nicht da war. Thomas wurde unruhig. Er konnte Ärger auf fünfzig Meter gegen den Wind riechen, auch wenn er so phänomenal verpackt war wie das Ungemach, das in der Person der Bürgermeisterin auf ihn zurollte. „Herr Eisenträger, ich bin sprachlos." Sie zog ihn aus dem Raum hinaus in einen kleinen Nebenraum und raunte ihm unmissverständlich zu, sie fände es unmöglich, dass die PK ohne ihr Wissen und obendrein ohne ihre Mitwirkung stattfinden sollte. „Die Menschen wollen doch wissen, was wir als Stadtverwaltung dazu zu sagen haben, diesen Wunsch können Sie doch nicht einfach ignorieren!" Die Schön war fassungslos. Und Thomas irgendwie auch. Keine Sekunde hatten er oder die anderen daran gedacht, die Rathauschefin einzuladen. In Weimar hatte er sich um das ganze Trara überhaupt nicht gekümmert, aber hier schien alles so zu funktionieren wie eine Vereinsveranstaltung oder eine Familienfeier. Jeder machte irgendwas und am Ende lief es. Oder auch nicht. Simon, der das kurze, aber heftige Zusammentreffen beobachtet hatte, wusste direkt, worum es ging, und nutzte das Fehlen der Staatsanwältin, um kurz in sein Büro zu gehen, die Namensschildvorlage abzuändern und nur Minuten später mit einem Aufsteller zurückzukommen, auf dem „Luise Schön, Bürgermeisterin" stand und auf das er sogar noch das Stadtlogo gefriemelt hatte. Thomas nickte ihm dankbar zu, auch wenn er weiteren Ärger fürchtete, weil Clara Faust in die Entscheidung um die Erweiterung des Podiums nicht eingeweiht war. Wo sie bloß blieb?

Die Journalisten wurden langsam unruhig, als endlich die Staatsanwältin eintraf. Sie warf einen Blick auf die Namensschilder und schaute Thomas fragend an. Dieser zuckte hilflos mit den Schultern. Clara Fausts Blick indes schien nichts anderes zu bedeuten, als „Da kommt so eine aufgetakelte Wichtigtuerin und schon darf sie mit nach vorne". Strahlend ging sie auf die Bürgermeisterin zu: „Ach, Frau Schön, schön, dass Sie gekommen sind. Bitte entschuldigen Sie, dass wir Sie im Eifer des Gefechts nicht eingeladen haben. Wird nicht wieder vorkommen." Die beiden Frauen gingen an Thomas vorbei und nahmen einträchtig Platz, während er dem Treiben fassungslos zusah. Also, entweder konnte die Faust super schauspielern oder sie meinte das wirklich ernst. Versteh' einer die Weiber, murmelte er sich in den Bart und nahm ebenfalls vor einem der Mikrofone Platz.

„Liebe Vertreterinnen und Vertreter der Presse", begrüßte Clara Faust die Journalisten. Sie war trotz ihrer jungen Jahre sehr verbindlich und auf eine gewisse Art autoritär – eine interessante Mischung, wie Thomas sich eingestehen musste. „Sie sind heute gekommen, um Einblick in unseren Ermittlungsstand zu dem gewaltsamen Tod des Stadtarchivars und ehemaligen Richters Siegfried Bücking zu bekommen. Wir danken Ihnen sehr für Ihr Interesse. Wir gehen derzeit verschiedenen Anhaltspunkten nach und konnten bisher mit vier Personen aus dem Umfeld des Toten sprechen, die etwas über den Todesfall wissen können." „Vier Verdächtige schon", rief der Journalist eines Online-Magazins aus der weiteren Region und pfiff durch die Zähne, „à la bonne heure!" „Da muss ich Sie enttäuschen, mein Herr", wandte die Staatsanwältin ein, „wir haben vier Personen befragt, sie sind noch nicht verdächtig." „Also haben Sie gar nichts?", rief eine weitere Journalistin in die Runde. Thomas rutschte unbehaglich auf seinem Stuhl hin und her. Das konnte ja heiter werden, wenn die nach dem ersten Satz der Staatsanwältin schon so in Fahrt waren. Warum konnte sie auch nicht sagen, dass es Verdächtige waren? Das hätte sich zumindest schon mal nach was angehört. Aber so?! Er atmete tief aus. Sein Mikro übertrag den Seufzer leicht übersteuert in den ganzen Raum und alle schauten auf ihn. „Herr Kommissar, was ist denn nun?", rief ein Vertreter der BILD Rhein-Main Thomas zu. „Herr Eisenträger wird sich zu gegebenem Zeitpunkt äußern", sagte Clara in sehr bestimmten Ton. „Ich fasse noch einmal zusammen: Wir haben bisher vier Ansätze, die wir verfolgen, allerdings gehen wir bei der Vergangenheit des Richters davon aus, dass wir auch alte Fälle aufrollen müssen." „Das kann ja dauern!" rief es von weiter hinten. Und der Online-Journalist fügte hinzu: „Bis da was klar ist, ist der über alle Berge." Frank Mertens, der Redakteur der Alsfelder Tageszeitung fürchtete offenbar, die Stammtischstimmung könne sich weiter ausbreiten, und stellte eine sachliche Frage: „Können Sie denn schon etwas zum Tathergang und zur Tatwaffe sagen? Man hört ja so einiges …" „Ich weiß zwar nicht, was man so hört, das könnte man mich nach der PK mal wissen lassen", antwortete Clara, jetzt doch etwas angesäuert von der ganzen Art und Weise, auch wenn die letzte Frage durchaus korrekt war. „Die Tat", fuhr sie fort, „erfolgte mit großer Kraft und einem außergewöhnlich schweren, großen Gegenstand, über den wir derzeit noch nichts sagen möchten. Sicher haben Sie gehört, dass Herr Bücking übel zugerichtet war und die Tatperson mit großer Kraft vorgegangen sein muss. Das können wir bestätigen."

Thomas wurde zunehmend unruhig: Wenn die Faust jetzt doch die ganzen Interna verriet, was könnte er denn dann noch sagen, um nicht wie der letzte Depp dazustehen? Und genau darauf zielte schon die nächste Frage ab: „Herr Kommissar", fragte eine Reporterin von RTL, „haben Sie den

Eindruck, dass Sie und Ihr Team gut vorankommen, also schnell genug, um den Fall zu lösen?" Thomas holte tief Luft. In dem Moment spürte er eine Hand auf seiner Schulter. Was man sich alles einbilden kann, wenn man unter Druck steht, dachte er. Doch dann beugte sich jemand über ihn und flüsterte etwas in sein Ohr. Nadine. Gottseidank, dachte Thomas, stand auf und überließ wortlos das Podium den beiden Damen. Im Weggehen hörte er noch, wie Luise Schön eine Lanze für ihn und sein Team brach – was blieb ihr auch anderes übrig: „Ich bin sicher, dass unsere Polizisten hier in Alsfeld sehr gut, sehr konzentriert und sehr effizient arbeiten. Wir von der Stadtverwaltung sind stets über alles informiert und können allen Bürgerinnen und Bürgern versichern, dass wir schon bald mit Ergebnissen rechnen dürfen." Geht doch, freute sich Thomas im Rausgehen. Obwohl die PK für ihn nun schneller vorbei war als befürchtet, schämte er sich ein bisschen: Sich eine Leiche anstelle einer Pressekonferenz zu wünschen, war wohl etwas pietätlos. Dass es jetzt tatsächlich eine gab, das war schon etwas creepy, wie seine jüngere Tochter sagen würde. Aber besser bei einer Leiche in den Erlen als mit der Journaille auf der Wache. Dabei blieb er.

Als er mit Nadine in den Erlen ankam, sah der Kommissar als Erstes Mari auf einem Stein sitzen. Sie machte einen völlig desolaten Eindruck. Kein Wunder: Zwei Leichen in zwei Tagen, das war wahrscheinlich sogar für eine von Maris Schlag zu viel. Zu ihren Füßen lag Herbert. Was für ein Riesenvieh, war wahrscheinlich mal der Darsteller des Hound of Baskerville, dachte Thomas bei dessen Anblick, immer noch beschwingt von seiner kühnen Flucht von der PK. „Wo liegt denn der Tote?", wandte er sich an Mari, die auf die alte Steintreppe an der Schwalm zeigte. Sie kam ihm entgegen, stieg die Böschung hinab, rechts an der Treppe vorbei. Dann überquerte sie eine der großen Stufen und legte auf der anderen Seite der Treppe unter dichtem, grünem Laubwerk eine leblose Person frei. Thomas wollte protestieren wegen der möglichen Zerstörung der Spurenlage, aber dazu war es vermutlich eh zu spät. „Du kennst den Toten", stellte er mehr fest, als dass er fragte. Nadine hatte ihm schon auf der kurzen Anfahrt berichtet, dass Mari den Toten als Christian Schaufuß identifiziert hatte, den Ersten Stadtrat. Eigentlich hätte dem erfahrenen Kommissar schon da klar sein müssen, dass das Unbehagen auf der heutigen Pressekonferenz erst der Anfang war: Zwei Tote in zwei Tagen, beide auf ihre Art Promis im Alsfelder Kleinstadttreiben, beides Männer, beide sehr unschön aus dem Leben geschieden. Was Thomas unter dem Gestrüpp von Schaufuß sehen konnte, ließ den Schluss zu, dass auch er übel zugerichtet worden war. Was ist nur los in diesem Kaff, dachte Thomas. Und was ist nur mit Mari, dass sie hier einen Toten nach dem anderen findet?

Mari hatte wieder auf dem Stein Platz genommen. Ihr großer Hund hatte sich erhoben und ließ sich von Nadine streicheln wie ein Riesenbaby. Sie kannten sich offenbar auch. „Kann ich jetzt in den Buchladen?", hörte er Mari fragen. Nadine blickte in Thomas' Richtung. Ohne groß zu überlegen, nickte er. „Soll ich dich fahren?", fragte Nadine die Freundin ihrer Schwiegermutter. „Nein, ich laufe. Angeblich hilft Laufen ja gegen alles", antwortete Mari mit ironischem Unterton. Sie leinte ihren Hund an und schlurfte davon. „Ist alles in Ordnung mit ihr?", fragte Thomas. „Wie meinst du das denn jetzt?" Nadine sah ihn ungläubig an. „Du glaubst doch nicht, dass Mari etwas mit den Morden zu tun hat." Thomas zuckte mit den Schultern: „Man kann nie wissen."

9

Donnerstagvormittag.

Als Mari in die Buchhandlung kam, war ihre Freundin Tine schon da. Sie begrüßte Mari mit einer Mischung aus Überschwang und Neugierde. Hinter ihr verdrehte Tines Tochter Melina die Augen, was wohl so viel heißen sollte, wie „Was will die denn hier, hat man denn nirgends seine Ruhe?" Wahrscheinlich typisches Pubertätsgehabe, dachte die kinderlose Mari, die über diesen Umstand nicht unverdrossen war. „Mari!" Tine rannte förmlich auf ihre Freundin zu, als diese die Tür öffnete. „Ich habe mir schon Sorgen gemacht." Mari blickte Tine verdutzt an. Woher konnte Tine denn jetzt schon wissen, was passiert war? Sie arbeitete zwar bei der Zeitung, aber Mari hatte noch niemanden von den Journalisten vor Ort gesehen. „Woher weißt du denn schon wieder, was passiert ist?", fragte Mari Tine also ganz direkt. „Nichts weiß ich", antwortete die stämmige Blondine, „aber Frank kam stinkwütend von der PK in die Redaktion zurück, wo ich gerade was zu klären hatte. Der Kommissar sei einfach weggelaufen, als es spannend wurde, und dann hätten die Staatsanwältin und die Schön das ganze Ding einfach so für beendet erklärt." Mari konnte sich denken, dass Frank, den sie als ernsthaften, engagierten Journalisten kannte, davon nicht begeistert war. Die beiden hatten sich schon oft darüber unterhalten, dass es immer schwieriger war, an tragfähige Informationen zu kommen. Medien, die mutmaßten und sich auch mit unüberprüften Halbwahrheiten zufriedengaben, hatten es seiner Meinung nach nicht nur leichter, sondern sie trafen auch das Nachrichten-konsumverhalten der Menschen: „Schnell, griffig, könnte was dran sein, reicht mir", sagte er immer und ließ ab und zu seinem Frust bei einem Bier im Hinterraum der

Buchhandlung freien Lauf. „Und dann kam Alex Baier, du weißt schon, der geht meistens so um neun, halb zehn mit seinem Hund in die Erlen. Er sagte, dort sei ein Stück abgesperrt und es stünden ein Polizeiauto und noch andere Fahrzeuge dort. Und er hätte dich mit Herbert dort sitzen und mit dem Kommissar sprechen sehen." Mari stieß einen tief empfundenen Seufzer aus. In Alsfeld blieb nichts lange geheim. Es war ein Wunder, dass noch kaum jemand von ihrer Affäre mit Antonio, dem bofrost-Fahrer wusste. Noch einmal atmete Mari tief ein und aus. Es half ja nichts. „Ich habe den Christian Schaufuß heute tot in den Erlen gefunden. Also, eigentlich hat der Herbert ihn gefunden." „Das ist ja ein Ding! Wie tot? Auch umgebracht, oder was?" Tine war als gelernte Industriekauffrau zwar in der Elternzeit als Quereinsteigerin zur Zeitung gekommen, aber sie hatte ein untrügliches Gespür für große Nachrichten – obwohl in dem Fall sicher kein großartiges Investigativ-Gen nötig war, um die Brisanz zu erkennen: Zwei tote Männer in zwei Tagen. Zwei ermordete Männer vermutlich sogar, da sollte nochmal einer sagen, in Alsfeld sei nichts los! Mari sah Tine tief in die Augen: „Ich weiß, was du jetzt denkst, liebe Tine, aber ich bitte dich, nicht sofort damit zu Frank zu rennen. Ich will nicht, dass Thomas denkt, ich sei eine alte Tratsche." Tine stutzte: „Wer ist Thomas? Und seit wann interessiert dich, was jemand denkt? Mari, Mari, habe ich da vielleicht etwas verpasst?" Sie strahlte Mari an, offen, herzlich, direkt. Kein Wunder, dass sie meine älteste Freundin ist, dachte Mari. „Nein, was willst du denn bei mir verpassen? Es ist nur so ein Gefühl, weißt du. Ich komme mir schon vor wie Miss Marple, die ständig über Leichen stolpert, für die sie nichts kann. Damit habe ich jetzt tatsächlich erstmal ein bisschen zu tun." Mari goss sich einen großen Kaffee ein, setzte sich vor ihre Buchhandlung und rauchte eine. Tine setzte sich zu ihr.

„Hey, ihr beiden!" Olga Winter war auf dem Weg in ihre Fußpflegepraxis in der Rittergasse. „Spät heute, oder?", sagte Tine. „Hast du noch Zeit für einen Kaffee?" Mari mochte es, dass ihre Freundinnen sich bei ihr wie zuhause fühlten. Sie hatte kurz gedacht, dass es ihr besser ginge, wenn sie jetzt erst einmal allein wäre, aber nun merkte sie, wie die Gegenwart ihrer Freundinnen sie umfing wie eine warme Decke an diesem noch frischen Morgen. Und es wunderte sie auch nicht, als Olga sie direkt ansprach: „Was ist denn mit dir, Mari? So früh schon am Rauchen und so blass dabei?" „Stell dir vor", klärte Tine die Freundin auf, „Mari hat vorhin den Schaufuß tot in den Erlen gefunden." Olga hielt sich spontan die Hand vor den Mund. „Den alten oder den jungen?" „Den jungen, den Stadtrat, den Christian halt." „Ach, schade drum", erwiderte die Fußpflegerin, „er war so ein gutaussehender Kerl." „Ja, und seine Frau, die Corinna erst. Ein richtiges Traumpaar, die beiden." Tines Hang für die Geschichten der Yellow Press war im Freundinnenkreis legendär. Das bisherige Highlight ihrer Karriere als freie Mitarbeiterin der OZ war die Berichterstattung über eine Adelshochzeit, die zwei Jahre zuvor in Alsfeld stattgefunden hatte, und die viele Menschen in teuren Autos in die alte Stadt gelockt hatten. Männer in Cuts und Frauen mit großen Hüten hatten den Kirchplatz gesäumt und Tine hatte sich darin gefühlt wie Patricia Riekel höchstpersönlich. Noch Wochen später war sie aus dem Schwärmen gar nicht mehr rausgekommen. Olga stutzte. „Traumpaar? Ich weiß ja nicht." „Wie meinst du das?" „Wolltest du mir nicht einen Kaffee bringen, Tine?" „Ich nehme auch noch einen!" Mari hielt Tine ihre leere Tasse hin. Diese setzte sich daraufhin in Bewegung. Wie die anderen aus ihrer Runde kannte sie sich in Maris Hinterstübchen bestens aus und kam alsbald mit drei frischen Kaffees zurück nach draußen. Während Mari sich langsam etwas entspannte, breitete Olga ihr Wissen über die Ehe der Schaufußens vor ihr und Tine aus. „Die Corinna kommt regelmäßig zu mir in die Praxis. Ihr wisst ja, normalerweise bin ich verschwiegen wie ein Grab." Mari mochte Olgas tiefe Stimme und den russischen Akzent, besonders das überbetonte R. Als Olga mit ihren Eltern vor fast dreißig Jahren aus Kasachstan nach Deutschland kam, war sie schon fünfundzwanzig und konnte kein Wort Deutsch. Heute sprach sie zwar fehlerfrei, aber ihren Akzent konnte sie sich nicht abtrainieren. „Errr gehörrrt zu mir wie mein Name an der Türrr", witzelte sie gerne, wenn man sie darauf ansprach. „Verschwiegen wie ein Grab, ja", erwiderte Tine, „und weiter?" „Also, die Corinna, die kann zu mir kommen, wann sie will, die hat eigentlich immer eine Fahne. Und ihr könnt mir glauben, da kann sie noch so viele Pfefferminzbonbons lutschen – ich rieche das! Jahrelange Übung." Olgas Vater hatte den Umzug nach Deutschland nur schlecht verkraftet und viel und häufig getrunken. Vor der Familie wollte er es verstecken, aber es gelang ihm natürlich nicht. Als er vor wenigen Jahren kurz nach seiner Frau starb, hatte Olga ihr, Tina, Petra und Yasemin erstmals davon erzählt. „Du meinst, Corinna trinkt?" Tine war schier außer sich über diese Information. „Aber warum sollte sie das tun?" „Einmal kam sie zu einem außerplanmäßigen Termin, weil ihr etwas Schweres auf den Fuß gefallen war und der Nagel des großen Zehs drohte abzugehen. Ich fragte sie, wie das passiert sei, und sie erzählte mir ohne Umschweife, dass Christian ihr die Prosecco-Flasche abnehmen wollte. Sie wollte sie nicht hergeben, sie rangelten darum und als beide losließen, fiel sie stumpf auf Corinnas Fuß. Sie erzählte mir unter Tränen – sie war wirklich schwer betrunken –, dass Christian nicht wolle, dass sie zu viel trinke, dabei sei er doch selbst schuld." Tine stand der Mund offen. Was für ein Vormittag! „Und hat sie auch gesagt, warum?" Tine wollte es jetzt ganz genau wissen. „Nein, dazu hat sie nichts gesagt, aber sie meinte, sie sei wirklich froh, dass sie jetzt endlich getrennte Schlafzimmer hätten." Während Mari all das ungerührt zur Kenntnis nahm, brach für Tine eine Welt zusammen. Sie hatte die Hochzeit von Christian und Corinna hautnah miterlebt: Corinna, eine der Erbinnen des alteingesessenen Bekleidungshauses Wartenbach, heiratete Christian Schaufuß, Spross einer ebenso alten Alsfelder Zahnarztdynastie. Sie hatten mit großem Tamtam zuerst im eindrucksvollen Trauzimmer des Alsfelder Rathauses geheiratet, danach hatte es eine Riesenparty direkt auf dem Marktplatz gegeben. Beide waren bei der Hochzeit noch vergleichsweise jung, Corinna vierundzwanzig und Christian fünfundzwanzig Jahre alt. Es war eine Traumhochzeit, die zwei Alsfelder Dynastien verband und zugleich zwei schöne erfolgversprechende Menschen. Wobei Christian stets erfolgversprechender war als seine Frau: Schon früh strebte er eine politische Karriere in Alsfeld an, war erst Mitglied bei der Jungen Union und später bei der CDU. Als Gegenkandidat von Luise Schön war er ihr bei der letzten Wahl bekanntlich unterlegen. Als Erster Stadtrat in der Koalition mit den Grünen nahm er bis heute zumindest die Aufgaben des stellvertretenden Bürgermeisters wahr und war damit nach eigenem Bekunden ganz nah an den Schaltstellen der Macht im Alsfeld Rathaus. Schaufuß' Vita war allen gut bekannt, und insbesondere Tine schien das glamouröse Leben des Opfers noch einmal vor ihrem geistigen Auge vorbeiziehen zu lassen. Sie seufzte. Als Tine in ihren Erinnerungen fertig geschwelgt hatte, sahen Mari und Olga sich belustigt an. Tine nahm es ihnen nicht übel. Jede von ihnen gönnte der anderen ihren Spleen. „Ich muss los", sagte Olga und stellte ihre leere Tasse auf das kleine Tischchen vor dem Laden. Mit großen Schritten näherte sich Vera Horchler der Rittergasse. „Meine nächste Kundin", lachte sie und beeilte sich, zumindest zeitgleich mit der Studienrätin anzukommen.

„Also, wirklich", Tine konnte es immer noch kaum glauben, „die Schaufuß und Trinken, „ich weiß ja nicht. Die kommt doch immer so daher wie aus dem Ei gepellt. Und wie die immer auftreten in der Öffentlichkeit. Perfekt, sage ich dir, perfekt." „When too perfect, dann liebe Gott böse", zitierte Mari den berühmten Künstler June Paik. Sie war in der Tat etwas amüsiert über Tines Schmonzettenaffinität. Aber das war Tines einziger Nachteil, den Mari gerne in Kauf nahm. Und unterhaltsam war es allemal. Nur heute empfand sie es einfach unpassend. Mari hob ihre Tasse und nahm einen letzten tiefen Schluck daraus. Sie drückte ihre Zigarette aus – schon die zweite oder dritte des Tages – und schaute über den Marktplatz, dessen aufgerissenes Pflaster wie eine offene Wunde klaffte. Wie viele offene Wunden, denn seit Beginn der Umbaumaßnahmen war hier kein Stein auf dem anderen geblieben. Um die Baustelle herum ging eine sehr zierliche, sehr gut angezogene junge Frau in Richtung Bürgerbüro. Mari und Tine sahen sich erschrocken an: Corinna Schaufuß auf dem Weg zur Arbeit. Beide mussten schlucken. Auf der anderen Seite, vom Kirchplatz her, kamen Thomas und Nadine auf sie zu. „Wir müssen nochmal sprechen, Mari", sagte Thomas und blickte zu Tine. „Können wir uns irgendwo ungestört unterhalten?"

Mari hatte ohnehin den Eindruck, dass Klaus und Melina den Laden heute sehr gut allein schmissen. Bis sich rumgesprochen hätte, dass wieder sie, also Mari, die Leiche gefunden hatte, noch dazu die von Christian Schaufuß, würde noch ein wenig Zeit vergehen. Dann aber würden sicher einige unter dem Vorwand, ein Buch zu kaufen, in ihren Laden kommen und auf Informationen aus erster Hand hoffen. Mari seufzte. „Corinna weiß es noch nicht, oder?", frage sie die beiden Polizisten. „Nein, wir waren bei ihr zuhause, haben sie aber nicht angetroffen. Warum fragst du?" „Weil ich sie eben frohen Mutes ins Bürgerbüro habe gehen sehen", erwiderte Mari und fügte hinzu, was sowohl Thomas als Nadine in dem Moment wahrscheinlich ohnehin dachten: „Wenn ihr nicht wollt, dass sie es von ihrem nächsten Kunden erfährt, geht ihr wohl lieber erstmal dort hin. Ich bleibe jetzt hier im Laden, da könnt ihr mich auch später noch antreffen." „Ja, besser ist das", versuchte Nadine zu scherzen, „nicht, dass du schon wieder irgendwo einen Toten findest." Es war ihr so rausgerutscht, sie war sonst sehr pietätvoll. Offenbar lagen auch bei der toughen Polizistin die Nerven blank. Während Nadine und Thomas sich in Richtung Bürgerbüro entfernten, ging Mari in ihr Büro, das in den Hinterhof führte. Dort klopfte gleich darauf Michael Townsend ans Fenster. Er machte ihr Zeichen, herauszukommen. Als sie zu ihm trat, hielt er ihr eine Packung Zigaretten hin. Mari griff gerne zu. „Sag mal, was ist denn bei dir im Laden los, dass da heute schon wieder die Polizei ein- und ausgeht?" Er schien nervös zu sein, aber vielleicht kam es Mari angesichts ihrer eigenen Lage auch nur so vor. „Ach, Michael", antwortete sie, „du wirst es nicht glauben, aber ich habe schon wieder einen Toten gefunden." Michael schaute sie entsetzt an. „Das gibt's doch nicht!" Der Psychotherapeut, der seit fünf Jahren seine Praxis und seine Wohnräume in der oberen Etage von Maris Elternhaus hatte, wurde leichenblass. Dass ihn das so mitnahm, fand Mari bemerkenswert. „Was ist denn mit dir los?", fragte sie ihn, „du siehst aus, als hättest du mit einem Schlag Angst vor mir! Ich habe nichts damit zu tun." „Das weiß ich doch", entgegnete der sehr seriös und gepflegte wirkende Endfünfziger, der mit seinen grauen Haaren und dem braunen Teint als Bruder von George Clooney durchgegangen wäre. Er hatte lange in den USA, dem Heimatland seines Vaters, gelebt, und immer noch einen leichten amerikanischen Akzent. Gerade so, um – insbesondere die Damenwelt – neugierig zu machen. Dabei gab es über ihn keinerlei Gerüchte in der Stadt. Michael ließ sich nichts zu Schulden kommen, hielt sich von allem fern und verbrachte seine Freizeit lesend oder fahrradfahrend. Wenn es sich ergab, ging Mari abends auf ein Glas zu ihm hoch. Sie brachte dann ihr Bier immer mit, Michael genehmigte sich seinerseits stets einen Whisky. „Mir ist seit gestern schon ein wenig flau im Magen, weißt du, keine Ahnung, was das ist." „Und hast du denn deine Praxis offen? Nicht, dass du so ein Magen-Darm-Zeug hast und deine Patienten noch ansteckst." „Du hast recht, Mari, am besten, ich sage für heute erstmal alles ab." „Wenn du was brauchst, Michael, gib Bescheid." „Du siehst wirklich gerade nicht so aus, als ob du Reserven hättest, um noch jemanden zu betüdeln, Mari." Dafür hätte es in der Tat keines geschulten Blicks bedurft, aber wie dem auch sei, ein bisschen Fürsorge tat auch Mari gut, wie sie überrascht feststellte.

Corinna Schaufuß war vor den Augen von Nadine und Thomas zusammengeklappt, wie eine Marionette, wenn der Puppenspieler losließ. Bei der Todesnachricht war sie kurz aufgesprungen, hatte sich erschrocken die Hand vor den Mund gehalten, dem sich ein gequälter Schrei entwunden hatte, und war dann direkt ohnmächtig geworden. Thomas konnte sie gerade noch auffangen und war verwundert über dieses wenige Gewicht und diesen zierlichen Körper. Elfengleich hing sie in seinen Armen. Hilflos sah Thomas zu Nadine, die schon dabei war, einen weiteren Stuhl zu organisieren, damit Corinna sich setzen und die Beine hochlegen konnte. „Ich rufe einen Krankenwagen", sagte Nadine mehr zu Thomas als zu der frischgebackenen Witwe, die den Vorschlag dennoch vehement ablehnte, als sie wieder zu sich gekommen war. „Nein, keinen Krankenwagen. Bitte, es geht gleich wieder." Nadine fand das unverantwortlich. „Frau Schaufuß, wir haben Ihnen eben die Todesnachricht überbracht, da kann es schon sein, dass einem die Luft wegbleibt. Wir denken, das sollte sich jetzt doch ein Arzt anschauen." „Ich will nachhause", sagte die Frau unter sehr lautem Schluchzen und klammerte sich an Thomas fest, dem ein frischer Pfefferminzhauch entgegenströmte. Nadine ging ein Stück zurück. Thomas sah ihren Blick und kannte seine Kollegin schon gut genug, um zu wissen, dass Corinna von der Art hilfloser Frauen war, die Nadine nicht leiden konnte. „Machen einen auf dumm und hilflos, wenn sie was von den Männern wollen, und wundern sich dann, wenn sie auch wie hilflose Dummchen behandelt werden", hatte sie mal im Auto zu ihm gesagt, als sie über Frauen- und Männerklischees gesprochen hatten. Wie waren sie eigentlich darauf gekommen?

„Können wir jemanden für Sie anrufen oder sollen wir einen Seelsorger anfordern?", fragte Nadine, die sich sichtlich wunderte, warum Thomas die Frau nicht einfach auf die bereitgestellten Stühle bugsierte, sondern sie einfach so an sich hängen ließ. Corinna schaute Thomas flehentlich an: „Können Sie mich nicht nachhause bringen?" Es war Thomas zwar peinlich, aber die Situation überforderte ihn und er konnte es nicht verheimlichen. „Kommen Sie." Nadine ergriff Corinnas Arm und zog sie von Thomas weg Richtung Ausgang. Sie bedeutete ihm mit einer Kopfbewegung, dass er ihre Handtasche – einen riesigen Shopper mit Alsfeld-Motiv – mitnehmen sollte. Daneben lag ein Schlüsselbund. Thomas probierte einen nach Schlüssel nach dem anderen aus, um das Bürgerbüro zu verschließen, vor dem sich nun schon eine beachtliche Menschenmenge angesammelt hatte – vermutlich hatten nicht alle Wartenden einen Termin. Endlich gelang es ihm, die Tür abzuschließen und er folgte Nadine. Diese hatte die völlig aufgelöste Corinna schon in das Auto bugsiert und wartete, bis Thomas zustieg. Notgedrungen setzte er sich hinten zu Corinna, die sich direkt wieder an ihn schmiegte. Er sah Nadines

Kopfschütteln im Spiegel, aber was sollte er schon machen? Er konnte dieses arme hilflose Ding doch nicht wegschieben.

Zu dritt machten sie sich auf den Weg in den Lupinenweg, wo zwischen den vielen Bungalows, die hier in den letzten vierzig Jahren gebaut worden waren, ein hochmoderner Kubus stand, der augenscheinlich noch keine fünf Jahre alt war. Nadine half Corinna aus dem Auto. Sie wirkte nun ein wenig standfester, aber Nadine hielt sie lieber fest, wie Thomas beruhigt aus dem Augenwinkel sah. Da er immer noch das Schlüsselbund von Corinna Schaufuß in der Hand hielt, versuchte er die große Glastür aufzuschließen, doch er fand nicht mal ein Schlüsselloch. Corinna zog Nadine mit sich zur Haustür und schaute auf einen kleinen Glaspunkt daneben. „Gesichtskontrolle", sagte Corinna, die Tür tat sich auf und die drei traten ein. So kann man also auch wohnen, dachte Thomas, der jetzt in einem hohen, lichtdurchfluteten Raum mit einer riesigen Glasfront stand, die den Blick zunächst auf einen riesigen Pool freigab und danach auf die Felder – freie Sicht bis zum Horizont. Langsam ließ Nadine die Witwe los. Diese zog ihre Pumps aus und tippelte auf zierlichen Füßchen mit einer perfekten French Pediküre an den großen Küchentresen. Sie nahm sich ein großes Glas Wasser. Dann setzte sie sich an den Esstisch und begann hemmungslos zu weinen. „Frau Schaufuß, können wir jemanden für Sie anrufen?", fragte Nadine erneut. „Ingrid. Wo ist meine Tasche?" Corinna Schaufuß blickte sich verwirrt um. Thomas beeilte sich, der in völliger Auflösung befindlichen Frau ihre Handtasche zu reichen, aus der sie nach einigem Suchen ihr Handy hervorkramte. Sie entsperrte es und gab es Thomas. „Knieling."

Während Thomas wählte, bewegte sich Corinna vom Tisch weg in Richtung Sitzgarnitur. Weißes Leder. Benz. Die Marke kannte er sogar. Kinder gab es demnach nicht bei

Schaufußens. Er konnte kaum den Blick von der liegenden Frau abwenden, deren Hilfsbedürftigkeit ihn wirklich mitnahm. Nadine schien die Szene eher belustigt zu verfolgen. „Hallo, Frau Knieling, hier ist Kommissar Thomas Eisenträger. Wir sind bei Ihrer Freundin Corinna Schaufuß und möchten Sie bitten, so bald wie möglich hierher zu kommen. Wann können Sie da sein?" „Was ist denn passiert?" Ingrid Knieling hatte einen eigenartigen Akzent, fand Thomas, der in aller Kürze die Lage schilderte. „Ja, einen Moment. Ich bin gleich da."

Als Ingrid Knieling mit ihrem Lastenrad vor dem Kubus vorfuhr, erinnerte sie Thomas optisch sehr an seine Frau Bea, nur zwanzig Jahre jünger. Schön, aber praktisch gekleidet, gepflegt und sportlich, aber nicht zu dünn, und alles im Griff. Wahrscheinlich verheiratet, zwei Kinder, dachte Thomas. Er machte sich gerne einen Sport daraus, sich Eigenschaften und Lebensumstände zu den Menschen, die er traf, auszudenken. Er täuschte sich selten und kam deshalb nicht umhin zu fragen: „Ich hoffe, es hat Ihnen jetzt keine Umstände gemacht, so plötzlich zu kommen." „Nein, kein Problem. Mein Mann ist im Home-Office, da konnte ich gut weg, obwohl die Mädchen gleich von der Schule kommen." „Sie haben Kinder?" „Ja, zwei Mädchen." Tschakka! Du bist ein echter Menschenkenner, Alter, sagte Thomas zu sich selbst und wandte sich wieder der jungen Witwe zu, die sich, sobald sie Ingrid gesehen hatte, in deren Arme stürzte. „Ach Corry", hörte er Ingrid sagen. „Ach Ingi", hauchte Corinna. Die beiden Polizisten schauten sich an. „Wir müssen dringend in Ruhe mit Ihnen sprechen, Frau Schaufuß", sagte Nadine. „Glauben Sie, dass wir heute Nachmittag wiederkommen können?" Corinna blickte mit einem traurigen Augenaufschlag in Thomas' Richtung. „Ich hoffe es."

10

Donnerstagmittag.

Als Thomas und Nadine um die Mittagszeit wieder auf der Polizeistation eintrafen, fiel ihnen ein, dass sie ihre Hauptzeugin Mari völlig vergessen hatten. Doch bevor sie sich auf den Weg zu ihr machten, nutzten sie die Tatsache, dass sie nun schon mal vor Ort waren, um sich gemeinsam mit Simon ein kleines Update zu verschaffen – von einem Überblick konnte man in diesem Chaos ja weiß Gott nicht sprechen. Allerdings war es Simon gelungen, ein weiteres Board zu eröffnen, in dessen Mittelpunkt zwar der Tod von Christian Schaufuß stand, der aber zumindest schon mal mit Mari als Hauptzeugin eine Verbindung hatte. „Wenn Mari sehen würde, wie imposant sie da zwischen diesen beiden Toten an der Wand prangt", sagte Nadine in den Raum hinein. Maris Name auf dem Board war sowohl von einem Dreieck als auch einem Rechteck eingerahmt, Simons Zeichen für Verdächtige beziehungsweise Zeugen. Obwohl Simon die Freundin seiner Mutter sicher nicht verdächtigte, war er korrekt genug, alles so einzutragen, wie er es bei anderen Personen auch getan hätte.

„Gibt es schon Infos von der Weber und dem Rensch?", fragte Thomas in die Runde. In dem Moment kam Daniel, kaum vier Stunden nach der Entdeckung des Mordes, ins Büro und verkündete: „Also, ich habe mich kurz mit Susi abgesprochen. Bevor sie euch ihren ersten ausführlichen Bericht schicken kann, soll ich euch ausrichten, dass der Tote sehr wahrscheinlich bereits seit Sonntag oder Montag da gelegen hat, wo er heute aufgefunden wurde." Susi, dachte Thomas. Das war offenbar Frau Dr. Weber von der Rechtsmedizin. Was Rensch und sie verband, wollte Thomas gar nicht wissen. Er schüttelte innerlich den Kopf über dieses Alsfelder Beziehungsgeflecht, in dem anscheinend alles möglich war. Nur nicht für ihn. Na ja. „Und hat sie auch schon was zur Todesart gesagt?", fragte er Daniel Rensch, der wie immer vor Optimismus und Tatendrang sprühte. „Yepp", antwortete er strahlend: „Eine massive Kopfverletzung und viele stumpfe Schläge, vermutlich mit einem Ast, auf Kopf und Körper." „Und kam er dort zu Tode, wo er lag, oder wurde er bewegt?", fragte nun Simon. „Das ist aufgrund der Spurenlage nicht leicht zu sagen. Ihr erinnert euch vielleicht, dass es sowohl am Sonntag- als auch am Montagabend Gewitter gab und es geschüttet hat wie aus Eimern, sodass von der Tat kaum noch Spuren geblieben sind. Nach dem Regen, also spätestens nach Montagabend, ist er aber keinesfalls mehr bewegt worden, so viel steht fest." Obwohl Rensch das bekanntgab wie eine große Errungenschaft, die sie maßgeblich weiterbringen würde, war das erstmal so gut wie nichts. Selbst Simon blieb nichts anderes übrig, als hinter Todeszeitpunkt und Tatort drei große Fragezeichen zu machen. „Aber wir bleiben dran", versprach Daniel im Rausgehen und machte mit der Hand ein vielversprechendes Zeichen, das man als Haken deuten konnte. Auf Thomas' skeptischen Blick hin präzisierte er: „Wir haben trotz der ungünstigen Spurenlage noch viele Möglichkeiten, den Tathergang zu konstruieren. Es dauert halt ein bisschen und die Erlen werden jetzt erstmal zumindest um den weiteren Auffindeort herum für die Öffentlichkeit gesperrt bleiben müssen. Wir werden intensiv nach verwertbaren Spuren suchen müssen. Die Tatwaffe war wie gesagt vermutlich ein Ast. Vielleicht finden wir ihn. Aber ihr seht ein, das geht nicht innerhalb von Stunden." „Wie wollt ihr denn die Erlen absperren?", fragte Simon. Das große Gebiet entlang der Schwalm war ein beliebtes Ziel für Familien, Sportler, Hundebesitzer und Spaziergänger und verband den Stadtteil Altenburg mit Alsfeld. Es war von überall her zugänglich und konnte so gut wie gar nicht abgesperrt werden. Es sei denn mit einem großen personellen Aufgebot. „Im Moment sind noch vier Polizisten unten und sichern zumindest den Auffindeort", sagte Daniel, dem aber auch eine Idee fehlte, wie man die Menschen fernhalten könnte. „Wir müssen das Areal auf der Uferseite, wo Schaufuß gefunden wurde, großflächig mit Absperrband versehen und brauchen tatsächlich zumindest zwei Polizisten, die das bewachen. Rund um die Uhr." Thomas war in der Hinsicht „ein Pragmat", wie seine Kollegen aus Weimar oft gesagt hatten. „Ich kümmere ich mich bei der Faust darum, dass wir Leute kriegen." „Was kann ich für Sie tun, Herr Eisenträger?", hörte Thomas die Stimme der Staatsanwältin. Sie schien angesichts der Ereignisse, die gerade in Alsfeld aufeinandertrafen, nicht sonderlich gestresst zu sein, und Thomas fragte sich einmal mehr, wie eine so junge Frau so abgeklärt sein konnte. „Ich brauche drei Schichten à zwei Einsatzkräfte, die unseren Fund- und vielleicht auch Tatort in den Erlen vor unerlaubtem Zutritt sichern." „Die können Sie kriegen, wenn Sie mich mal ins Bild setzen", antwortete Clara Faust, die durch den Raum gegangen war und sich nun mit halbem Hintern und verschränkten Armen auf Simons Schreibtisch setzte, der vor dem Board stand. Simon übernahm sogleich die Aufgabe, alles, was bisher bekannt war, zu präsentieren. Zum Abschluss stellte er die Frage, die sich wohl alle Anwesenden – wahrscheinlich gemeinsam mit ganz Alsfeld – stellten: Gehörten die beiden Todesfälle zusammen? Und wenn ja, wie?

„Also, angesichts der Tatsache, dass wir hier nicht in der Bronx, sondern in einer oberhessischen Kleinstadt sind, können wir getrost davon ausgehen, dass beide Taten zusammenhängen", stellte die Staatsanwältin auf ihre nüchterne Art und Weise dar. „Und wenn ich mir anschaue, wie die beiden Herren zugerichtet wurden, dann würde ich auch auf ein- und denselben Täter tippen – oder auf eine Täterin. Da scheint mir so viel Emotion im Spiel, so viel Wut und Hass, dass ich diese Taten durchaus auch einer Frau zutrauen würde." Thomas war baff. Er hatte sich das zwar auch schon überlegt, aber sein Frauenbild war diesen Betrachtungen noch nicht hinterhergekommen. Nichtsdestotrotz musste er Clara Faust rechtgeben. Sie durften niemanden ausschließen. „Ich würde daher als Erstes die Ehefrauen unter die Lupe nehmen", lautete die Empfehlung der Staatsanwältin. Thomas schluckte.

„Also, Clara, ich gebe dir zwar recht", schaltete sich Nadine ein, „dass wir auch Frauen in Betracht ziehen müssen, aber die Ehefrauen sind unserem bisherigen Eindruck nach außen vor: Frau Bücking hat ein fast lückenloses Alibi, wie Simon ermittelt hat, und Frau Schaufuß, na ja. Du kennst sie ja auch: Weder die hellste Kerze auf der Torte noch imstande, irgendetwas körperlich Anstrengendes zu tun. Ich glaube, die kann nicht mal 'ne Glühbirne wechseln, so hilflos wie die ist." Auch Nadine war eine Freundin der klaren Worte, und Thomas war ihr dankbar dafür, dass sie für die Ehefrauen in die Bresche gesprungen war.

„Ich schlage vor, wir schauen jetzt erstmal, ob wir eine Verbindung unserer Bücking-Verdächtigen zu Schaufuß finden können. Und dann sollten wir versuchen, so viel wie möglich über unser zweites, oder besser gesagt erstes Todesopfer herauszubekommen. So das Übliche: Hatte er Streit, wenn ja mit wem? Wie lief seine Zahnarztpraxis? Was machten seine politischen Ambitionen?" Thomas hatte zu seiner Einsatzleiterposition zurückgefunden und wies seine Leute entsprechend ein. Daniel Rensch verabschiedete sich, aber Clara Faust war noch nicht fertig. „Ich weiß, dass ihr hier alles Menschenmögliche unternehmt", sagte sie, „aber das hier ist kein alltäglicher Fall. Solltet ihr mehr Hilfe brauchen, dann meldet euch bei mir. Ich will euch niemanden aufzwingen, aber ihr sollt wissen, dass ich euch helfen möchte, wo ich kann. Das Problem ist, dass uns die Presse im Nacken sitzt. Ich kann heute noch eine Meldung rausgeben und schätze, die geben sich dann bis morgen oder so zufrieden, aber dann kann ich für nichts garantieren. Wahrscheinlich werden heute schon die ersten Teams der privaten und regionalen Sender in der Stadt auftauchen und Nachbarn und Passanten interviewen. Das ist echt zum Kotzen." Gerade die letzte Einschätzung teilte Thomas unumwunden mit der Staatsanwältin. Pressefreiheit war ja schön und gut, aber dass man jeden noch so blöden Trieb auf Neuigkeiten mit so unnötiger wie unfundierter Information stillen musste, hatte mehr mit Volksverdummung als mit gutem Journalismus zu tun. Dumm nur, dass das nicht zu ändern war.

„Und noch was: Was ist eigentlich mit Marianne Reul?", fragte die Staatsanwältin und alle drei schauten betreten zu Boden. „Die Frau hat beide Leichen gefunden und hat wohl auch beide Männer gekannt. Habt ihr sie mal unter die Lupe genommen?" „Wir behandeln sie als Zeugin", sagte Thomas, „auch wenn wir natürlich nicht ausschließen können, dass sie stärker involviert ist, als das bloße Auffinden der Leichen vermuten lässt." „Behaltet auch sie im Auge", riet die Staatsanwältin und machte sich weiter. „Ich kümmere mich noch um die Bewachung in den Erlen, dann seid ihr das los", rief sie im Rausgehen und Thomas war einmal mehr sehr angetan von der jungen Frau.

„Also, ran an den Speck", verkündete Simon, der direkt ans Werk wollte. Allerdings hatte er die Rechnung ohne Nadine gemacht. Sie hatte in der Zwischenzeit per WhatsApp eine Familienpizza bestellt, die genau jetzt geliefert wurde und ihr Büro in eine wunderbar italienische Duftwolke hüllte.

„Ohne Mampf kein Kampf", lachte Thomas, der unabgesprochen die Rechnung übernahm und sich mit seinem Team an den Besprechungstisch setzte.

„Ich schlage vor, du, Simon, checkst die Querverbindungen und siehst zu, was du zu Schaufuß rausbekommen kannst. Du hast ja die besten Quellen, wie ich inzwischen weiß", schmatzte Thomas zwischen zwei Pizzabissen. Er hatte wirklich einen Riesenhunger. „Und wir, Nadine, gehen erst mal zu Mari und dann noch mal zu Frau Schaufuß." „Ja, aber erst fertig essen", lachte die Polizistin. In dem Moment ging die Tür auf und zwei unbekannte Kollegen standen in der Tür. Sie stellten sich als Julian und Marcel von der Dienststelle in Bad Hersfeld vor. „Wir haben hier jemanden für euch", sagten sie und zogen den mit Handschellen gefesselten Leon Schäfer herein. Der folgte den beiden Beamten unwillig, aber resigniert. Thomas, Nadine und Simon sahen sich ratlos an. Sie waren zwar froh, mit Schäfer ihren ersten Hauptverdächtigen vor sich zu haben, aber zeitlich passte ihnen das grade gar nicht in den Kram. Mari und die Schaufuß warteten. „Bringt ihn in den Vernehmungsraum", wies Thomas die Hersfelder an. „Wir kommen gleich." Dann machte er Nadine ein Zeichen, dass nun erstmal die beiden Frauen an der Reihe waren. „Komm, wir fahren." Als sie ihn fragend ansah, meinte er nur: „Der hätte schon viel früher da und schon längst wieder weg sein können, wenn er nicht abgehauen wäre. So viel Zeit, dass wir jetzt erstmal die Damen befragen, wird jetzt wohl noch sein." Er wusste, dass Nadine nichts davon hielt, Leute, auch wenn sie Verdächtige waren, extra warten zu lassen. Aber nun musste man halt mal Prioritäten setzen. Und erstens war er der Chef und zweitens gingen ihm flüchtige Verdächtige auf die Nerven. Und drittens konnte er es. Aus dem Augenwinkel sah er noch, wie Simon dem Schäfer einen Kaffee hinterhertrug, und schüttelte innerlich den

Kopf. Die würden auch noch ihre Erfahrungen machen und lernen, dass Toleranz und Entgegenkommen zwar in der Theorie gute Ideen waren, aber in der Praxis zu nichts führten.

Auf dem Marktplatz und bei Mari im Buchladen herrschte gelinde gesagt ein reges Treiben. Neben den üblichen Marktplatzgängern wie Frieda Kaiser und Walter Michels tummelten sich alle möglichen Grüppchen, die über die unglaublichen Geschehnisse in der alten Fachwerkstadt sprachen. Jeder und jede von ihnen hatte eine eigene Theorie, und Thomas und Mari hätten ihre Freude daran gehabt zu sehen, wie Simon alle möglichen Mutmaßungen auf sein Board gezaubert hätte. Obwohl sie auf dem Kirchplatz geparkt hatten, um nicht über den Marktplatz zur Buchhandlung zu müssen, hörten sie die interessantesten Vermutungen. Direkt unter dem Rathausbögen sonnte sich Alex Baier im Ruhm desjenigen, der direkt nach dem Auffinden des Toten noch einen Blick auf den vermeintlichen Tatort hatte werfen können. „Also, nach dem, was ich da gesehen habe, ist da irgendwas eskaliert", gab Baier an. „Mich würde es nicht wundern, wenn diese verwahrlosten Jugendlichen, die da immer rumhängen, ihre Hände im Spiel hatten. Die wollten den bestimmt beklauen. Aber das hat der Christian sich nicht gefallen lassen." „Es könnte aber auch der Jupp gewesen sein", warf jetzt Helga Schultz ein. Die Friseurin nutzte ihre Mittagspause, um sich mit neuen Informationen zu versorgen. Jupp war der stadtbekannte Obdachlose, der in den Erlen oft unter der Autobahnbrücke schlief, wie Thomas von Nadine erfuhr. „Ach, der ist doch harmlos", winkte Baier ab. Thomas zuckte mit den Schultern und Nadine schüttelte mit einem resignierten Grinsen den Kopf: Wenn sie noch ein bisschen warten würden, hätte die Schwarmintelligenz auf dem Alsfelder Marktplatz den Fall sicher bald ohne sie gelöst. Sie blickten über den Marktplatz und sahen am Rathaus Luise Schön am Fenster ihres Amtszimmers stehen und ebenfalls über den Marktplatz schauen. Auch sie schien sich für die verschiedenen Theorien der selbsternannten Alsfelder Kriminalisten zu interessieren. Thomas schaute noch einmal nach oben, bevor er mit Nadine im Buchladen verschwand. Er seufzte innerlich. Mit der Frau hatte Alsfeld echt viel gewonnen!

Das Gespräch mit Mari brachte wenig Neues. Eigentlich bestätigte sie nur, was sie in etwas verstörterer Form schon vor Ort gesagt hatte. „Wir werden das alles zu Protokoll nehmen", sagte Nadine. „Das müsstest du dann zeitnah mal unterschreiben." Thomas grinste. Obwohl er Mari nicht für die Täterin hielt, war sie ja formal eine Verdächtige. „Das müsstest du dann mal unterschreiben", hielt er daher für zu wenig vehement. Aber er gab sich angesichts der Alsfelder Gepflogenheiten geschlagen. Es nützte ja nichts. Während sie so dasaßen, schaute Thomas sich in Maris Büro um. Im Vergleich zu Mari, die heute einen sehr derangierten Eindruck machte, sah es dort überraschend ordentlich aus. Lediglich ein paar unerledigte Schreiben lagen auf dem Schreibtisch, darunter eines von der Stadtverwaltung. „Letzte Aufforderung zur Beseitigung baulicher Mängel", konnte Thomas im Betreff lesen, da kam ihm seine Weitsichtigkeit zugute. Womit man sich so rumschlagen muss, dachte er und war ganz froh über sein Märchenzimmer bei Petra Lorenz. Wenigstens hatte er auf diese Weise nicht auch noch diesen Eigentümerscheiß an der Backe. Das hatte ihn in Weimar schon immer Nerven genug gekostet. Soll doch Bea sich jetzt damit rumschlagen, dachte er und spürte unvermittelt einen ziemlichen Kloß im Hals. Im Rausgehen fiel sein Blick auf den aktuellen Bestseller der Gefühlsduselei-Sachliteratur: „Heimweh – eine menschliche Sehnsucht". Wieder einmal an diesem Tag schüttelte Thomas den Kopf und folgte Nadine nach draußen. Mit Schrecken sah er, dass ein kleines Team mit Kamera und Mikrofon Alex Baier interviewte. Die Polizisten sahen sich an und waren sich wortlos einig. Mit gesenkten Köpfen liefen sie schnurstracks zu ihrem Auto auf dem Kirchplatz. Sie hatten in diesem Getümmel mit Sicherheit nichts verloren.

Als sie ihren Wagen vor dem Bungalow im Lupinenweg parkten, war Thomas einmal mehr überwältigt von dem hier zur Schau gestellten Wohlstand, gepaart mit Lifestyle und ja, auch Lebensglück. Ingrid Knieling, Corinna Schaufuß' Freundin, öffnete ihnen die Tür und bat sie in den offenen Wohnbereich, in dem die junge Witwe wie ein Mensch gewordenes Bambi auf der Carl-Benz-Couch lag. Trotz der Wärme des Sommertages war sie in eine flauschige Decke gewickelt. Vor ihr stand eine große Karaffe mit Wasser und vielen Limetten-Stückchen darin. Ihre Augen waren rotverheult und sie wirkte so zerbrechlich, dass Thomas es kaum mit anschauen konnte. „Frau Schaufuß, wir haben noch einige Fragen an Sie. Sehen Sie sich imstande, sich jetzt mit uns zu unterhalten?", richtete Thomas das Wort an sie. Corinna setzte sich auf, schniefte, und als die Decke von ihren Schultern fiel, wirkte sie noch schutzbedürftiger und fragiler als zuvor. Thomas sah Nadine an, dass deren Mitgefühl sich in Grenzen hielt. „Wie es aussieht, könnte Ihr Mann bereits seit Sonntag tot sein. Wie kommt es, dass Sie ihn nicht vermisst haben?", fragte Nadine so direkt, dass selbst Thomas erschrocken war. Ganz zu schweigen von der Witwe, die so tief seufzte, dass sie gleich wieder in sich zusammensackte und fast unter ihrer Flauschdecke verschwunden wäre. „Muss das sein?", wandte sich nun Ingrid Knieling an die beiden Beamten, „Sie sehen doch, wie es ihr geht." „Es tut uns sehr leid, aber wir dürfen jetzt keine Zeit mehr verlieren", erklärte Thomas und wandte sich

Corinna zu. Diese bedeutete ihm, sich neben ihn zu setzen. Etwas unbeholfen nahm der Kommissar Platz. Er wusste augenblicklich nicht mehr, was ihn mehr verstörte: So hilflose, zerbrechliche Geschöpfe wie Corinna Schaufuß oder so toughe gradlinie Frauen wie Nadine oder die Staatsanwältin. Alsfeld hat sich in dieser Hinsicht echt entwickelt, seit er weg war, schweifte er gedanklich ab, als er spürte, dass eine zarte Hand die seine ergriff. „Ach, Herr Eisenträger", säuselte Corinna, „es ist alles so furchtbar. Christian wollte wie immer um diese Zeit im Jahr eine Woche in einem Schweigekloster verbringen. Es war wegen Corona unklar, ob es in diesem Jahr gehen würde, und er konnte erst am Freitag buchen. Ich habe ihn dann wie jedes Jahr am Montagmorgen zum Wildflecken gefahren. Von dort läuft er immer bis zum Kreuzberg." Sie schluchzte laut auf und schüttelte sich. Dann fiel sie wieder in sich zusammen. Ingrid setzte sich auf der anderen Seite zu ihr und nahm sie in die Arme. „Haben Sie sich nicht gewundert, dass Sie nichts von Ihrem Mann gehört haben?", fragte Nadine weiter. Thomas fand es einerseits unpassend, aber er war seiner Kollegin auch irgendwie dankbar. Es musste ja weitergehen „Schweigekloster", wisperte Corinna. „Christian macht sein Handy dann immer gleich aus und meldet sich erst wieder, wenn die Woche vorbei ist. Morgen wollte er wiederkommen." Erneut fing Corinna fürchterlich an zu weinen. Nadine jedoch blieb dran. „Offenbar ist Ihr Mann ja nicht zum Kreuzberg gelaufen, sondern wieder nach Alsfeld zurückgekommen. Haben Sie dazu eine Vermutung?" „Nei-ei-ei-ein." Corinna war kurz vorm Nervenzusammenbruch. „Wir gehen jetzt besser", Thomas stand auf und wandte sich an Ingrid. „Können Sie noch bei ihr bleiben oder sollen wir jemanden vom Psychologischen Dienst oder von der Notfallseelsorge schicken?". Nadine sah ihn verwundert an. Er fragte sich, was es da wohl zu grinsen gab. „Ich kann bleiben", antwortete Ingrid. Sie begleitete sie zur Tür. „Sie müssen sie verstehen", sagte sie zu den beiden, „Christian und Corinna, das war und ist etwas ganz Besonderes. Die gehörten einfach zusammen. Christian ist so ein Macher und Corinna die Frau, die ihm den Rücken freihält. Sie ist nichts ohne ihn." Thomas sah, wie Nadine den Kopf schüttelte. Er wusste genau, was sie dachte. „Wir müssen spätestens morgen früh noch einmal kommen. Glauben Sie, das bekommen Sie hin?" Er hoffte, dass es der Freundin gelingen würde, die verzweifelte Witwe so weit zu stabilisieren, dass eine Befragung möglich wäre. „Ich tue mein Bestes." Als Ingrid Knieling die Haustür hinter ihnen ins Schloss fallen ließ, konnte Nadine nicht mehr an sich halten. „Wenn ich so was sehe, in dem Alter, ich fasse es nicht." Thomas sah sie fragend an. „Was genau meinst du?" „'Sie ist nichts ohne ihn' – da könnte ich kotzen. Wie kann man sich nur freiwillig so klein machen?" „Wenigstens wissen wir jetzt schon mal, dass die Tat nicht am Sonntag begangen wurde, wenn Corinna Schaufuß ihren Mann erst am Montagmorgen in die Rhön gefahren hat", versuchte Thomas das Gespräch wieder auf eine sachliche Ebene zu bringen. Nadine ging darauf ein. „Das schon, dafür wissen wir aber nicht, wie und warum er wieder zurück nach Alsfeld gekommen ist, um dann abends in den Erlen erschlagen zu werden." „Und wie das mit dem Bücking zusammenhängen könnte, ist auch noch rätselhaft", fügte Thomas hinzu. Auf dieses Gedankenspiel wollte Nadine sich aber wohl doch nicht vollkommen einlassen. „Wir hätten die Schaufuß einfach weiter befragen müssen. So haben wir gar nichts in der Hand."

11

Donnerstagnachmittag.

„Was soll das hier? Warum halten Sie meinen Bruder so lange fest?!" Auf der Polizeistation war ein ziemliches Remmidemmi, als Nadine und Thomas zurückkamen. Jonas Schäfer hatte wohl in Bad Hersfeld aus unmittelbarer Nähe mitbekommen, dass die Polizei seinen Bruder direkt aus der Nachtschicht geholt hatte. „Leon sitzt jetzt schon den halben Tag hier rum, was ist da eigentlich los?" Die beiden Polizisten sahen, dass Simon auf den wütenden Mann einredete – offenbar ohne großen Effekt. „Ich will jetzt auf der Stelle zu meinem Bruder." „Sonst was?", warf Thomas ein. Abrupt drehte Schäfer sich um. Kurz schien es, als wolle er auf Thomas losgehen, doch dann fiel sein Blick auf Nadine, die ihn eindringlich ansah. „Mann, erst holt ihr Leon unter den Augen aller Arbeitskollegen wie einen Schwerverbrecher von seinem Arbeitsplatz weg und dann lasst ihr ihn hier schmoren. An euren Methoden hat sich nichts geändert." „Setzen Sie sich", wandte sich jetzt Nadine an Jonas, der sich langsam beruhigte. „Wir mussten noch zu zwei Zeuginnen, aber wir werden jetzt direkt Ihren Bruder vernehmen. Sie können hier warten." Thomas verdrehte innerlich die Augen. Das ging den Schäfer ja wohl überhaupt nichts an. Wir sind die Polizei, dachte er, wir können die Typen hier so lange warten lassen, wie wir wollen. Was grundsätzlich nicht ganz stimmte, wie er sich selbst eingestehen musste, in diesem Fall aber durchaus der Wahrheit entsprach. Wenn er nur daran dachte, wie lange er grade als junger Schutzmann ewig irgendwo hatte stehen und warten müssen – darauf, ob irgendwelche Hooligans oder Demonstranten auf ihn und seine Kollegen losgehen würden oder nicht, darauf, ob ihnen einer eine verschlossene Tür öffnete oder nicht. Auf alles halt. Da sollten sich die feinen Herren Schäfer nicht so anstellen. Sie können hier warten, Thomas wiederholte in Gedanken Nadines letzten Satz. Fragte sich nur auf was. Er würde schwer dafür plädieren, dem Schäfer mal wieder eine Übernachtung auf Staatskosten zu gönnen. Doch dann fiel ihm ein, was er über Bücking gelesen hatte. Wie gnadenlos er mit Angeklagten umgegangen war. Auch Leon Schäfer hätte man anders behandeln können, so viel stand fest. Aber gleich an die Läuterung einer ganzen kriminellen Familie zu glauben, hielt der Kommissar dann doch für ein wenig zu menschenfreundlich – mit Tendenz zu naiv.

Er bedeutete Nadine, ihn in das Vernehmungszimmer zu begleiten, in dem Leon Schäfer saß und schlief. „Er ist gestern wohl direkt von seiner Wohnung zum Bahnhof und von dort mit dem Bus nach Bad Hersfeld gefahren", flüsterte Nadine Thomas zu. Das hatte ihr offenbar der schöne Herr Schäfer schon berichtet. „Jonas Schäfer hat seinen Bruder dann dort in der Nachtschicht angetroffen und er hat beteuert, nichts mit Bückings Tod zu tun zu haben." Ja, ist ja gut, dachte Thomas und rüttelte Leon Schäfer an der Schulter wach. Nadine richtete das Mikrofon aus und stellte das Aufnahmegerät ein. „Zeugenvernehmung Leon Schäfer, Donnerstag, 25. Juni 2020, 15:30 Uhr", sprach sie auf, und Thomas begann: „Herr Schäfer, wir befragen Sie im Zusammenhang mit dem Tod von Siegfried Bücking. Wo waren Sie am vergangenen Dienstag, also vorgestern zwischen elf und dreizehn Uhr?" „Im Bett", antworte Schäfer immer noch leicht verschlafen. „Kann das jemand bezeugen?" „Ich wohne bei meinem Bruder, der war auch da." „Ja, aber der hat auch geschlafen." „Mann, schon mal Nachtschicht gehabt oder was?" Thomas nickte, allerdings nur innerlich. „Wenn wir da morgens heimkommen, dann sind wir halt müde. Und wenn sich in der Zeit einer an dem alten Bücking-Arsch zu schaffen macht, dann soll er halt. Mir ist es recht, aber ich war's halt nicht. Ich bin froh, wenn mich alle in Ruhe lassen. Mehr brauch' ich grade nicht." Sagte es und sank wieder in sich zusammen. Sein Redebedarf war offenbar gedeckt. „Und wo waren Sie am Montag?" Die Frage war jetzt zwar sehr ungenau, das wusste Thomas auch, aber vielleicht könnte er den Typen ja doch aus der Reserve locken. Schäfer reagierte nicht. „Hallo, ich habe Sie was gefragt!" Der junge Mann schaute auf: „Warum? War da auch was, was ihr mir anhängen wollt?". Zu seiner Überraschung stellte Thomas fest, dass Schäfer eher resigniert klang als aggressiv. „Wo waren Sie?" „Nachtschicht, schlafen, aufstehen, frühstücken, joggen, einkaufen, essen, Nachtschicht." Der Tagesablauf kam Thomas bekannt vor. In seinen ersten Dienstjahren hatten die Nachtschichtphasen genauso ausgesehen. Die beiden Polizisten verließen den Raum. „Was ist denn jetzt? Kann ich gehen, oder was?", rief Leon Schäfer ihnen nach. Auch Nadine sah ihren Vorgesetzten fragend an. Dieser ging zu Jonas Schäfer. „Was hat Ihr Bruder am Montag gemacht?" Noch bevor der sich wieder aufregen konnte, hatte Nadine ihm die Hand auf die Schulter gelegt. „Reine Routine", sagte sie. Jonas gab seinen Widerstand auf. „Es ist so scheiße, dass man einfach kein Bein mehr auf die Erde kriegt, wenn ihr einen erstmal auf dem Kieker habt. Was soll das hier alles? Mein Bruder hat nichts getan", sagte er scharf, aber kontrolliert. „Das herauszufinden ist unsere Aufgabe." Thomas wurde das jetzt langsam zu blöd, bei allem Verständnis. „Also, Montag?" „Wir waren in der Nachtschicht und haben dann geschlafen. Nach dem Frühstück gehen wir meistens eine Runde joggen. Ich bin froh, dass ich Leon dazu bewegen kann. Danach war ich zuhause und Jonas wollte noch was für das Abendessen einkaufen. Danach haben wir gekocht und sind dann wieder in die Nachtschicht." Klang irgendwie abgesprochen, auch wenn der Einkauf ein Zeitfenster für eine mögliche Gewalttat an Schaufuß bot, fand Thomas, der wusste, dass Nadine dasselbe dachte. „Klingt ein bisschen abgesprochen", sagte Thomas dann auch ganz unverhohlen. „Ja, und?!" Jonas schien gleich wieder der Kragen zu platzen. „Wir sind halt jetzt richtige Spießer geworden, deren Tage immer gleich ablaufen." Er sah die beiden Polizisten trotzig an. „Routine hilft", fügte er leise hinzu. „Sie können gehen", sagte Thomas und bedeutet Nadine, dass sie Leon Schäfer aus dem Vernehmungsraum holen sollte. Bevor er sie gehen ließ, wandte sich der Kommissar sehr bestimmt an die beiden Brüder: „Sie sind nicht aus dem Schneider. Ich rate Ihnen dringend, die Stadt nicht zu verlassen, höchstens zur Arbeit. Sobald ich den Eindruck habe, einer von Ihnen setzt sich ab, werde ich Sie zur Fahndung ausschreiben. Ist das klar?" Jonas drückte Nadine seine benutzte Kaffeetasse in die Hand. Die beiden sahen sich an – ein bisschen zu lange, wie Thomas fand. Er winkte ab und verschwand in Richtung Kaffeemaschine.

Als er zurückkam, war Nadine nicht am Platz. Fragend sah Thomas zu Simon. Der zuckte mit den Schultern: „Keine Ahnung, vielleicht aufs Klo?" Thomas ging zum Fenster und sah die Kollegin im Hof stehen. Sie hatte sich einen grünen Tee gemacht und schien sich an der Tasse festzuhalten. Hoffentlich verzettelt sie sich nicht, dachte der Kommissar. Nicht, dass es noch Ärger gäbe oder so. Als Nadine zurückkam, hatte sie die Staatsanwältin im Schlepptau. „Wie sieht's aus?", fragte Clara Faust in die Runde. „Mit was kann ich an die Presse?" So langsam machte Thomas doch ein paar kleine Anzeichen für den wachsenden Druck aus, unter dem die Frau stand. „Nichts Neues", knurrte Thomas. Außer dass der junge Schäfer auch für den Montagnachmittag kein taugliches Alibi hatte, hatte sich nichts ergeben. Wie denn auch: Weder hatte Mari was Neues gesagt, noch hatte die Befragung von Corinna Schaufuß zu irgendeiner Erkenntnis geführt. „Doch, wir können den Todeszeitpunkt von

Christian Schaufuß eingrenzen", warf Nadine ein. „Corinna Schaufuß hat ihn nach eigenem Bekunden am Montagmorgen noch Richtung Kreuzberg gefahren, da hat er also noch gelebt." Simon übertrug diese Erkenntnis, von der auch er jetzt erstmals hörte, sorgfältig in sein Board. Er wirkte etwas nervös. „Ist was, Simon?", fragte Nadine den Kollegen. „Na ja, zum einen würde ich gerne noch die Ergebnisse aus der Befragung von Leon Schäfer eintragen, zum anderen hat sich bei mir heute im Lauf des Tages auch das eine oder andere ergeben." Die anderen drei horchten auf. Simon hatte versucht, die Alibis der Verdächtigen zu überprüfen und Verbindungen der einzelnen Personen mit den Opfern zu finden. Er ging zu seinem Bord und ging alle in Frage kommenden Personen durch: Vera Horchler hatte zwar diese öffentliche Auseinandersetzung mit dem Stadtarchivar gehabt, aber zur Tatzeit Unterricht an der Schule gehalten. „Dafür gibt es natürlich viele Zeugen", sagte Simon, der allerdings auch in Erfahrung gebracht hatte, dass die Horchler im Clinch mit dem Stadtrat gelegen hatte. Dieser hatte sich nämlich in der historischen Einschätzung der Funde rund um den aufgebaggerten Marktplatz mit Bücking solidarisiert. „Der Sekretär der Bürgermeisterin hat mir von einem Streit berichtet, den die Horchler mit Schaufuß hatte. Ich habe das jetzt hier zwar mal als Querverbindung eingetragen, aber bisher noch kein Alibi für den Todeszeitpunkt von Schaufuß angefragt, weil mir der erstens noch nicht bekannt war und wir das auch erst noch durchsprechen müssen." Thomas nickte. Den Sekretär der Bürgermeisterin zu befragen, war eine gute Idee, fand er, auch wenn er sich ein wenig darüber wunderte, dass in der guten alten Fachwerkstadt die Funktionen so anders verteilt waren, als es sonst üblich war. Ein Sekretär, Mann oh Mann. „Desweitern habe ich mir die Akten von Leon Schäfer und Manuel Schwab angesehen", fuhr Simon fort: „Schaufuß kommt tatsächlich in beiden vor: Leon hat vor Jahren

Schaufuß' Auto aufgebrochen und ein Laptop und Kleingeld geklaut. Schaufuß war also Opfer und Zeuge im Prozess, in dem Bücking Schäfer verurteilte." Die Staatsanwältin, der Kommissar und die Polizisten schauten sich vielsagend an, doch Simon war noch nicht am Ende seines Berichts: „Auch Manuel Schwab hat damals in seinem Prozess angegeben, dass die Unterlagen, die er auf Geheiß des Richters stehlen sollte, Schaufuß gehörten. Da dieser ganze Komplex, also alles, was laut Schwab mit Bücking zu tun hatte, in der Verhandlung jedoch weitgehend unbeachtet blieb, habe ich dazu auf die Schnelle jetzt nichts mehr gefunden." „Klasse Arbeit", wandte sich Thomas anerkennend an seinen jungen Kollegen. „Fehlt nur noch, dass der Özlügül auch noch was mit Schaufuß zu tun hat." „Özlüg", korrigierte Simon, „und, ja, die beiden hatten auch Kontakt." Spätestens als Simon berichtete, dass laut Fynn Bergmann, dem Sekretär, im Magistrat, also vornehmlich bei der Bürgermeisterin und ihrem Stellvertreter, ein Angebot der „VB Clean", dem Müllabfuhrunternehmen, dessen Geschäftsführer Kemal Özlüg war, auf dem Tisch lag, verdrehten sie allesamt die Augen, und das nicht nur innerlich: Was war dieses Alsfeld und der gesamte Vogelsberg doch für ein kleines Loch, in dem alles und alle irgendwie miteinander zu tun hatten. Thomas war sich inzwischen sicher, dass es nicht mehr als drei Verbindungen brauchte, um das Beziehungsgeflecht im ganzen Vogelsberg abzudecken. Simon schien seine Gedanken zu erraten: „Kennt ihr eigentlich das ‚Kleine-Welt-Phänomen'?", fragte er begeistert in die Runde. Ohne die Antwort abzuwarten, erklärte er: „Forscher haben bereits in den Sechzigerjahren herausgefunden, dass jeder jeden über sechskommasechs Ecken kennt. Weltweit! Da sollte uns das hier also wirklich nicht wundern."

Clara, Nadine und Thomas ließen sich einen Moment lang von Simons Begeisterung anstecken, allerdings nur kurz, dann seufzte die Staatsanwältin tief. Sehr tief. „Was machen wir jetzt mit all dem? Gleich habe ich eine Videokonferenz mit den lokalen Medien. Was von diesen Erkenntnissen – übrigens vielen Dank, Simon, echt klasse recherchiert in dieser kurzen Zeit – kann ich verraten, ohne potenzielle Täter zu warnen? Was könnte eine heiße Spur sein und was nicht?" Simon freute sich sichtlich über das Lob von allen Seiten und das indirekte Du der Staatsanwältin. Thomas betrachtete sich als angesprochen: „Wir sollten keinesfalls Namen nennen. Dass die beiden Fälle sehr wahrscheinlich zusammenhängen, liegt auf der Hand. Ich finde, das können wir auch sagen. Und dass wir nun schauen, welche Verbindungen es zwischen den beiden Opfern gibt – beruflich wie persönlich." „Ja, so hatte ich das auch gedacht", pflichtete Clara Thomas bei. Geht doch, dachte Thomas. Über den vielen Entwicklungen und der kleinen internen Konferenz im Lauf des späten Nachmittags war es halb sieben geworden. Höchste Zeit, Feierabend zu machen.

„Ich habe morgen früh noch einen Termin, und komme daher etwas später", richtete er das Wort an Simon und Nadine. „Vielleicht könnt ihr beide ja nochmal tiefer in diese ganzen persönlichen Verflechtungen einsteigen. Und den Herrn Üzlög mal fragen, ob er sich das mit der Kooperation nicht doch noch mal überlegen will." Simon schüttelte den Kopf: „Hätte ich fast vergessen. Es ist schon ein Schreiben von Özlügs Anwalt eingetroffen: Alle Anfragen sollen über ihn gehen." „Dann halt so", brummte Thomas, der sich auf einen Fernsehabend mit Leberwurstbrot mit Senf, Alsfelder Schöppchen und einem seiner Lieblingskrimis freute. Dass er sowohl die ganzen Vorabend-SOKOs als auch die seichten deutschen Regionalkrimis mochte, war sein Geheimnis – und das seiner Frau. Als Kriminalkommissar war es ihm ein bisschen peinlich, dass er dieses meist an den Haaren herbeigezogene Zeug schaute. Aber es entspannte ihn so herrlich! Gemeinsam mit Bea hatte er immer geraten, wer die Täter waren, und meist hatte er schon nach fünf Minuten ins Schwarze getroffen. Er verspürte einen Stich in der Brustgegend und atmete tief ein und aus. „Dann macht's mal gut!". „Schönen Abend, Chef", rief ihm Simon noch hinterher, Clara und Nadine grinsten. An der Bürotür schaute er sich nochmal um. Da hatte er einen schönen Trupp zusammen, fand er. Könnte schlechter sein.

12

Freitagmorgen.

„Mari, bist du da?" Es war kurz nach fünf, als Mari recht unsanft aus ihren Träumen geweckt wurde, nicht dass sie sich daran hätte erinnern können. Herbert hob kurz seinen schweren Kopf und sank wieder in den Schlaf. Ihm war es offenbar völlig egal, was mit seinem Frauchen passieren könnte, wenn fast mitten in der Nacht bei ihr an der Wohnungstür Sturm geklopft wurde. Schlaftrunken stieg Mari über das Riesentier und öffnete die Wohnungstür, ohne sich weiter zu kümmern, wer davorstehen könnte. Michael Townsend trat ohne Umschweife ein. Er sah aus, als hätte er in dieser Nacht alle möglichen Alpträume gleichzeitig geträumt. Die sonst so gepflegte Erscheinung war hinter dem verschwitzten Gesicht und den klatschnassen, herunterhängenden Haaren nicht zu erkennen. Mari erschrak und war schlagartig wach. „Michael, was ist los mit dir?" Er ging an ihr vorbei, stieg wie selbstverständlich über Herbert und sank im Wohnzimmer in Maris Sessel, den sie vor vielen Jahren bei IKEA erstanden hatte – ein schlichtes Holzgestell mit einem roten Polster. Der Sessel wippte ein wenig; davor stand eine passende Fußbank, die Michael unsanft zur Seite trat. „Mari, ich muss weg", sagte ihr Mieter fast atemlos. Mari verstand gar nichts. Sie ging in die Küche, machte einen starken Espresso und stellte ihn zusammen mit einem Glas Wasser vor den verzweifelten Mann. Mari sagte nichts. „Ich kann dir nicht mehr sagen." „Das ist aber schlecht", erwiderte Mari. „Ich brauche dein Auto und den Schlüssel zu eurem Ferienhaus." Michael war fix und fertig. Nichtsdestotrotz hätte Mari gerne gewusst, was Michael umtrieb und wieso er gerade jetzt wegmusste. In diesem Zustand. Mari dachte an die beiden Morde, schaute zu Michael und fühlte sich leicht überfordert. Auch sie holte sich einen Espresso und setzte sich gegenüber Michael auf die Couch. „Ich habe nichts mit den Morden zu tun, falls du das denkst", keuchte Michael. „Ich habe nur eine schlaflose Nacht hinter mir." Leise fügte er hinzu: „Und ich kann mir keinen näheren Kontakt mit der Polizei leisten." Mari war erstaunt. Was hatte der stets korrekte Mann denn wohl für Probleme mit der Staatsmacht? „Mari", Michael wurde eindringlich. „Ich brauche dein Auto und dein Haus am Edersee." Mari war hin- und hergerissen. Sie traute Michael zwar keine zwei so brutalen Morde zu, aber was wusste sie schon von ihm?

Als sie vor fünf Jahren die Praxisräume in ihrem Haus neu vermieten wollte, meldete sich Michael Townsend bei ihr. Er sei Psychotherapeut und habe lange Zeit in den USA gelebt, da sein Vater Amerikaner gewesen sei. Nun habe er sich von seiner Frau getrennt und wolle in der alten Heimat neu anfangen. So hatten sie sich kennengelernt. Mit „alte Heimat" hatte er allerhöchstens Deutschland gemeint, denn ursprünglich kam er aus der Nähe von Koblenz, hatte er gesagt. Die Nachfragen nach der Wohnung hielten sich damals in Grenzen; Alsfeld war ja nicht gerade der Nabel der Welt. Es sei denn, man war Alsfelder. Auf Maris Frage, warum es ihn nun gerade nach Alsfeld zieht, sagte er, er habe einfach bei Ebay-Kleinanzeigen nach Praxen gesucht, dann die Stadt gegoogelt. Und da sie sogar vom GEO-Magazin als eine der schönsten deutschen Kleinstädte angepriesen worden sei und er nach den aufregenden Jahren in Boston nun etwas Ruhiges suche, habe er sich für die kleine Stadt in Oberhessen entschieden. Mari fragte damals nicht viel mehr. Sie fand den Deutsch-Amerikaner auf den ersten Blick angenehm und dachte, wenn er ihr sein Leben erzählen wollte, würde er es bestimmt irgendwann einmal tun. Bisher hatte er nicht gewollt. Die beiden hatten dennoch ein Verhältnis entwickelt, das man durchaus als freundschaftlich bezeichnen konnte. Ab und an tranken sie abends etwas zusammen, unterhielten sich über Bücher, Politik und das Leben im Allgemeinen. Nur über sich selbst sprachen sie kaum. Mari war das gar nicht groß aufgefallen, doch jetzt, als Michael so völlig aufgelöst vor ihr saß und offenbar auf der Flucht vor der Polizei war, dachte sie, man hätte doch vielleicht mal das eine oder andere persönliche Thema streifen sollen. Ungeachtet dessen fand Mari ihren Mieter immer noch vertrauenswürdig. Und sie konnte sich eigentlich stets auf ihre Menschenkenntnis verlassen. Bis auf das eine Mal, als sie damals in ihren Lehrer … Aber da war sie ja auch wirklich noch sehr jung gewesen. „Mari, was denn jetzt? Wirst du mir helfen?" Mari sah Michael an. Er hatte sich ein wenig gefangen, saß wieder aufrecht vor ihr und holte Luft. „Hör zu", begann er zu erzählen.

Eine halbe Stunde später saßen er, Mari und Herbert in Maris blauem Dokker, dessen Seiten das Logo ihrer Buchhandlung zierte. „Lesen mit Genuss", dabei ein Buch, eine Flasche Bier und ein Glas Wein. Es war halb sechs, die Sonne ging auf und tauchte die Strecke in das schönste Morgenlicht. Sie fuhren durch die Schwalm, die an den Vogelsberg angrenzende Region, aus der angeblich das Rotkäppchen stammte, und durch den Kellerwald. Doch Mari und Michael hatten kein Auge für die Natur. Nachdem Michael Mari seine Geschichte erzählt hatte, hielt sie es für besser, ihn zu fahren. Er war trotz aller Professionalität und Abgeklärtheit sehr aufgewühlt. Außerdem brauchte sie das Auto heute, da sie abends noch einen Büchertisch bestücken musste. Michael hatte sich ein paar Sachen gepackt, sie hatten ihre Kühl- und Vorratsschränke geplündert und waren nun also auf dem Weg an den Edersee, wo Maris Familie seit ewigen Zeiten ein Ferienhaus besaß. Sie stellte es ihren Freunden und Freundinnen gerne zur Verfügung, wenn diese mal eine kleine Auszeit brauchten. Schon so manches feuchtfröhliche Frauenwochenende hatten sie dort verbracht. Auch Michael war schon öfter dort gewesen. Er suchte in seinen freien Wochen die Ruhe und die Abgeschiedenheit. Nicht zu Unrecht, wie Mari nun wusste. Das Ferienaus am südlichen Ufer des Sees, dessen Wasserstand aufgrund der anhaltenden Hitze schon bedenklich abgesunken war, stammte aus den Siebzigerjahren und versprühte mit seinem Mobiliar und seiner Ausstattung aus dieser Zeit einen ganz besonderen Charme. Hochmodern vor fünfzig Jahren, hatte es den Besuchern in den letzten vierzig Jahren eine ziemliche Toleranz hinsichtlich der Optik abverlangt. Nun aber lag es wieder voll im Trend: Die orange-braune Tapete in psychedelischen Mustern, die geschwungenen Plastikstühle, die gelben Küchenmöbel, selbst der massive, rotgestrichene Holzbau – eine Augenweide für alle Fans der Hippie-Ära. Doch auch dafür hatten Mari und Michael an diesem Morgen keinen Sinn. Sie trugen die Sachen ins Haus. Unterwegs hatte Mari frische Brötchen gekauft. Die beiden machten sich einen Kaffee, setzten sich auf die kleine Terrasse und frühstücken wortlos. Es war alles gesagt. Sie rauchten eine Zigarette zusammen und blickten auf den halbleeren See, um den herum sich bereits um diese Uhrzeit zahlreiche Fahrradfahrer tummelten. Auch Schwimmer hatten sich schon hineingewagt und zogen ihre Bahnen in dem Stausee. „Was meinst du, wie das alles weitergehen wird in Alsfeld?" „Wie meinst du das, Michael?" „Na ja, glaubst du, dass sich alles bald aufklärt und ich zurückkann?" „Keine Ahnung. Bis jetzt ist alles sehr verworren. Vielleicht hättest du einfach dableiben und abwarten sollen, ob du überhaupt in den Fokus der Ermittler rückst. Es gibt offenbar mehr als genug Verdächtige, wenn man Petra glauben kann. Sie hat bei einem kurzen Blick in das Büro von Thomas, Nadine und Simon eine ganze Reihe an möglichen Tätern und Täterinnen gesehen. Und da war

Schaufuß noch nicht mal tot. Jetzt kommen bestimmt noch ein paar neue dazu. Vielleicht hast du überreagiert und solltest einfach wieder mit zurückkommen." Mari merkte, wie es in Michael arbeitete. Es fiel ihm anscheinend schwer, die Situation abzuwägen. Ob sie ihm seine Geschichte überhaupt glauben konnte? Und wenn ja, tat sie dann überhaupt das Richtige? Ein Unschuldiger war er jedenfalls nicht, so viel stand fest. Sie blickte auf die Uhr: schon acht! Um neun machte der Laden auf, das würde sie wohl kaum noch schaffen. Mari nahm ihr Handy, öffnete in WhatsApp die Buchladen-Gruppe, in der Klaus, Milena und Jannis waren. „Guten Morgen, ihr Lieben. Ich komme heute später. Öffnet doch schon mal und seid nett zu den Kunden." Mari versuchte, sich so unbekümmert wie möglich anzuhören. Wegen Klaus verschickten alle nur Sprachnachrichten. So konnte er am besten an den Unterhaltungen teilhaben. Prompt meldete er sich. „Schon wieder einer tot, oder was?" Er war nicht der Typ, der sich mit langen Vorreden aufhielt. Rückfragen hatte Mari eigentlich nicht eingeplant. „Nee, alles gut!" Ihre Antwort war unspezifisch, aber vielleicht gaben sich die anderen ja zufrieden. Milena und Jannis auf jeden Fall, das hätte Mari schwören können. Die beiden Teenies, oder wie man heute sagte, jungen Erwachsenen, waren sich jeweils selbst genug und nahmen alles um sich herum hin wie schlechtes oder gutes Wetter. „Wann kommst du?", wollte Klaus noch wissen. „So schnell wie möglich." Milena hatte sich tatsächlich dazu durchgerungen, ein Daumenhoch-Smiley zu schicken. Mari hatte sie explizit darum gebeten, dass sie sich in solchen Fällen wenigstens mal kurz äußerte, damit sie sicher sein konnte, dass Klaus nicht allein im Laden war. Er hatte zwar einen Schlüssel – schließlich war der Laden ja sein Elternhaus – und wenn nichts Unvorhergesehenes passierte, war auch alles gut, zumal die Kunden ihn ja kannten. Aber Mari war es einfach lieber, dass noch jemand dabei war. Auch wenn man oft den

Eindruck hatte, dass Klaus viel vernünftiger und bedachter war als die Auszubildende und die Aushilfe. Mehr konnte Mari auf jeden Fall gerade nicht tun. Da erhob sich Herbert und machte Anstalten, sich auf dem Grundstück zu erleichtern. Ihn und seine morgendlichen Bedürfnisse hatte Mari ganz vergessen. Schnell holte sie die Leine aus dem Dokker und lief mit ihm ein kleines Stück am See entlang. Seine Hinterlassenschaften schnickte sie mit einem gefundenen Zweig von dem Fußweg ins Gebüsch. Sie hatte selten einen Beutel dafür mit. Warum auch, das hatten Reiter ja auch nicht, fand sie, und deren Tiere machten viel größere Haufen. Als sie von ihrer Runde zurückkamen, hatte Michael einen – zumindest vorübergehenden – Plan gefasst. „Ich bleibe erstmal hier. Wenn es dir recht ist, entscheiden wir Tag für Tag. Du hältst mich auf dem Laufenden und ich dich. Okay?" Mari nickte. Sie machte Herbert ein Zeichen, dass es Zeit wäre, zurückzufahren. „Wenn du was brauchst, meldest du dich, ja?" „Mache ich." Eine merkwürdige Stimmung machte sich breit. Als Mari schon am Auto war, kam Michael auf sie zu. Fast hätte er sie umarmt, doch dann schaute er sie nur an, mit einem Blick, in dem alles Mögliche hätte liegen können. „Danke, Mari." Mari fuhr los.

Auf der Fahrt nachhause dachte sie die ganze Zeit über das nach, was Michael ihr anvertraut hatte. Obwohl er geschworen hatte, mit den beiden Morden nichts zu tun zu haben und Mari ihm gerne glauben wollte, wurde sie ihr mulmiges Gefühl nicht los. In seiner Not hatte Michael ihr eine andere Tat gestanden, für die sie ihn eigentlich auch bei der Polizei melden müsste. Andererseits: Ich bin ja wohl Frau genug, um selbst meine Entscheidungen zu treffen, dachte Mari. „Wenn die Polizei ihn nicht findet, ist das doch nicht mein Problem", sagte sie zu sich selbst. Ihre wilden Jahre in der WG in Fulda fielen ihr wieder ein. Damals wäre niemand auch nur ansatzweise auf die Idee gekommen, mit der Polizei gemeinsame Sache zu machen. Sie kam nicht umhin zuzugeben, dass die Zeiten sich geändert hatten: Einige ihrer damaligen Weggefährten waren längst in der lokalen und regionalen Wirtschaft oder gar in der Politik angekommen und hatten ihre verschiedenen Schäfchen längst ins Trockene gebracht. Wer dachte da noch an die Anarchie der in der erzkatholischen Stadt so berüchtigten Kommune?

Das Klingeln des Handys riss Mari aus ihren Gedanken. Sie lenkte ihr Auto, das natürlich nicht über eine Freisprechanlage verfügte, an den Straßenrand in der kleinen Ortschaft, durch die sie gerade fuhr. „Für was sollte ich so was brauchen?", hatte sie den Verkäufer gefragt, als sie das Auto vor ein paar Jahren gekauft hatte. Der junge Mann hatte sie verständnislos angesehen, und offenbar gefunden, dass bei einer Frau wie ihr Hopfen und Malz verloren war – zumindest was Autos, Technik, Digitalität und Fortschritt betraf. Vermutlich würde er selbst nie auch nur ansatzweise mit dem Gedanken spielen, einen Dokker zu fahren. So etwas verkaufte man lieber an ältere Damen mit großem Hund. Sie kramte ihr iPhone aus ihrer Tasche. „Antonio" stand auf dem Display. Ihr Herz hüpfte; Mari war selbst erstaunt darüber. „Antonio, wo bist du?" „Ich bin in Alsfeld heute, wenn du magst, können wir uns treffen." Mari und Antonio trafen sich nur heimlich, nicht einmal ihre Freundinnen wussten von ihrer Liebesbeziehung. Dachte Mari zumindest. Sie hatten sich kennengelernt, als Klaus ihm auf dem Weg in den Buchladen spontan zehn Tiefkühlpizzen mit Thunfisch abgekauft hatte, die er in den Buchladen liefern ließ. Mari fand es witzig, dass Antonio sich überhaupt nichts aus der Behinderung seines Großkunden machte. Sie mochte ihn auf Anhieb, obwohl er keinen sonderlich intellektuellen Eindruck auf sie machte. Aber er war witzig, warmherzig, zärtlich – und er sah auch noch wahnsinnig gut aus. Typisch Italiener, fand Mari: schwarze gegelte Haare, mediterraner Teint, braune Augen, männliche Gesichtskonturen, schon mit Sonnenbrille auf die Welt gekommen. Nicht zu vergessen, dass er zehn Jahre jünger war als sie. Er machte sich aus all dem nichts, auch nicht daraus, dass Mari keinem gängigen Schönheits-klischee entsprach. Und Mari hatte noch nie darüber nachgedacht, warum er bei ihr gestrandet war, wo er doch vermutlich jede zweite Alsfelder Hausfrau hätte beglücken können – mit mehr als Tiefkühlkost. Sie selbst kaufte ihm so gut wie nie etwas ab, nur Klaus füllte stets seinen Vorrat an Thunfischpizza auf, wenn Antonio seine Alsfeldrunde drehte. Wenn es Mari und ihm zeitlich in den Kram passte, stellte er sein bofrost-Fahrzeug auf den Wohnmobil-

stellplatz und sie lief mit Herbert in seine Richtung. Das Gute an diesem Platz war, dass sich hier keine Alsfelder tummelten und die Gäste mit den Wohnmobilen ständig wechselten. So gelang ihnen das für Alsfelder Verhältnisse einzigartige Kunststück, dass ihre Beziehung geheimblieb – das sollte sie auch, denn Antonio war verheiratet und hatte gleich zu Beginn ihrer Bekanntschaft klargestellt, dass das auch so bleiben sollte. Glücklicherweise wohnte er in der Nähe von Gießen, also weit genug weg von der Oberhessen-Metropole. Sie telefonierten oder schrieben sich auch so gut wie nie zwischen ihren Treffen. Es war einfach die Begegnung und der Sex, der sie anturnte. Mari hatte eigentlich geglaubt, dass sie abgebrüht genug war für eine Beziehung unter diesen Vorzeichen, doch heute merkte sie, dass ihr jemand fehlte, an den sie sich anlehnen konnte: Die Erlebnisse der letzten Tage und das Geständnis von Michael hatten sie mehr Kraft gekostet, als ihr bewusst geworden war. Das fühlte sie in dem Moment, als sie Antonios Namen auf dem Display las. „Wo bist du denn?", fragte er sie. „Ach, Tonio." Mari seufzte so laut, dass sie selbst überrascht war.

„Das muss ich dir alles mal in Ruhe erzählen. Hast du von den Morden in Alsfeld gehört?" „Ja, wer hätte das nicht", antwortete er. „Es kommt ja andauernd was im Radio. In der Hessenschau war auch schon was." Mari schwieg. Sie wusste gar nicht, was sie sagen sollte. Sie wünschte sich einfach nur, dass Antonio bei ihr wäre. „Sag bloß, du hast da etwas mit zu tun?" Mari schwieg immer noch. Gerne hätte sie sich nachher mit Antonio getroffen. Gleichzeitig konnte sie nicht die ganze Zeit in der Buchhandlung fehlen. „Ich bin noch unterwegs und melde mich, wenn ich wieder in Alsfeld bin, okay?" „Und wenn ich schon weg bin?". Obwohl Mari sich nichts sehnlicher wünschte als einfach nur in der Enge des bofrost-Autos mit Antonio zu schlafen und nichts mehr zu denken, antwortete sie: „Dann klappt es das nächste Mal. Ich kann mich grade nicht festlegen." Jetzt schwieg Antonio. Wahrscheinlich hatte er gedacht, dass sie mit fliegenden Fahnen auf den Stellplatz rannte. Hätte sie im Normalfall auch getan. Aber schließlich war jetzt kein Normalfall. „Wie lange hast du denn noch zu tun?" „Den ganzen Tag, Mari. Ruf einfach wieder an, wenn es dir passt. Bacio" In Antonios Schlusswort lag schon wieder so viel gute Laune und Zuversicht, so gar kein Vorwurf oder Enttäuschung, dass Mari sachte grinsen musste. Mal schauen, was noch gehen würde.

Jetzt aber musste sie erst einmal im Laden nach dem Rechten schauen. Als sie ihr Auto um kurz nach halb elf auf ihrem Parkplatz hinterm Kartoffelsack abstellte, ging sie zunächst in Michaels Praxis. Er hatte sie gebeten, seinen Terminkalender an sich zu nehmen und den Patienten für die nächsten Tage abzusagen. Gleich würde sie noch einen Hinweiszettel an die Haustür kleben. Michaels Filofax in der Hand, betrat sie den Buchladen. Neben gut einem Dutzend Touristen, die sich von Klaus die Neuerscheinungen vorstellen ließen, während Milena Postkarten und Bücher verkaufte wie am Schnürchen, war auch Thomas schon da. Was war denn jetzt schon wieder?

13

Freitagmorgen.

Als Thomas früh um sieben bei Michael Townsend klingelte, war er froh, dass der Wochenmarkt wegen der Baustelle auf dem Marktplatz in den Klostergarten und die Volkmarstraße verlegt worden war. Nicht umsonst hatte er einen so frühen Termin gewählt: Er wollte auf keinen Fall gesehen werden, wie er einen Psychotherapeuten aufsuchte. Thomas wusste ja selbst nicht so genau, warum er dahin ging und was er sich davon versprach. Irgendwie hatten die Zeichen hier in Alsfeld auf Neubeginn gestanden, und da er – wenn man es mal ganz sachlich betrachtete – familiär vor einem ziemlichen Scherbenhaufen stand, war er dem Rat seines Weimarer Kollegen und Freundes Ralf gefolgt, sich mal mit sich selbst und seiner Person zu beschäftigen. „Du hast zwar ein ziemliches Ego nach außen, aber was weißt du eigentlich über dich? Warum du so bist wie du bist und das tust, was du tust?", hatte Ralf ihn gefragt. Thomas hatte das zuerst sehr verwunderlich gefunden; Ralf und er waren ähnlich gestrickt und nie hatte einer von ihnen große Schwächen zugegeben oder gar den Blick nach innen gewandt. Dass Ralf auch einen Therapeuten aufsuchte, erstaunte Thomas. „Weißt du, ich hatte so einen Punkt, da lief es mit Mandy schlecht – ohne ersichtlichen Grund. Ich war einfach nur noch schlecht drauf bei ihr. Da hat sie mir die Pistole auf die Brust gesetzt und gesagt, dass sie nicht mein seelischer Abfalleimer ist für meinen ganzen beruflichen Scheiß und dass ich mir mal einen Profi suchen soll, der mir das abnimmt." Thomas erfuhr, dass Ralf Schlafstörungen hatte und sogar überlegt hatte, aus dem Polizeidienst auszusteigen, weil er viele Bilder aus seinem Alltag einfach nicht mehr aus Kopf kriegte: Zugemüllte Wohnungen, halbtote Junkies, die seine Kinder hätten sein können (wenn er welche gehabt hätte), Verkehrstote, verwirrte alte Menschen, die nicht mehr nach Hause fanden. „Durch meine Gespräche mit dem Psycho habe ich zu all dem ein anderes Verhältnis gefunden, die können echt was", hatte Ralf Thomas ermuntert, als der von Bea rausgeschmissen worden war und bei Ralf und Mandy in der Wohnung saß und Trübsal blies. „Es ist nie einer alleine schuld", hatte Mandy ihn wissen lassen und die perfekt in Form gezupften Augenbrauen hochgezogen. Die Quelle ihrer Erkenntnisse lag in Form der Frauenzeitschrift „Peggy" neben der Toilette, wie Thomas später feststellte: „Wenn die Liebe geht und wie alle Beteiligten sie wieder anlocken können", war es ihm schon auf der Titelseite entgegengesprungen. Er hatte den Kopf geschüttelt, aber der Gedanke, dass er selbst etwas zur Verbesserung seiner Situation beitragen könnte, ließ ihn nicht mehr los. Und so hatte er sich bald nach seiner Rückkehr an Michael Townsend gewandt, den er auf der Medizinseite des kleinen Alsfeld-Magazins gefunden hatte. Dass die Lage der Praxis fast auf dem Marktplatz suboptimal für die Wahrung der Privatsphäre sein könnte, war ihm da noch nicht bewusst. Der Deutschamerikaner hatte Thomas aber beim ersten Treffen vor einer Woche gut gefallen. Also nahm er diesen Nachteil in Kauf, und um sieben Uhr hielt sich der Betrieb auf dem Marktplatz und dem Platz am Schwälmer Brunnen, zu dem die hintere Seite von Maris Haus zeigte und wo sich der Eingang zu Townsends Praxis befand, noch sehr in Grenzen.

An diesem Freitagmorgen stand er also vor der Tür seines Therapeuten und klingelte. Als Townsend ihm nicht öffnete, wunderte sich Thomas; denn der Mann hatte einen sehr verbindlichen Eindruck auf ihn gemacht. Thomas versuchte es eine Viertelstunde lang noch mehrere Male, dann machte er sich auf den Weg zurück zu seiner Brüder-Grimm-Suite im Märchenhaften B&B in der Straße unterhalb des

Marktplatzes. Bevor er stinksauer auf den Therapeuten wurde, zog er sich um, packte seine Laufschuhe und lief die ihm schon vertraute Runde in der frischen Morgenluft. Kurz bevor er wieder in den inneren Altstadtkern abbog, holte er sich noch zwei Fleischsalatbrötchen in der ehemals elterlichen, jetzt schwesterlichen Metzgerei. Langsam gewöhnte er sich auch daran wieder – der Fleischsalat war auch echt zu lecker und nirgendwo sonst zu kriegen – und wiegelte nicht gleich ab, als seine Schwester ihm vorschlug, wieder mal mit ihr und ihrem Mann Rico die Eltern zu besuchen. Das erste Treffen mit der Familie nach seiner Rückkehr hatte Thomas als ziemlich bescheiden in Erinnerung, hatte er doch zugeben müssen, dass er sich in einer ernsten Ehekrise befand – ein Umstand, der den alten Eisenträgers, denen in ihrer Metzgerei ja immer vieles zu Ohren kam, zwar bekannt war, der allerdings für ihre Familie keine Option darstellte. Wieder mal hatte Thomas die Erwartungen seiner Eltern nicht erfüllt, was sie ihn auch spüren ließen. Und so hatte er beschlossen, sich wieder von ihnen fernzuhalten. Kurz hatte Thomas sogar überlegt, wieder aus Alsfeld wegzugehen, aber dann war er erst ein bisschen zu träge gewesen – und außerdem: Wenn überhaupt wieder weg, dann nur zurück nach Weimar und seiner Familie – und dann war dieser Mord passiert, der ihn so beschäftigte, dass er zumindest einen guten Grund hatte, irgendwelche Familientreffen zu verschieben. „Du weißt ja, Sabine, jetzt läuft hier grade alles auf Hochtouren und wenn das vorbei ist, dann will auch mal wieder zu den Mädels nachhause." „Hast du dich mit Bea ausgesprochen?", fragte seine Schwester interessiert. Sie war gar nicht mehr so engstirnig, wie Thomas sie in Erinnerung hatte. „Na ja, eher nicht", gab Thomas zerknirscht zu, „ich hatte Annika und Antonia gemeint." Seine beiden Töchter fehlten ihm doch sehr. „Egal, wir sehen uns ja eh fast jeden Tag", grinste seine Schwester ihn an und ließ den Blick über das eine

Fleischsalatbrötchen in Thomas' Hand und das andere in der Tüte streifen, „dann kannst du ja mal Bescheid sagen, wenn es dir passt. Ein gemeinsames Feierabendbier, nur wir beide und vielleicht noch mein Mann, das wäre ja auch schon was." Thomas wunderte sich ein bisschen über die neue Anhänglichkeit seiner Schwester, aber er merkte, dass sie ihm nicht wirklich unangenehm war. Ein komisches Gefühl keimte in ihm auf, als er die Straße vom Roßmarkt in Richtung Am Kreuz weiterlief. Heimelig fühlte es sich an. Er konnte gar nichts dagegen tun. Fast beschwingt betrat er seine gemütliche kleine Bleibe, duschte und rasierte sich, kämmte sich einmal durch seine sehr kurzen Resthaare, wie er seine Frisur immer nannte, und vertilgte sein zweites Fleischsalatbrötchen. Der Blick in den Spiegel zeigte einen Mann in seinen Fünfzigern, der schon einiges erlebt hatte. Ob ich mich auch modisch mal ein bisschen aufpeppen sollte, fragte sich Thomas, der seit dreißig Jahren Jeans entweder mit T-Shirts oder mit Hemd trug, alles meist einfarbig, bestenfalls kariert. Aufschriften und große Muster irritierten ihn. „Du hättest schon Potenzial für etwas mehr Style", hatte Mandy ihm ungefragt mitgeteilt, als er am ersten Morgen nach seinem Rausschmiss aus ihrem Gästezimmer kam und mit Ralf zur Arbeit wollte. „Ich meine ja nur, falls du nochmal was Neues suchst", hatte sie noch gesäuselt, während sie ihre langen, rotlackierten Fingernägel in ein kleines Gerät steckte, das ein ebenso kleines Licht machte. Ihr Job in der Unterwäsche-Abteilung des Schiller-Kaufhauses qualifizierte Ralfs Frau offenbar für Beratungen aller Art. Obwohl Thomas nichts „Neues" suchte, fiel ihm Mandys Rat wieder ein. Er schüttelte sich unwillkürlich. Erst musste jetzt mal hier in den Fall ein bisschen Bewegung kommen, und dann ... Mal sehen.

„Du bist ja doch schon da", rief Nadine Thomas zu, als er um kurz vor halb neun ihr gemeinsames Büro in der

Polizeistation betrat. Kaffeeduft strömte ihm entgegen, frische Butterhörnchen lagen auf dem Tisch, um den sie sich gleich versammeln würden, um die Lage zu besprechen. Thomas schaute auf die Hörnchen und dachte an seinen kleinen Bauchansatz, über den er heute Morgen im Spiegel beim besten Willen nicht mehr hatte hinwegsehen können. Er wusste ja, dass Frauen in seinem Alter Probleme mit dem Stoffwechsel hatten. Selbst einst schlanke Frauen wurden mit den Jahren weich und mollig, wie er schon mehrfach festgestellt hatte. Bis zu einem gewissen Grad fand Thomas das ja schön. Bea war auch nie gertenschlank gewesen. Nicht mal vor den Kindern. Ob das mit dem Stoffwechsel für Männer auch galt? Sollte er vielleicht doch auf sein zweites Fleischsalatbrötchen am Morgen verzichten und statt-dessen seine Laufrunde erweitern? Während er noch so vor sich hin sinnierte, verteilte Simon sechs Teller auf dem runden Tisch, stellte Tassen dazu und ließ den fragend dreinblickenden Thomas wissen: „Wir haben so um neun mit dir gerechnet, da kommen dann die Weber, Clara und Daniel zu uns. Auf Claras Wunsch hin wollen wir zusammentragen, welche neuen Erkenntnisse es gibt und wie wir weiter vorgehen." Thomas merkte, wie er sich als Einsatzleiter übergangen fühlte. „Und warum weiß ich nichts davon?", fragte er zurück. „Weil du heute Morgen nicht da warst, als sowohl Daniel als auch die Weber uns mitgeteilt haben, dass sie interessante Details für uns haben. Und da hat Clara halt schnell dieses Meeting einberufen." Bis dahin war noch eine halbe Stunde Zeit. Thomas verschwand nach draußen und rief bei Michael Townsend an. „Sie sind mit der Praxis von Michael Townsend verbunden. Da ich in einer dringenden Familienangelegenheit unerwartet verreisen musste, bleibt die Praxis bis auf Weiteres geschlossen. Ich werde Sie so bald wie möglich anrufen, um einen neuen Termin mit Ihnen zu vereinbaren." Kurz und schmerzlos. Und doch merkwürdig, dachte Thomas, nahm sich einen Kaffee und fuhr seinen Rechner hoch. Der Gedanke an Michael Townsend grummelte noch ein wenig in irgendwelchen Hirnwindungen vor sich hin und verflüchtigte sich, als es bald darauf neuen Input gab.

Pünktlich um kurz vor neun kamen die Gerichtsmedizinerin Dr. Susanne Weber, die Staatsanwältin Clara Faust und der Kriminaltechniker Daniel Rensch und ließen sich an der Frühstückstafel nieder. „Na, das ist ja eine Begrüßung", lachte Rensch, schnappte sich ein Hörnchen und biss genüsslich zu, und obwohl ihm überhaupt noch niemand etwas angeboten hatte, fügte er hinzu: „Da sage ich nicht Nein." „Und, wie viel?" Clara schaute Nadine erwartungsvoll an. „Einsdreiundfünfzig", antworte sie strahlend. „Chapeau", erwiderte Simon. „Dein Halbmarathon?", fragte Daniel und Nadine nickte. Nur Susanne Weber und Thomas blickten fragend in die Runde. „Ich trainiere für einen Halbmarathon und habe es heute Morgen erstmals unter zwei Stunden geschafft", erklärte Nadine den beiden Unwissenden. Thomas dachte über seine knapp Sechs-Kilometer-Runde nach, sah auf seinen Bauchansatz und war – nicht zum ersten Mal – sprachlos. Nadine musste ja schon um sechs losgelaufen sein, wenn sie jetzt so frisch und gutgelaunt auf der Dienststelle war. „Ich habe mir den Freitag als festen Trainingstag eingerichtet", erläuterte sie Thomas und Susanne Weber, „und da der Tagesablauf im Moment so unplanbar ist, dachte ich, läufst du heute Morgen schon mal." „Einsdreiundfünfzig, Mann, echt irre!" Daniel kriegte sich kaum noch ein. Auch er war gut in Form, musste Thomas zugeben, aber er war ja auch zwanzig Jahre jünger als er. Zwanzig Jahre! Gut, dass unter dem ganzen Jungvolk hier zumindest Susanne Weber die Fahne der Babyboomer mit ihm zusammen hochhielt. Die Gerichtsmedizinerin beendete dann auch das Gejubel um Nadines Einsdreiundfünfzig und stieg gleich ins Thema ein.

„Also, bezüglich des Todes von Siegfried Bücking kann ich mich jetzt auf folgenden Ablauf festlegen: Das Opfer ist zuerst von oben über das Geländer gestürzt und hat sich dabei schon allerhand Prellungen und Brüche zugezogen, auch einen Genickbruch." „Das heißt, die Schläge mit dem Jahresband waren nicht die Todesursache?", fragte Simon nach. Eigentlich ließ er immer alle ausreden, aber dies war sein erster solcher Fall und er konnte seine Aufregung kaum bremsen. Thomas grinste. „So einfach ist das nicht", entgegnete die Gerichtsmedizinerin. Sie strich sich durch ihre graue, doch sehr apart aussehende Kurzhaarfrisur und erklärte: „Bei Genickbruch denken viele gleich an das Schlimmste, und in etwa siebzig Prozent der Fälle führt eine solche Verletzung auch zum Tod oder zumindest einer Lähmung, weil Rücken- und Halsmark geschädigt werden. Ich denke, auch hier wäre es zu einer Lähmung gekommen, allerdings eher nicht zum Tod des Opfers." „Kann man denn ausschließen, dass Bücking gestoßen wurde?", warf jetzt Thomas ein, „also, dass der Täter zunächst versucht hat, ihn durch den Sturz zu töten und dann einfach nochmal nachgeholfen hat?" „Wir von der Gerichtsmedizin können das fast, aber nicht eindeutig ausschließen: Es gibt keinerlei Kampfspuren oder eindeutige Druckstellen auf Bückings Körper. Wir gehen davon aus, dass er gefallen ist und damit seinem Mörder gewissermaßen vor den Füßen lag."

„Das deckt sich auch mit unseren Erkenntnissen", ergänzte Daniel Rensch. „Die Treppe im Beinhaus führt zum Archiv und dort hält sich in der Regel nur der Stadtarchivar auf. Wir haben keinerlei andere Schuhabdrücke dort gefunden. Und auch keine Fremd-DNA auf Bückings Kleidung, die wir hätten finden müssen, wenn jemand ihn gestoßen hätte."

„Es sei denn, die Tatperson hätte Handschuhe getragen", gab Simon zu bedenken. „Gab es denn Schuhabdrücke in dem Raum selbst?", fragte jetzt Nadine. „Ja, leider ziemlich viele", antwortete der Kriminaltechniker. „Da die Vorbereitungen für das Stadtjubiläum schon in vollem Gang sind, trifft sich unter anderem ein Autorenteam für die Festschrift dort regelmäßig. Auch letzte Woche waren die wieder da. Dann kommen die Stadtführer und recherchieren für ihre Führungen, Touristen schauen rein und jeder, der nach irgendwas Altem sucht, kann dort vorstellig werden." „Wann wurde denn dort das letzte Mal geputzt?", fragte Thomas in der Hoffnung, den Besucherkreis im Beinhaus etwas einzudämmen. „Dort wird im Sommer nur einmal im Monat geputzt, immer am letzten Freitag." Das hatte Daniel schon in Erfahrung gebracht. „Wir haben also jede Menge Fußabdrücke, die wir sondieren müssen. Allerdings gibt es eine Besucherliste, in die sich zumindest diejenigen eintragen müssen, die eine Anfrage haben. Bleiben noch das Autorenteam und die Stadtführer, die man checken müsste." Daniel hielt Simon das Klemmbrett mit der Liste hin. „Mach' ich." „Heute ist der letzte Freitag im Monat", gab jetzt Nadine zu bedenken. Ist es vielleicht sinnvoll, den Tatort noch nicht zu putzen? Dann sollten wir mal in der Stadtverwaltung Bescheid sagen." „Das Beinhaus ist doch noch versiegelt, da wird doch keiner zum Putzen reingehen?", zeigte sich Daniel zuversichtlich. „Sicher ist sicher", sagte daraufhin Simon, griff zum Telefon und rief Fynn Bergmann an. „Gab's eigentlich Hinweise auf Bückings Handy oder Laptop?", wandte sich Nadine erneut an den Kriminaltechniker. „Ihr werdet es nicht glauben, aber Bücking war den digitalen Medien gegenüber sehr skeptisch. Er hat sie offenbar nur im absolut notwendigen beruflichen und ehrenamtlichen Kontext benutzt. Wir haben ein Uralt-Nokia-Handy bei ihm gefunden, das aber vom Täter leider zerstört wurde, weil er es in der

Sakkotasche bei sich trug. Da hat es, wie es aussieht, einen ziemlichen Schlag abbekommen. Wir versuchen zwar, die Speicherkarte auszulesen, aber so weit sind wir noch nicht. Und ich glaube auch nicht, dass wir da was finden. Auf seinem Laptop, das er nur hier im Beinhaus benutzt hat, waren wirklich nur historische Sachen drauf, Anfragen und Veröffentlichungen des Archivars." „Also nichts, das uns hier weiterhilft", fasste Thomas zusammen. „Zumindest nicht beim Handy, aber die Spurenlage werden wir auf jeden Fall weiterverfolgen", antwortete Daniel. „Und wenn ich eine Vermutung äußern darf: Die Gewalt, die hier angewendet wurde, spricht eindeutig für einen Mann als Täter." Nadine und Clara schauten sich an. „Wir sollten uns nicht zu früh festlegen, nur weil wir fünfzig Prozent der Menschheit unnötig ausschließen", gab die Staatsanwältin zu bedenken. Susanne Weber und Nadine nickten zustimmend. Thomas grinste wieder. Er fand es witzig, dass die Damen vor lauter Gleichberechtigung ihre Geschlechtsgenossinnen auch bei den Verdächtigen unbedingt dabeihaben wollten. Als ob fünfzig Prozent der möglichen Täter nicht auch ausreichen würden. Und ganz ehrlich: Für Thomas war unter den Frauen, die bisher in Erscheinung getreten waren, keine potenzielle Täterin dabei. Nicht mal Yvonne Schwab traute er eine solche Tat zu.

„Und was ist mit Christian Schaufuß?", durchbrach die Staatsanwältin seine Gedanken. Wieder meldete sich als erstes die Gerichtsmedizinerin zu Wort: „Interessanterweise können wir – abgesehen vom Tatort – von einem ähnlichen Verlauf ausgehen: Schaufuß muss gestürzt sein und wurde dann auf vergleichbar brutale Art und Weise erschlagen – mit einem Ast, also einer spontan gefunden Waffe. Und das passt im Fall Bücking zu dem Zeitungsband als Tatwaffe. Allerdings gehen wir anhand des Verletzungsmusters bei Schaufuß davon aus, dass er bewegt wurde, dass seine

Leiche also in der Schwalm versteckt werden sollte. Wie Siegfried Bücking starb er letztendlich an multipler stumpfer Gewalteinwirkung. Allerdings langsamer. Nach der Attacke war Schaufuß zwar schon hilflos, aber noch nicht tot. Wir gehen davon aus, dass sein regloser Todeskampf am Ufer der Schwalm einige Stunden gedauert hat. Was er davon noch mitbekommen hat, wissen wir nicht. Seine Verletzungen sind wirklich sehr massiv." Die Runde schaute sich betroffen an, einzig Simon war aktiv und brachte alle Informationen in übersichtlicher Kurzform auf das Board. Susanne Weber fuhr fort: „Den Todeszeitpunkt können wir aufgrund der Lage und der Wetterbedingungen immer noch nicht weiter einkreisen als zwischen Sonntagnachmittag und Montagnacht. Aber da hattet ihr ja schon einen anderen Anhaltspunkt, wie ich auf dem Board sehen kann." Sie deutete auf Simons Aufzeichnungen hinsichtlich der Aussage von Corinna Schaufuß, die ihren Mann am Montag noch lebend gesehen hatte. Abschließend fügte sie hinzu: „Im Gegensatz zu Bücking könnte er aber auch schon vom Täter zu Fall gebracht worden sein. Dazu hat ja vielleicht die KT noch was." „Also aus Sicht der Gerichtsmedizin sind beide Taten ungeplant durchgeführt worden, allerdings mit jeder Menge Kraft und Brutalität", resümierte Thomas. Niemand widersprach.

„So würden wir das auch sehen", unterstützte Daniel Rensch den Vortrag seiner Vorrednerin. „Im Gegensatz zum Beinhaus haben wir in den Erlen aufgrund des Regens allerdings so gut wie gar keine verwertbaren Spuren und können bisher weder ausschließen, dass er gestoßen wurde, noch dass er von allein gestürzt ist. Wir konnten vage Bewegungsspuren ausmachen, die wir nach den heutigen Informationen von Dr. Weber nochmal eingehender verfolgen werden. Die Erlen waren ja am Wochenanfang so feucht wie ein Dschungel und jetzt ist da ganze Grünzeug nochmal so richtig explodiert. Aber wir bleiben auf jeden Fall dran." „Wie läuft das denn mit der Absperrung?", fragte Thomas. „Keine Ahnung, uns lassen sie immer durch", grinste Daniel und nahm sich ungeniert das letzte Butterhörnchen. „Die Kollegen haben sich schon ziemlich beschwert", wusste Nadine zu berichten. Die Spaziergänger und insbesondere die Hundebesitzer waren mitunter offenbar sehr ungehalten, wenn sie nicht ihre gewohnte Strecke, sondern einen Umweg gehen oder gar den Rückzug antreten mussten. „Die Absperrung ist aber gesichert, oder?", fragte Clara Faust nach. „Ja, schon, aber ein bisschen Eile seitens der Spusi und der KTU könnte nicht schaden", sagte Nadine. Clara grinste und Daniel verstand den Wink, so freundlich er auch dargebracht war. „Es dauert so lang wie es dauert", gab er zurück, „und die Lage vor Ort ist echt knifflig." „Und was ist mit Schaufuß' Handy und Computer und so?", fragte Thomas weiter. „Haben wir alles bei unseren Tekkies", erwiderte Daniel. „Tekkies?" Thomas sah den Kriminaltechniker grinsend an. „Wohl zu viel Inspector Barnaby geschaut?" Die ganze Runde schmunzelte mehr oder weniger offensichtlich, denn soeben hatte Thomas sich als Barnaby-Gucker geoutet. Als ihm das klar wurde, ging er einfach über die „Tekkies" hinweg. „Und, haben die schon was gefunden?". „Sind dran, ich frage gleich mal nach, wenn ich zurück bin." Schweigen. Offenbar waren aktuell alle Fragen geklärt.

Thomas läutete das Ende der Sitzung ein: „Ja, vielen Dank, liebe Kollegen ..." „... und Kolleginnen", ergänzte Nadine und lachte ihren Chef dabei an. „... und Kolleginnen", nahm dieser den Faden auf. „Dann schauen wir hier mal, wie wir jetzt weiter machen können. Wenigstens mangelt es uns nicht an Verdächtigen." Nun war es offenbar Clara Faust, die sich zurückgesetzt fühlte. Als ermittelnde Staatsanwältin war sie die Leiterin der ganzen Aktion. „Nicht so schnell", stoppte sie den Kommissar. Der sah sie fragend an, da er keine offenen Fragen mehr erkannte. Jetzt musste Clara Faust auch lachen. „Herr Eisenträger hat recht: Machen wir uns wieder an die Arbeit!"

14

Freitagvormittag.

Kaum waren Dr. Weber, Faust und Rensch verschwunden, überdachten Simon, Nadine und Thomas ihre Vorgehensweise. Simon sollte sich zunächst mit Özlügs Anwalt ins Benehmen setzen und zum einen die Zusammenhänge zwischen Özlüg und Schaufuß klären, zum andern auch noch einmal die Alibis abfragen: Zum Zeitpunkt des Mordes am Stadtarchivar am Dienstagmorgen kam nun auch noch der Montag, der zeitlich leider nicht genau eingegrenzt werden konnte. „Ich glaube ja nicht, dass wir da was erfahren, aber der Vollständigkeit halber müssen wir das alles erfragen – sowohl bei Özlüg als auch bei seiner Frau", sagte Thomas und fügte an: „Aber wahrscheinlich macht der sich nicht die Hände schmutzig. Die haben in ihren Clans doch bestimmt geschulte Leute für solche Fälle." Klar, dass Nadine und Simon bei der letzten Äußerung die Augen verdrehten. „Und wenn", antwortete Nadine, „glaubst du wirklich, dass eine ‚für solche Fälle geschulte Person' so plump und zufällig agiert? Also, nach planvollen Taten sieht das hier nicht aus." „Das stimmt wohl", gab Thomas zurück, „aber vielleicht ist das auch der Profitrick, dass es grade nicht so aussieht." Simon konnte sich das Scharmützel anscheinend nicht mehr mitanschauen und erklärte sich schnell bereit, die Angelegenheit mit Özlügs Anwalt zu klären und auch nochmal seine ehemalige Lehrerin nach einem Alibi für den Montag zu fragen. Dass sie den Tatzeitpunkt von Schaufuß` Tod nicht besser eingrenzen konnten, wurmte sie. „Vielleicht hat ja Daniel bald was Genaueres für uns", hoffte Simon. „Wir statten der Frau Schwab erneut einen Besuch ab und schauen auch noch mal bei Frau Schaufuß vorbei – vielleicht ist der ja seit gestern etwas Neues eingefallen", schlug Thomas vor. „Was soll der schon einfallen?", fragte Nadine und grinste. Offenbar kannten und schätzten die drei ihre kleinen Verschrobenheiten und warfen sich gerne die Bälle zu.

Während Simon in der Dienststelle seine Anrufe tätigte, machten sich Thomas und Nadine auf den Weg in die Altstadt. Wie gewohnt parkte Nadine das Auto auf dem Kirchplatz, direkt neben Maris Dokker. Als sie ausstiegen, warf Nadine einen Blick hinein. Auf dem Rücksitz befand sich eine Riesenmatte, auf der offenbar Herbert seinen Stammplatz hatte. Auf dem Beifahrersitz herrschte für Maris Verhältnisse direkt Ordnung. Lediglich eine Bäckertüte knüllte sich dort, wo sonst alles Mögliche lag, das Mari eingekauft hatte oder noch ausliefern musste. „Wenn es bei mir im Auto so aussehen würde wie bei Mari, würde Nils einen Anfall kriegen", sagte Nadine. „Bist du neidisch, dass Mari nicht aufräumen muss?", fragte Thomas grinsend zurück. „Naja, wenn man so völlig frei ist und immer machen kann, was man will, das hat schon was", entgegnete Nadine. Thomas horchte auf. Das hörte sich aber nicht nach ausuferndem Eheglück an. „Also, ich finde es eigentlich ganz schön, mit jemandem zu leben, da hat man wenigstens ein bisschen Struktur." Thomas schluckte. Er war selbst überrascht, dass er so offen mit der jungen Kollegin sprach. Wahrscheinlich fehlte ihm das Gespräch mit dem Psycho doch mehr als gedacht. „Stimmt auch wieder", gab Nadine unbekümmert zurück. Als sie den Marktplatz in Richtung Fulder Gasse überqueren wollten, hielt Thomas kurz inne. „Ich schaue mal schnell im Buchladen vorbei. Vielleicht gibt es dort Karten für ein Open-Air-Konzert hier in der Gegend. Ich würde mal meine Mädels einladen." Schon wieder hatte Thomas Nadine mehr von seinem Innenleben kundgetan, als ihm lieb war.

Im Buchladen war die Hölle los. Und keine Mari weit und breit. Gerade als Thomas wieder gehen wollte, um Klaus und Milena nicht auch noch zu stressen, kam Mari durch die Ladentür. Sie wirkte abgehetzt und irgendwie erschrocken, als Thomas plötzlich vor ihr stand. In der Hand hielt sie einen Filofax. Kein Mensch, den er kannte, nutzte so was noch. Außer Michael Townsend. Bei ihm lag so ein Ding immer auf dem Schreibtisch. Komisch, genauso eins, wie Mari in der Hand hatte. „Was schleppst du denn da mit dir rum?" Thomas versuchte, einen unverbindlichen Eindruck zu machen. Mari wirkte echt verstört. „Ach nichts", sagte sie und verschwand in ihrem Hinterstübchen. „Willst du auch einen Kaffee?", rief sie zu Thomas in den Laden. Doch der war ihr schon gefolgt und warf einen unverhohlenen Blick auf den Kalender. „Der gehört doch Michael Townsend, oder?" Bevor Mari antworten konnte, hörten sie, wie Klaus nach ihr rief. „Macht nix, wenn du mal vorkommst und Kasse machst, wenn du schon den ganzen Morgen schlunzt." Thomas wurde hellhörig, Mari zuckte zusammen. Wortlos ging sie an ihm vorbei und übernahm die Kasse, während Milena eine der Lese-Genusskisten, die feine Alsfeld-Schokolade, ein Schöppchen und den neuesten Alsfeld-Krimi enthielten, als Geschenk einpackte. Thomas nutzte die Gelegenheit und warf einen ausführlichen Blick in Townsends Filofax. „Eisenträger" las Thomas zu seinem Entsetzen klar und deutlich an diesem Freitag um sieben Uhr. Hatte er etwa erwartet, dass da vielleicht nur „T.E." stünde, so wie das immer in den Fernsehkrimis war, wo das dann lang und breit entschlüsselt werden musste? Der Kommissar atmete tief ein und wieder aus. Er schnappt sich den Kalender, hielt ihn im Rausgehen der verdutzten Mari vor die Nase und rief ihr „beschlagnahmt" zu. Warum auch immer.

Vor dem Buchladen war Nadine natürlich wieder ins Gespräch vertieft. Schon wieder so ein gutaussehender junger Typ, dachte er und ging schnurstracks auf die beiden zu, um die Vertrautheit ein wenig zu stören. Er war zwar nicht der Hüter des Ehegelöbnisses, aber er fand, dass Nadine zu dem ihren irgendwie ein etwas laxes Verhältnis hatte. „Sag mal, hat Nils eigentlich nichts dagegen, wenn du hier dauernd mit irgendwelchen jungen Männern flirtest?" Nadine sah ihren Chef halb erstaunt, halb belustigt an. „Wieso dauernd und wieso flirten?", fragte sie interessiert zurück. „Ich finde schon, dass du den einen Schäfer oft ganz schön lange anschaust, und das hier war ja auch sehr vertraut – das konnte ja ein Blinder sehen." „Was du alles meinst", entgegnete Nadine, während sie sich auf den Weg in Richtung Yvonne Schwabs Lädchen für alles machten. „Hast du denn was gefundenbei Mari?" „Nee, war zu viel los", brummelte Thomas, den eine unerklärliche Anspannung erfasst hatte. Der Filofax des Psychotherapeuten drückte unter seiner Jeansjacke, die er – für die Temperaturen zwar unnötigerweise – trug und die nun den Kalender verbarg. Er sah Nadine an und wusste, dass sie die viereckige Beule unter seiner Jacke längst gesehen hatte. Aber sie fragte nicht.

Dass Yvonne Schwab nicht gewillt war, sich auch noch zu dem Mord an Christian Schaufuß befragen zu lassen, lag auf der Hand. Unter wüsten Beschimpfungen gab sie kund, was sie von der Polizeiarbeit in Alsfeld hielt, die Stimme ihres Vaters im Hinterzimmer gab wie ein Echo ihren Senf dazu. Ja, klar habe Schaufuß gegen ihren Mann ausgesagt, die steckten doch alle unter einer Decke und es sei um keinen schade. Man müsse den Tätern ewig danken, dass sie Alsfeld von diesen Plagen befreit hätten. Sie selbst sei am Montag den ganzen Tag in ihrem Laden gewesen und wenn die Polizei ihr nicht glaube, könnten sie ja auf Staatskosten eine Überwachungskamera im Laden installieren – für zukünftige Fälle. „Wer weiß, wen es noch erwischt, wenn man schon mal dabei ist", ließ sie ihrem ganzen Zorn freien Lauf. Es schien irgendwas in der Luft zu liegen – Yvonne Schwab jedenfalls ließ erst von ihren Tiraden ab, als Frieda Kaiser den Laden betrat und ihr verschwörerisch zublinzelte. Aus dem Augenwinkel sah Thomas, wie die Ladeninhaberin fast unmerklich mit dem Kopf schüttelte, doch dann ging Nadines Telefon und sie machte ihm ein Zeichen, dass es Zeit wäre zu gehen.

„Hast du das gesehen?", fragte Thomas Nadine. „Was meinst du?" „Na, dieses Blinzeln und Kopfschütteln von den beiden Damen." „Keine Ahnung, mir ist nichts aufgefallen. Aber jetzt zu Simon: Er hat Nachrichten von der KTU und meinte, wir sollten uns am besten vor Ort abstimmen. Es gäbe jede Menge Neuigkeiten."

Simon hatte die Zeit zwischen dem Anruf und der Ankunft von Thomas und Nadine genutzt, um für sich und seine Kollegen im Subway gegenüber der Polizeistation belegte Baguettes zu holen. Er wusste zwar, welche seine und Nadines Lieblingssorten waren – aber was Thomas mochte, davon hatte er noch keine Ahnung. Also nahm er das fleisch- und soßenreichste Teil, das er finden konnte. Damit konnte er nicht falsch liegen. Thomas' Begeisterung gab ihm recht. Während sie alle drei über ihrem zwar ungesunden, aber überaus leckeren Mittagessen saßen, referierte Simon die neuesten Erkenntnisse der KTU: Daniel und sein Team hatten in den Erlen Reste von Schuhabdrücken gefunden – sehr nah an der Fundstelle der Leiche, sodass sie vermutlich vom Täter oder, wie Simon sich korrekterweise ausdrückte, von der Tatperson stammen könnten. Allerdings seien sie aufgrund der Wetterlage schwer zu bestimmen, aber man bleibe dran. Der sonst eher sachliche Simon ließ sich angesichts seines Erfolges bei der Menüauswahl sogar dazu hinreißen, den stets gutgelaunten Kollegen Rensch zu imitieren und riss neben seinem strahlenden Gesicht den Daumen hoch. Nadine verschluckte sich fast vor Lachen und Thomas wunderte sich, dass Mordermittlungen so lustig sein konnten. Doch dann wurde es auch schon wieder ernst: Die Tekkies hatten Christian Schaufuß' Handy und Notebook ausgewertet und zwei höchstinteressante Zusammenhänge festgestellt. Zum einen unterhielt der Erste Stadtrat eine sehr interessante Geschäftsbeziehung mit Nesrin Özlüg: Die Frau des Geschäftsführers der VB Clean hatte Schaufuß durch die Blume verschiedene Angebote unterbreitet, falls dieser ihr den Reinigungsauftrag für alle städtischen Gebäude zukommen ließe. „Ich denke, ihr Mann ist Chef der Müllabfuhr", wandte Thomas ein. „Ja, aber die Gebäudereinigung ist ein Tochterunternehmen, und dort ist seine Frau Geschäftsführerin. Dafür wollte Frau Özlüg den Auftrag ergattern." Simon hatte das Ganze schon recht genau durchdrungen. Thomas hatte am Anfang seine Zweifel gehabt, dass ein so junger Typ mit so einer Auffassungsgabe gesegnet war und diese dazu noch an den Polizeidienst verschwendete, aber inzwischen freute er sich nur noch, dass er nicht diesen ganzen Papierkram wälzen musste, sondern die Ergebnisse auf dem Silbertablett serviert bekam. „Und gibt's da noch Genaueres?" Typisch Nadine, dachte Thomas. Die ist ja nie mit was zufrieden. „Na ja, wenn man das chronologisch sieht, dann waren die beiden auf einem ganz guten Weg. Es könnte sein, dass da auch schon was geflossen ist, denn in der einen Mail bedankt sich Schaufuß bei Frau Özlüg für ‚den kleinen leuchtenden Obolus, der ihm große Freude macht.'" „Meint ihr, ihr Mann weiß was davon?", fragte Nadine in die Runde. „Von dem ist hier auf jeden Fall nirgendwo die Rede." So viele hatte Simon gesehen. „Aber ergibt das dann alles einen Zusammenhang? Ich meine, wenn einer der Özlügs oder beide den Bücking erschlagen haben, warum dann den Schaufuß? Und wenn ja, wer von beiden?", dachte Nadine laut nach. „Vielleicht war der Özlüg eifersüchtig, dass seine Frau so eine enge Beziehung mit dem Schaufuß hatte. Wer weiß, was da wirklich war und was er da reininterpretiert hat. Die Türken verstehen da ja nicht so viel Spaß wie unsereiner." Thomas machte sich inzwischen selbst schon fast einen Spaß aus seiner Klischeekiste, da die Reaktion seiner jungen Kollegen verlässlich auf den Fuß folgte. „Also, Thomas, du kannst ja denken, was du willst, aber der Schaufuß hat mit jemand ganz anderem ein Verhältnis gehabt. Jetzt wird's nämlich spannend." Thomas und Nadine leckten sich gleichzeitig die Finger, und schoben die Subs-Verpackung in die Mitte des Tisches, wo schon Simons Müll lag. Dieser räumte, bevor er zum Höhepunkt seiner Bekanntmachungen kam, erstmal alles ordentlich weg, während seine Kollegen schon gespannt warteten. „Kaffee?", fragte er in die Runde und grinste. „Jetzt komm aber mal zur Sache, Alter." Nadine war jetzt wirklich neugierig geworden.

„Also, die Pläne von Schaufuß und der Özlüg schienen schon fast in trockenen Tüchern, aber vor wenigen Tagen musste Schaufuß einen Rückzieher machen. Hier: ‚Liebe Nesrin, ich verstehe deine Ungeduld, aber meine Situation ist vorübergehend etwas ungünstig, sodass ich aktuell nichts für unser Projekt tun kann. Der Gebäudeausschuss tagt momentan ohne mich. Ich denke aber, dass sich das in wenigen Wochen wieder ändern wird.'" „Und weiß man, was da war?" Thomas wollte jetzt endlich mal in die Pötte kommen. „Gleichzeitig gab es eine interessante Korrespondenz zwischen Schaufuß und der Schön", berichtete Simon weiter. „Der Bürgermeisterin?", entfuhr es Thomas. „Genau der. Und zwar zuerst nicht über die Dienstmails, sondern per WhatsApp. Am Anfang waren da noch so Liebesdinger, also Verabredungen, Sex und so." Simon wurde tatsächlich ein wenig rot. „Aber in den letzten Tagen war die Beziehung ziemlich abgekühlt, würde ich sagen. Hier: ‚Was bist du für ein verlogenes Arschloch' – das ist noch mit das Freundlichste, was die Schön dem Schaufuß geschrieben hat. Und per Dienstmail hat er dann seinen Rausschmiss aus dem Gebäudeausschuss bekommen." „Also stimmt es, was Fynn mir vorhin erzählt hat", warf Nadine ein. „Fynn?", fragte Thomas nach. „Ja, der Sekretär von der Schön. Ich habe mich doch vorhin mit ihm unterhalten, als du im Buchladen warst. Er meinte, die Schön sei übelst drauf im Moment. Er vermutet, sie hätte was mit Schaufuß gehabt und wäre von seinem Tod wohl sehr mitgenommen." „Wie es aussieht, hat Herr Bergmann das spontane Ende der Beziehung nicht mitbekommen, aber wenn das alles stimmt, also wenn Christian Schaufuß ein Verhältnis mit der Schön hatte und sie gleichzeitig beim Gebäudeausschuss über den Tisch gezogen hat, um mit der Özlüg gemeinsame Sache zu machen ..." „... und die Schön hat das rausgefunden und ihn abgeschossen, dann hat sie doch ein astreines Motiv, die Gute", ergänzte Nadine Thomas' Satz.

Die Luft flirrte im Dienstzimmer, und wie es schien, war das noch nicht alles. „Zumal Schaufuß die Schön übel bedroht hat: ‚Ich wäre ganz vorsichtig, Luise, denn ich weiß, was du im Sommer 2004 getan hast. Und bald weiß es ganz Alsfeld. Es sei denn – du weißt, was du zu tun hast.' Das war die letzte WhatsApp, die Christian am vergangenen Samstag an die Schön geschrieben hat." Nadine war fassungslos: „Der hat die Schön erpresst!" „Puh!" Thomas atmete tief ein und aus. Das war ja allerhand. Da lief man sich die Hacken ab und dann kamen die Tekkies ums Eck und alles sah auf einmal ganz anders aus. Das Problem war nur, dass die analogen Verdächtigen auch noch da waren. Jetzt kamen mit Nesrin

Özlüg und Luise Schön noch zwei dazu - obendrein auch noch Frauen, die Thomas der Einfachheit halber so gut wie ausgeschlossen hatte. Auf Simons Board wurde die Liste der Verdächtigen folgerichtig immer länger. „Jetzt fehlt nur noch, dass die Schön auch noch irgendwas mit, oder besser gesagt, gegen den Bücking hatte", sinnierte der Kommissar. „Bei dem reicht die übliche Antipathie, würde ich sagen." Auch Nadine schien von der Menge der Verdächtigen bald überfordert. Nicht nur sie. „Also, ich finde, wir müssen jetzt erstmal dringend ein paar mögliche Täter ausschließen", sagte Simon und verfrachtete die ersten Namen, die sie notiert hatten, in einen Extra-Kasten. Da waren sie zwar nicht weg, aber nicht mehr so wichtig: „Die Horchler hat für den ersten Mord ein Alibi und ist jetzt auch nicht so die typische Mörderin". Das war zwar sehr subjektiv, aber da konnten alle mitgehen. „Dann Leon Schäfer", machte Nadine weiter. „Das mit den Alibis läuft zwar nicht so richtig rund, aber wir haben auch nichts Stichhaltiges gegen ihn auf dem Tisch, oder?" „Du und deine Schäfers. Kein Alibi ist kein Alibi", widersprach Thomas. „Das ist wohl richtig, aber wenn wir priorisieren wollen, rutschen die beiden erstmal ein bisschen nach unten. Können wir uns vielleicht darauf einigen?" Mir nichts, dir nichts, hatte Simon eine kleine Liste erstellt, an deren Spitze standesgemäß die Bürgermeisterin thronte. An zweiter Stelle tummelte sich Nesrin Özlüg, dicht gefolgt von ihrem Mann Kemal. An die vierte Stelle hatte Simon Leon Schäfer gesetzt, dann kam Yvonne Schwab. Vera Horchler lag weit abgeschlagen auf Platz sechs.

„Was ist denn hier passiert?" Die Staatsanwältin traute kaum ihren Augen, als sie wie immer unangemeldet und fast unbemerkt das Dienstzimmer betrat. Sie hatte sofort erfasst, um welche Art Ranking es sich handelte, und nicht nur das: „Wenn ihr die Bürgermeisterin ganz oben auf eurer Liste habt, wird's, ich will mal sagen, interessant." Thomas wusste, was sie meinte: Wenn dieser Verdacht an die Öffentlichkeit kommen würde, dann wäre in Alsfeld und wahrscheinlich nicht nur hier die Hölle los. Und das ganze Drumherum – das Verhältnis, die Erpressung, die Korruption – würde nicht dazu beitragen, die Gemüter und die Presse zu beruhigen. Noch dazu stand das Wochenende vor der Tür und es war keine Erholung in Sicht. Was für ein Scheiß. Clara Faust ließ sich von Simon ins Bild setzen. Sie schaute sich die Ausdrucke der Mails und WhatsApp-Nachrichten an und kam zu demselben Schluss wie ihr Team. „Tja, dann müssen Sie wohl in die Höhle der Löwin, Herr Eisenträger. Aber mit Nadine an Ihrer Seite kann ja nichts schiefgehen." Die Staatsanwältin wusste vermutlich schon, was da an Unannehmlichkeiten alles drohte, aber offenbar hatte sie nach den Aufregungen der letzten Tage schnell wieder zu ihrer alten Form zurückgefunden. Sie war gut im Sturm, fand Thomas. Und schüttelte gleichzeitig den Kopf über so viel Abgebrühtheit. „Und du, lieber Simon", wandte die Staatsanwältin sich an den Polizeiobermeister, „beorderst mal die Özlügs hierher. Ihren Anwalt sollen sie gleich mitbringen." Thomas fand das zwar etwas forsch, aber inhaltlich hatte er keine Einwände.

„Kommst du?" Nadine war schon startklar. Thomas ging zu seinem Schreibtisch, in dem er immer einen Vorrat an Kaugummis hatte. Spearmint von Wrigleys. Schon in der Schule hatte er die bei Aufregungen aller Art gekaut. Nichts anderes beruhigte ihn mehr als das. Sein Blick fiel auf Townsends Filofax, den er vorhin dort abgelegt und angesichts der vielen neuen Nachrichten ganz außer Acht gelassen hatte. Er würde sich später drum kümmern.

15

Freitagnachmittag und -abend.

Luise Schön war außer sich. „Ich glaube nicht, dass es Sie etwas angeht, was ich mit Christian Schaufuß hatte." Natürlich hatte sie anfangs auf stur gestellt, aber sie war wohl intelligent genug zu wissen, wann es Zeit für die Wahrheit war. Oder zumindest für so viel Wahrheit, wie sie bereit war zu geben. „Ja, ich hatte ein Verhältnis mit ihm, das ist richtig", gab sie schließlich zu. „Es war nichts Ernstes. Ein bisschen Spaß halt." Thomas und Nadine sahen sich verdutzt an. „Schauen Sie sich doch mal die alten Knacker im Stadtparlament an – keiner unter sechzig, eher siebzig. Und alle halten sich immer noch für die Tollsten." Nadine grinste vor sich hin. „Da liegt es doch auf der Hand, dass man sich U40 mal ein bisschen näherkommt, oder?" „Ich habe das nicht zu bewerten, Frau Schön, wissen Sie", antwortete Thomas, „aber Sie müssen uns schon die ganze Wahrheit sagen: Wann und warum haben Sie sich getrennt und mit was wollte Schaufuß Sie erpressen?" „Wir haben uns überhaupt nicht getrennt, weil wir gar nicht zusammen waren, Herr Eisenträger. Es. war. nur. Sex." Den letzten Satz sagte die Schön ganz langsam und deutlich, so als könne Thomas das in seinem hohen Alter und angesichts seiner offenbar sehr strengen moralischen Vorstellungen nicht verstehen. Und Nadines Grinsen dazu ging ihm zusätzlich auf die Nerven. Wieso sagte sie eigentlich nichts? Sonst hielt sich die Kollegin doch auch nicht zurück. „In der Kurznachricht auf Schaufuß' Handy hörte sich das aber ganz anders an." „Dafür kann ich ja wohl nichts. Männer interpretieren Sachen halt manchmal anders als sie gemeint sind." Luise Schön hatte offenbar nach einem kurzen Anflug von Ehrlichkeit wieder zu ihrer alten Form zurückgefunden. Sie schloss das Fenster, das zum Kirchplatz hin geöffnet war.

„Und was haben Sie im Sommer 2004 getan?" Thomas versuchte es mit einer anderen Frage. „Da habe ich Abi gemacht und habe im Anschluss ein halbes Jahr als Backpackerin in Bali und Thailand verbracht. Was immer ich da gemacht habe, wird Christian wohl kaum gewusst haben. Der war ja damals schon in Gießen zum Studieren. Wenn ich mich recht erinnere, ist der ja nie aus der Provinz rausgekommen. Und irgendetwas, mit dem er mich heute noch erpressen könnte, war nicht dabei. Ich nehme nicht an, dass Kiffen im Urlaub nach bald zwanzig Jahren noch strafbar ist." Obwohl sie einen toughen Eindruck machen wollte, wirkte die Schön plötzlich niedergeschlagen. Und sah dabei immer noch wahnsinnig gut aus. Thomas nahm einen Schluck von dem Kaffee, den der Sekretär ihnen zu Beginn des Gesprächs in das feudale Büro gebracht hatte. „Wie war eigentlich Ihr Verhältnis zu Herrn Bücking?", fragte Nadine unvermittelt. Die Bürgermeisterin fuhr herum. „Was soll das denn jetzt?" Sie schien jetzt doch die Contenance zu verlieren. „Wie war Ihr Verhältnis zu Bücking?", wiederholte Nadine stumpf ihre Frage. „Sie wissen, wie Bücking war. Ein aalglatter alter Mann, der es nicht leiden konnte, wenn ihm irgendjemand etwas zu sagen hatte. Und schon gar keine Frau. Ich bin mir sicher, alles, was Sie während Ihrer Ermittlungen über ihn in Erfahrung gebracht haben, stimmt. Allerdings hat er bei mir nie irgendwas versucht." Hätte ich auch nicht, dachte Thomas, obwohl rein äußerlich natürlich durchaus Anreize bestanden hätten. Aber man sah ja an Schaufuß, wohin das führen konnte. Jetzt war er in Gedanken und hörte, wie Nadine insistierte: „Frau Schön, wo waren Sie am vergangenen Montag und am Dienstagvormittag?" „Das fragen Sie jetzt aber nicht im Ernst, oder?" Nadine hielt dem wütenden Blick der Bürgermeisterin stand. Thomas war beeindruckt. Vielleicht sollte ich es doch mal mit dem Aikidō probieren, dachte er. „Fragen Sie Herrn Bergmann, wenn Sie jetzt gehen. Er hat alle meine Termine im Blick." Ein Rausschmiss, dachte Thomas. Wie es schien, war der Bürgermeisterin ohnehin nichts mehr zu entlocken. Sie war zwar tatverdächtig, aber verhaften konnten sie sie natürlich auch nicht so einfach. Zumal Fynn Bergmann ihnen halbwegs passable Alibis präsentierte. Am Montag war die Bürgermeisterin den ganzen Tag in einem Online-Meeting gewesen: Alle Bürgermeister des Vogelsbergkreises hatten sich zu einem Corona-Austausch zusammengezoomt. Offenbar gab es viel zu berichten. „Das Meeting ging von elf bis sechzehn Uhr", sagte der Sekretär, „aber Luise war schon ab neun im Büro und als ich um siebzehn Uhr gegangen bin, war sie noch da." Das war jetzt zwar nicht lückenlos, aber doch schon recht umfangreich. „Weißt du, ob jemand außerhalb dieser Zeit eine Angabe machen kann, wo sie war?", fragte Nadine nach. „Montags abends geht sie immer ins Schwimmbad, Aquacycling. Das lässt sich bestimmt nachprüfen. Aber morgens – keine Ahnung, ob der Schaufuß ..." Die Bürotür der Bürgermeisterin ging auf, Fynn Bergmann räusperte sich. „Ja, und der Dienstag, einen Moment, bitte", wurde er ganz geschäftig. „Am Dienstag hatte sie hier diverse Telefontermine; sie war demnach hier und hat gearbeitet." Thomas erinnerte sich, dass sie über den Marktplatz gelaufen war, als sie nach der Entdeckung von Bückings Leiche auf dem Marktplatz bei Maris Buchladen waren. Allerdings hätte sie von überall herkommen können. „Es wäre gut, wenn Sie das noch ein bisschen genauer hätten." Thomas blickte zur Bürgermeisterin und zurück zu Fynn Bergmann. Luise Schön drehte sich wortlos um und ging zurück in ihr Büro. „Melden Sie sich." Thomas legte Bergmann eine Visitenkarte hin, Nadine nickte ihm zum Abschied kurz zu.

„Ein Sekretär, ich weiß ja nicht. Für mich wäre das kein Job: ‚Fynn, Kaffee hier, Fynn, Termine da', also ich finde das irgendwie komisch." Auf den ausgetretenen Stufen der Rathaustreppe überdachte Thomas wieder mal sein Männer- und Frauenbild. Ohne große Fortschritte, wie Nadine feststellte: „Du fändest es weniger komisch, wenn es hieße ‚Finnja, Kaffee hier, Finnja, Termine da', stimmt's?" Thomas nickte und Nadine schüttelte den Kopf. Er wusste, was sie dachte: Weißer alter Mann. Vor wenigen Wochen hatte er das noch trotzig als Qualitätsstandard betrachtet. Aber jetzt?

Ehe er zu lange über dieses Thema im Allgemeinen und seine Rolle im Besonderen grübeln konnte, klingelte sein Handy. „Frau Knieling, was kann ich für Sie tun?" Die Freundin von Corinna Schaufuß wollte wissen, ob Thomas heute noch vorbeikommen würde, schließlich hatte er es gestern angekündigt, und man fand, man habe auch ein Recht zu erfahren, wie weit die Ermittlungen gediehen seien. Thomas schluckte. Er hatte die schöne Witwe ganz vergessen! Und in der Dienststelle saßen jetzt wahrscheinlich schon die Özlüguls, äh, Özlügs. „Entschuldigen Sie bitte, Frau Knieling. Wie geht es denn Frau Schaufuß?". „Wie soll es ihr schon gehen? Sie ist völlig am Boden zerstört. Ich war den ganzen Tag bei ihr, aber ich müsste auch mal nachhause." Ingrid Knieling war anscheinend unter Druck; irgendein Akzent kam deutlich zum Vorschein. Thomas stellte sich Corinnas zerbrechliche Gestalt auf dem Rolf-Benz-Sofa vor und schluckte erneut. Er hätte sie wirklich gerne getröstet, stellte er fest. Aber er konnte ja nun wirklich nicht noch Babysitter für trauernde Witwen spielen, und wenn sie noch so hilfsbedürftig waren. „Ja, Frau Knieling. Also, wir schaffen das heute nicht mehr. Sagen Sie Frau Schaufuß bitte, dass wir verschiedene Ermittlungsansätze verfolgen und ihr gerne den psychologischen Dienst oder die Notfallseelsorge schicken können. Hat sie außer Ihnen denn niemanden, der mal nach ihr schauen könnte?" Nadine verdrehte die Augen. Das war ja nun wirklich nicht Aufgabe der Polizei, bei aller Liebe, las Thomas von ihrem Gesicht ab. Er hob und senkte die Hand, um die Kollegin zu beschwichtigen. „Wir tun, was wir können. Alles Gute noch", sagte Thomas und fand selbst, dass er völlig bescheuert klang. „Was hat denn die Knieling eigentlich für einen Akzent?", fragte er im Gehen. „Sie kommt aus Dänemark, aus Nakskov, das ist Alsfelds Partnerstadt. Vor vier, fünf Jahren war sie mit einer Delegation zum Dolmetschen hier und hat sich in Roman Knieling verknallt. Du weißt ja, die Alsfelder Männer haben einfach das gewisse Etwas – zumindest die jüngeren!" Nadine grinste ihn an. „Und das weißt du woher?" „Roman ist auch Lehrer, zwar am Gymnasium, aber man kennt sich halt." Ist klar, dachte Thomas. Man kennt sich halt.

Auf der Dienststelle warteten schon die Özlügs mit ihrem Anwalt Thorsten Michaelsen. Letzterer war ein smarter Typ in Thomas' Alter. Er trug einen blauen Anzug, darunter ein weißes T-Shirt und weiße Sneaker. Sonnengebräunt, das volle Haar gescheitelt und zurückgekämmt, hätte er auch einem Modemagazin entspringen können. Thomas sah an sich runter und dann zu Kemal Özlüg, der wie beim letzten Mal schon aussah wie aus dem Ei gepellt. Es gab doch in Alsfeld diesen stylishen Klamottenladen auf dem alten Industriegelände. Vielleicht sollte er doch mal … „Guten Tag", durchbrach die Staatsanwältin seine tiefgründigen Gedanken. Insgeheim war Thomas froh, dass sie es sich nicht hatte nehmen lassen, der Befragung – sie nannten es absichtlich nicht „Verhör" – beizuwohnen. Er hasste Gespräche mit Juristen. Natürlich war er juristisch relativ sattelfest, aber dieses Hintertriebene, Wortklauberische, das eine bestimmte Sorte Anwälte manchmal an sich hatte, war ihm mehr als zuwider und er konnte mit seiner direkten Art damit nur schwer umgehen.

„Machen wir es kurz", begann Michaelsen dann auch gleich: „Meine Mandanten verweigern jede Aussage zu dem Mord an Bücking. Ich weiß also nicht, was Sie von ihnen wollen." Kemal und Nesrin Özlüg saßen neben ihrem Anwalt und machten einen völlig unbeteiligten, fast gelangweilten Eindruck. Nesrin Özlüg war eine ebenso gepflegte Erscheinung wie ihr Mann: tadelloses Kostüm, schwarze Haare, hochgesteckt. Allerdings hatten die Jahre und die schmerzhaften Ereignisse ihre Spuren hinterlassen. Sie war ein wenig aus der Form geraten, fand Thomas, und ihr Gesicht zeigte trotz aller Schminke verbitterte, harte Züge. „Es geht auch um den Mord an Christian Schaufuß", sagte Clara Faust. „Dass die Geschehnisse um Merve ein klares Tatmotiv für Ihre Mandanten liefern, dürfte auch für Sie auf der Hand liegen." Die Staatsanwältin war tough wie immer. Sie ignorierte das Ehepaar und sprach wie gewünscht nur mit deren Anwalt. „Allerdings haben wir auch starke Anhaltspunkte dafür, dass speziell Frau Özlüg ein besonderes Verhältnis zu unserem zweiten Mordopfer pflegte." Nur ein Zucken um Nesrin Özlügs rechtes Auge verriet den Ermittlern irgendeine Regung. „Ich höre." Clara Faust legte die E-Mails zwischen Nesrin Özlüg und Christian Schaufuß auf den Tisch. „Ich nenne das astreine Bestechung, und Sie?" Michaelsen hatte zwar ein Pokerface, aber er wurde doch ein wenig unruhig auf seinem Stuhl. „Ich möchte gerne mit meinen Mandanten unter vier Augen sprechen." Die Staatsanwältin, Thomas und Nadine verließen den Vernehmungsraum und gingen zu Simon, der alles mitgehört hatte, dem Gespräch aber noch keine weiteren Infos für sein Board entnehmen konnte.

„Jetzt bin ich aber gespannt." Nadine drückte aus, was alle dachten – die Spannung lag zum Greifen in der Luft. Das mochte an dem Auftritt der Özlügs und ihres Anwalts liegen, aber auch an der ganzen Woche, die die Ermittler in Atem gehalten hatte. Sie blickten sich an. Egal, wie tough oder jung oder energiegeladen sie sich gaben: Die Strapazen standen ihnen ins Gesicht geschrieben und sie alle hätten sich auf ein entspanntes Wochenende gefreut. Doch das lag in weiter Ferne.

Michaelsen trat aus dem Vernehmungsraum und bedeutete dem Ermittler-Team, wieder reinzukommen. „Über welche Zeiträume sprechen wir denn bei den Taten genau?", fragte er nun und notierte sich den kompletten letzten Montag und die Zeit von elf bis halb zwei. „Ich lasse Ihnen die Daten aus den Kalendern von Herrn und Frau Özlüg zukommen", versprach der Anwalt. Offenbar wollten seine Mandanten immer noch nicht mit der Polizei sprechen. „Und haben Sie noch etwas zu dem Bestechungsversuch zu sagen, Frau Özlüg?", richtete Clara Faust das Wort nun doch direkt an ihr Gegenüber. Die Antwort war so kurz wie deutlich. „Nein." Keine Regung im Gesicht der Geschäftsfrau, nichts. „Sie müssen sich hier auf jeden Fall auf Ermittlungen einstellen", kündigte die Staatsanwältin an. „Wenn das alles war …" Michaelsen und seine Klienten rüsteten sich zum Gehen. „Wir brauchen Ihre Alibis umgehend", gab Thomas ihnen noch mit und hoffte, dass sein Appell zeitnah Folgen haben würde.

Inzwischen war es Abend geworden, und obwohl alle völlig geschafft waren, machte keiner Anstalten zu gehen. „Wir kommen überhaupt nicht weiter." Clara Faust hatte recht und sie alle wussten es. Zwei Morde in so einer kleinen Stadt, so viele Verdächtige, ein Geflecht von Zusammenhängen. Irgendwie musste das doch alles aufzudröseln sein. „Also, ich gehe", machte Thomas den Anfang. „Wir sehen uns dann morgen wieder in alter …" „… Frische", hätte er noch sagen wollen, aber das sparte er sich dann doch. Die Unzufriedenheit über den zähen Fortgang des Falls hing in der Luft wie früher die Tabakschwaden in den Großraumbüros, an die sich die jungen Kollegen nicht mehr erinnerten. Thomas ließ sie stehen, aß im Biergarten des „Storchennests" ein Schnitzel, trank ein Bier und wollte sich grade auf den Heimweg machen, als ihm einfiel, dass Townsends Kalender immer noch bei ihm auf dem Schreibtisch lag. Er ging zurück in sein Büro, das die anderen nun auch verlassen hatten, und blätterte darin. Ihm blieb fast die Spucke weg: Ganz Alsfeld schien bei Townsend auf der Couch zu liegen. Auf zwei Klienten würde der Psychotherapeut in Zukunft aber verzichten müssen: Siegfried Bücking und Christian Schaufuß.

...

In der Laube von Lisas Weinkeller herrschte eine rege Unterhaltung. Natürlich war Maris Frauenclub komplett erschienen. Zum einen war das Wetter einfach viel zu schön, um irgendwo allein zu sitzen, zum anderen hatten sie einfach alle viel zu viel Gesprächsbedarf – aus unterschiedlichen Gründen. Tine kam immer noch nicht über das offenbar nur gespielte Eheglück der Schaufußens hinweg. „Also, Olga, ehrlich, das kann ich gar nicht glauben", stieg sie in das abendliche Gespräch bei Weinschorle, Aperol und Schöppchen ein. Olga lachte. „Wenn du wüsstest, was ich zwischen Hühneraugen und Hammerzehen so alles erfahre, dann könntest du jede Woche eine Alsfeld-Enthüllungskolumne schreiben." Begeistert stieg Tine darauf ein. „Alsfeld-Leaks! Lass uns das machen, Olga. Ein Podcast wäre toll!" „Es ist aber auch so nett, wenn man bei dir oder beim Friseur mal ein bisschen Dampf ablassen kann. Woanders muss man dafür viel Geld bezahlen", sagte Mari. „Ja, aber da kannst du dich auch auf die Schweigepflicht verlassen", fügte Petra Lorenz an. „Das kannst du dich bei mir auch", behauptete Olga voller

Inbrunst. Ihre Freundinnen schauten sie ungläubig an: „Ja, ja, schon gut – außer wenn es sich um Mord und Totschlag handelt." Lisa kam an ihren Tisch und alle Frauen bestellten bei der Wirtin ihr Lieblingsgetränk nach. Sie rauchte eine Zigarette mit Mari und natürlich wollte auch sie alles Mögliche über die beiden Morde wissen. Mari galt als 1A-Quelle, und Lisas Gäste taten schon seit Dienstag nichts anderes als zu spekulieren, wer was mit wem wieso und überhaupt. Eigentlich machten sie das immer, auch wenn kein Mord passiert war. Aber in diesem Fall war es natürlich hilfreich, wenn sie als Wirtin immer mal etwas Nützliches zu der Diskussion beitragen könnte.

„Die Polizei war heute übrigens lange im Rathaus", erzählte Mari, als Lisa wieder weg war. Nicht dass Mari gelauscht hätte, aber sie war mit Herbert auf dem Kirchplatz gewesen und hatte die wütende Stimme der Bürgermeisterin aus dem offenen Fenster vernommen. Verstanden hatte sie nicht viel und das Fenster wurde auch irgendwann geschlossen, aber es schien sich definitiv um mehr als nur eine kleine Unterhaltung zwischen Legislative und Exekutive zu handeln. „Die Schön war auf hundertachtzig und als Nadine und Thomas das Rathaus verlassen haben, machten die beiden einen ganz schön bedröppelten Eindruck." „Weiß überhaupt jemand, wie es mit den Ermittlungen steht? Du vielleicht, Mari?" Tine konnte nicht anders, sie war einfach neugierig, aber diese Frage trieb sie ja alle um. „Ich? Wie kommst du denn darauf?" „Hast du nicht die beiden Leichen gefunden?", fragte Tine leicht ironisch. „Und bist du nicht so mit dem lieben Thomas?" Olga verschränkte Mittel- und Zeigefinger ihrer rechten Hand und lachte Mari an. „Was ihr alles wisst", antwortete diese. „Ich weiß nicht mehr als ihr." Das stimmte natürlich nicht ganz. „Ich glaube, die Schön hatte was mit dem Schaufuß. Das Einzige, was ich aus dem Fenster verstanden habe, war ‚Es war nur Sex.' Wer außer

dem Schaufuß soll da schon gemeint sein bei der Lage?"
„Nein!!!" Tine kriegt ihren Mund gar nicht mehr zu, und auch die anderen Frauen waren überrascht. „Auf die Liebe und ein langes Leben!" Petra war eine Frohnatur und hatte immer einen passenden Spruch auf Lager. Aber sie war auch eine, mit der man lange auch über ernsthafte Themen sprechen konnte. Auch sie hatte in ihrer Pension schon so allerhand mitbekommen. Jetzt hob sie ihr Glas, in dem leuchtend orange der Aperol perlte, und prostete ihren Freundinnen zu. „Yasemin, du sagst gar nichts." Alle hatten sie noch Yasemins Fast-Zusammenbruch am Dienstagabend in Erinnerung und jede Einzelne von ihnen hatte in den letzten Tagen in der Reinigung vorbeigeschaut, um der Freundin beizustehen. „Was soll ich sagen? Nachher landet doch wieder alles bei der Polizei." Anscheinend war sie sauer, dass Nadine Merves Geschichte nicht für sich behalten hatte und dadurch ihr Bruder und ihre Schwägerin in den Fokus der Ermittlungen geraten waren. „Das ist echt schlimm für Kemal und Nesrin, dass jetzt alles nochmal hochkommt. Und nur wegen des Mordes, nicht weil es darum geht, uns als Familie zu rehabilitieren. Wenn Bücking jemals für Merves Selbstmord öffentlich verantwortlich gemacht würde oder überhaupt irgendetwas von dem, was er gemacht hat, jemals an den Pranger käme, das wäre zumindest was." Mari zuckte. Das mit dem Pranger war keine schlechte Idee – schließlich hatten sie ja einen Pranger in Alsfeld. Und warum sollte der Eisenring, mit dem im Mittelalter Marktbetrüger an die Mauer des Weinhauses gekettet wurden und dem Hohn und Spott und noch anderen, oft auch brutalen Unmutsbekundungen der Bevölkerung preisgegeben wurden, nur den Touristen vorbehalten sein? Im Rahmen der Stadtführungen konnten diese sich den Eisenring um den Hals legen und für Selfies posieren. Mari konnte ihnen von ihrer Buchhandlung aus oft genug dabei zusehen. „Wie wäre es, wenn wir tatsächlich

den Bücking an den Pranger stellen? Posthum, sozusagen? Verdient hätte er es!" „Ach Mari, du alte Revoluzzerin, du hast Ideen." Petra winkte ab, der Plan erschien den Frauen dann doch zu abenteuerlich.

„Und du meinst, dass die Polizei die Schön verdächtigt?", fragte Yasemin nach. „Ich hatte den Eindruck, aber wie gesagt, was Genaues weiß ich nicht", antwortete Mari. „Also, die hat mir heute Morgen eine Bluse gebracht, die war voller roter Flecke, die sie schon versucht hatte auszuwaschen, Tomatensoße, hat sie gesagt. Aber die waren echt hartnäckig. Ich meine, Tomatensoße, die kriege ich doch so schnell raus, so schnell kriegst du sie nicht rein. Aber da muss ich morgen nochmal ran. Vielleicht ist das ganz was anderes?" „Du meinst Blutflecke?" Tines Augen leuchteten. „Tine, ich warne dich. Wenn ich davon auch nur ein Wort in der Zeitung lese." „Ja, ja, schon gut. Ist eh zu dünn."

Als Mari später noch mal mit Herbert auf den Kirchplatz ging, sah sie, dass Michael ihr eine Nachricht geschrieben hatte. Sie öffnete sie und las „Gibt's Neuigkeiten?".

16

Samstagmorgen.

Es war noch keine acht, als sich Simon, Nadine und Thomas schon wieder in ihrem Dienstzimmer trafen. Alle drei sahen einigermaßen zerknautscht aus – richtig gut geschlafen hatte offenbar niemand von ihnen. „Hier sind die Alibis von Özlügs", stellte Simon als erstes fest, nachdem er seinen Rechner hochgefahren hatte. „Und?", wollte Thomas wissen. „Ja, könnte besser sein. Am Montag hätten beide sich eine Auszeit genommen und seien gemeinsam in Fulda in der Therme gewesen." „Blöder geht's ja kaum. Kann man das irgendwie nachprüfen?". Die beiden konnten so ein schlimmes Schicksal haben, wie sie wollten. Ihre Arroganz ging Thomas gewaltig auf den Senkel. Und jetzt verarschten sie sie auch noch mit so einem bescheuerten Alibi. „Ich versuch's", antwortete Simon. „Und am Dienstagmorgen war Frau Özlüg zuerst beim Arzt, danach hatte sie einen Termin mit dem Schulleiter des Lauterbacher Gymnasiums. Da ging es wohl auch um den Gebäudereinigungsvertrag." „Alles nachprüfen. Ich glaube denen kein Wort." Nadine schaute ihn missmutig an. Sie machte keinen Hehl aus ihren Gedanken. Thomas wusste selbst, dass er für den Beginn eines Arbeitstages am frühen Morgen schon ganz schön gereizt war. „Und was hat Erol Sander angegeben?", fragte Thomas weiter. Simon grinste. Natürlich wusste er direkt, wer gemeint war. Auch Nadine blickte ihren Chef nun doch belustigt an. Sie hatte offenbar Erfahrung damit, schlechte Laune durch konsequentes Nichternstnehmen zu neutralisieren. „Herr Özlüg war am Dienstag im Büro. Dort war er den ganzen Tag, wie seine Sekretärin angegeben hat." Wenigstens ist bei den Türken die Welt noch in Ordnung, dachte Thomas, die haben noch Sekretärinnen. Den Gedanken behielt er lieber für sich.

„Gut. Simon, du schaust mal, wie belastbar die beiden Alibis sind. Und wir beide", er wandte sich an Nadine, „statten der jungen Witwe einen Besuch ab." Nadine verdrehte die Augen. „Aber so einen richtigen Plan haben wir immer noch nicht, oder?" Simon hatte recht. Wenn nicht von irgendwoher jetzt nochmal neue Impulse kämen, dann würden sie immer weiter im Nebel stochern. „Hat Daniel möglicherweise noch was bekanntgegeben?" Nadine zuckte mit den Schultern. „Nicht, dass ich wüsste. Vielleicht sollten wir ihn nochmal fragen. Wollen wir los, Thomas?" Der Kommissar druckste ein bisschen herum und sah unbehaglich aus. „Alles in Ordnung?", fragte Nadine. „Also, ich hab' noch einen anderen Ansatz." „Noch einen?" Simon schaute auf sein Board, das bald aus allen Nähten platzte. „Tut mir leid. Aber irgendwas stimmt mit Michael Townsend nicht." „Michael wer?" Endlich mal jemand, den die beiden Youngsters nicht kannten. „Maris Mieter, der Psychotherapeut", antwortete Nadine auf Simons Frage. Zu früh gefreut. Nadine war einfach zu gut vernetzt. „Was ist mit ihm?" „Mari hatte gestern, als ich im Laden war und sie reinkam, seinen Kalender in der Hand, um Termine abzusagen. Ich habe mir den mal angeschaut und ihr glaubt nicht, wer dort unter anderem Patienten sind, äh waren." „Bücking und Schaufuß", antworteten Simon und Nadine wie aus einem Mund. „Und Townsend ist seit gestern wie vom Erdboden verschwunden. Er hat nur ein Blatt neben der Klingel kleben, dass er in einer dringenden Familienangelegenheit wegmusste und sich wieder meldet." „Woher weißt du das denn schon alles?" War ja klar, dass Nadine nicht annahm, dass diese Erkenntnisse ihn ihm Schlaf ereilt hatten. „Ich habe gestern Abend erst Zeit gehabt, mich darum zu kümmern und bin an Townsends Praxis vorbeigegangen." „Und wo ist das Notizbuch? Ich meine, vielleicht stehen da noch andere Sachen drin, die uns endlich mal weiterbringen?" Bevor Thomas auf Nadines durchaus berechtigte Frage antworten konnte – er hätte ohnehin nicht sagen wollen, dass das Teil in seiner Brüder-Grimm-Suite rumlag – ging die Tür auf und das an sich recht große Büro füllte sich schlagartig: Olga, Mari, Yasemin, Petra und Tine stürmten herein. Ungläubig schaute Mari auf Simons Board, auf dem sie einen prominenten Platz einnahm. „Ich weiß zwar nicht, was ihr alle hier wollt", sagte Nadine geistesgegenwärtig, aber wir gehen wohl lieber mal in das Besprechungszimmer." Sie schob die fünf Damen aus dem Büro und ging mit ihnen den langen Gang entlang. Thomas und Simon folgten den Frauen. Wie gut, dass heute Samstag ist und niemand unseren komischen Zug hier sieht, dachte Thomas, der die Freundinnen von hinten musterte. Wie bei Simon auch, blieb sein Blick auf Yasemin hängen. Die hatte zwar noch nicht ihr Reinigungsoutfit an, aber sie erschien beiden auch so als die Attraktivste des Quintetts.

„Ich habe euch belegte Brötchen mitgebracht." Petra, Nadines Schwiegermutter, holte eine große Tupperbox aus einer runden Stofftasche hervor und öffnete sie. Der Duft von Aufschnitt, gekochten Eiern und frischen Brötchen erfüllte den Raum. Alle acht griffen gerne zu. „Welchem glücklichen Umstand verdanken wir denn diesen hohen Besuch?" Thomas gestelzte Begrüßung war einem gewissen Unbehagen und dem großen Überraschungsmoment geschuldet, das die Quasi-Invasion von Maris Frauentruppe verursacht hatte. „Wir saßen gestern Abend noch zusammen", ergriff Mari das Wort. Nadine nickte. „Wie jeden Freitag, oder?" „Ja, wie jeden Freitag, aber wir glauben, wir haben wichtige Informationen für euch." Mari hatte die Moderation übernommen. Sie blickte aufmunternd zu Yasemin, die eine teuer aussehende Seidenbluse aus einem Beutel holte. Sie erzählte den Ermittlern von den ungewöhnlich schlecht zu reinigenden unspezifischen roten Flecken. „Vielleicht sollte man die mal genauer untersuchen", äußerte die Reinigungsfachkraft ihre Vermutungen hinsichtlich einer möglichen Tatbeteiligung der Bürgermeisterin. Thomas zog die Augenbrauen hoch und schob Simon den Beutel hin. „Das bringst du nachher gleich in die KTU – mal schauen, was Rensch dazu sagt." An die Frauenrunde gewandt, fragte er: „Haben Sie sonst noch was?" Tine stupste Olga an, Simons Mutter. Dem schien das Ganze sehr unangenehm zu sein. Er sah kaum auf und machte einen unglücklichen Eindruck, was sogar Thomas auffiel. „Vielleicht wisst ihr das schon und vielleicht ist es auch gar nicht wichtig, aber Corinna Schaufuß kommt regelmäßig zu mir in die Fußpflege." Sie machte eine Pause und Thomas fragte sich, was die Message sein sollte. Er hatte Bea und ihren Freundinnen immer mal zugehört, wenn sie beim Aperol zusammensaßen und sich über andere unterhielten. Er konnte diesem Frauengeschwätz noch nie etwas abgewinnen. „Ich weiß daher, dass Corinna und Christian längst nicht die Bilderbuchehe führten, wie sie alle Welt glauben ließen. Und außerdem bin ich der Meinung, dass Corinna trinkt. Also, richtig trinkt." Jetzt kam Thomas' Bild von der schönen Witwe doch ein wenig ins Wanken, auch wenn er noch keine Idee davon hatte, was das für den Fall bedeuten sollte: Unglückliche Ehen hatte man ja oft – und welche Bedeutung sollte man den Indiskretionen einer Fußpflegerin schon beimessen? Und dass Corinna Schaufuß trinkt? Also, das hätte er doch bemerkt. Thomas erinnerte sich lediglich an den klaren Duft von Pfefferminze, der ihm entgegenströmte, als Corinna sich nach der Todesnachricht an ihn gehängt hatte. Olga schien seine Gedanken zu erraten: „Glaubt mir, ich weiß, mit welchen Tricks man versucht, seine Fahne zu verstecken. Und ich weiß, dass es nie gelingt. Nicht mal bei Wodka."

Offenbar war alles gesagt, denn von dem Fünfgestirn meldete sich niemand weiter zu Wort. Wahrscheinlich war es diesem unerklärlichen weiblichen Rudelverhalten geschuldet, dass sie fünf-Frau-hoch in der Dienststelle erschienen waren, dachte Thomas und stand auf. „Wenn das alles war, dann vielen Dank für die Brötchen und die Informationen. Wir werden das in den weiteren Ermittlungen berücksichtigen." Mari und ihre Freundinnen erhoben sich. Auch Simon und Nadine standen auf. Nadine öffnete die Tür und betrat schon den Gang zu ihrem Büro. „Und ich darf Sie um Diskretion bitten." Thomas sah allen fünf einzeln in die Augen. „Und du, Mari, du bleibst bitte noch kurz hier." Alle anderen schauten überrascht, nur Thomas und Mari nicht. Offenbar wussten beide, worum es ging.

„Also, Mari, was ist mit Townsend los?" „Wieso glaubst du, dass ich das weiß?", entgegnete sie. „Bauchgefühl." „Seit wann hast du Bauchgefühl?" Mari hielt inne. Jetzt war sie vielleicht doch zu weit gegangen. So eng war sie mit Thomas ja auch nicht – weder in die eine noch in die andere Richtung. „Ich glaube einfach, dass du weißt, wo er ist. Oder dass du weißt, wer es sonst wissen könnte. Wo hat er denn Familie, um deren Angelegenheiten er sich so dringend kümmern muss? Hat er Freunde in Alsfeld? Was ist das für ein Typ?" „Keine Ahnung, Thomas, ehrlich. Der kam vor fünf Jahren aus Amerika zurück und hat die hintere Haushälfte für seine Praxis und seine Wohnung gemietet. Er ist ruhig und sehr angenehm. Manchmal trinken wir abends zusammen ein Glas. Er liest viel, hört gerne Jazz, spielt Saxofon und treibt viel Sport. Und mehr weiß ich nicht." „Aber du hattest seinen Filofax." „Und jetzt hast du ihn. Er hatte mich gebeten, seinen Patienten abzutelefonieren, die er in der kommenden Woche noch hat, aber ich konnte ja noch nicht mal reinschauen." Zum Glück, dachte Thomas. Es hätte ihm noch gefehlt, dass Mari wüsste, dass er zum Psycho geht. „Wann ist er denn weg?" „Gestern Morgen, sehr früh." Mari wollte so gut es ging bei der Wahrheit bleiben. Erstens war sie von Haus aus ehrlich und zweitens wollte sie sich nicht so viele ausgedachte Dinge merken müssen. „Hat er ein Auto oder wie ist er von hier weggekommen?" Jetzt wurde es schon schwieriger. „Er hat ein Auto", sagte Mari. „Und wo steht das?" Thomas hatte das Gefühl, seiner ehemaligen Mitschülerin alles aus der Nase ziehen zu müssen. „Er hat eine Garage in der Hersfelder Straße gemietet." „Mari, wenn du irgendetwas weißt, was zur Klärung dieser Mordfälle beiträgt, dann musst du mir das sagen." „Wie kommst du darauf - ich weiß nichts."

Als Mari gegangen war und Thomas wieder das gemeinsame Büro betrat, schauten ihn seine Kollegin und sein Kollege fragend an. „Ich habe sie nach Townsend gefragt", erklärte er den beiden. „Sie weiß auch nicht, wohin er verschwunden ist, aber du kannst ihn gerne auf deine Liste schreiben, Simon, und zwar relativ weit oben." Noch bevor Nadine überhaupt fragen konnte, wo der Kalender jetzt war, verteilte Thomas schon neue Anweisungen. Bloß nicht den Eindruck von Schwäche vermitteln, dachte er. „Simon, wenn du gleich von Rensch zurückkommst, dann checke doch mal diese Garage in der Hersfelder Straße. Da soll Townsend sein Auto abgestellt haben. Ich wüsste gerne, ob das stimmt und wenn ja, ob er damit weggefahren ist oder nicht. Irgendetwas stimmt nicht mit dem. Am besten, du checkst ihn komplett durch. Und mache in der KTU ein bisschen Dampf – nicht, dass das wirklich Blut ist und die Schön sich wieder nach Bali absetzt. Und frage die Faust doch schon mal nach einem Durchsuchungsbeschluss für Townsends Wohnung." Thomas war in seinem Element. Es schien Bewegung in die Sache zu kommen. „Und wir fahren jetzt zu Frau Schaufuß und konfrontieren sie mit den geballten Erkenntnissen der podologischen Ermittlungen. Mal schauen, was sie dazu sagt."

Sie sagte nicht viel. In erster Linie heulte sie wie ein Schlosshund. Während Thomas ihr ein Kleenex nach dem anderen reichte und Corinna Schaufuß auf ihrer Nobelcouch immer unsichtbarer wurde, versuchte Nadine, Ingrid Knieling zu erreichen. „Tut mir leid, ich kann heute nicht", gab die Freundin bekannt, „wir haben interkulturelles Eltern-Kind-Treffen im Bürgergarten. Da kann ich nicht weg." Das leuchtete Nadine nicht ein: „Also, wenn ich grade meinen Mann verloren hätte, würde es mir ganz schön was ausmachen, wenn meine beste Freundin nicht käme." Corinna heulte wieder laut auf. „Ach was, beste Freundin. Wir sind halt Arbeitskolleginnen. Ohne Christian hätte Ingrid hier nie so schnell einen Job bekommen, als sie vor ein paar Jahren nach Alsfeld kam. Also blieb ihr wohl kaum was anderes übrig, als sich mit mir anzufreunden." Diese nüchterne Einschätzung erstaunte sowohl Nadine als auch Thomas. „Ist doch wahr." Dann weinte Corinna Schaufuß wieder bitterlich und dementierte alles, was Nadine ihr von den „Gerüchten, die man so hörte", erzählte. Thomas saß immer noch neben ihr und fungierte als Kleenexspender. „Die Menschen sind so hartherzig. Sie gönnen einem nicht das kleinste bisschen Glück und Wohlstand", schluchzte die Witwe. Thomas schaute sich um: „Kleinstes bisschen Wohlstand" war gut. „Sie haben noch keine Ahnung, wer es war?", fragte Corinna Schaufuß in einer Schluchzpause. „Wir haben wie gesagt verschiedene Ansätze, aber es ist nichts Konkretes dabei." „Im Fernsehen geht das aber immer schneller", schniefte sie. Nadine wirkte, als könne sie kaum glauben, was sie da sah und hörte. Auch Thomas wurde es nun langsam zu öde auf der Couch. Er machte Anstalten aufzustehen, die Kleenex-Packung in der Hand. „Vielleicht wissen Sie noch von irgendwem, der Ihrem Mann schaden wollte. Gab es in letzter Zeit Krach mit jemandem, an der Arbeit oder in der Politik?", fragt er und reichte ihr noch ein Kleenex. „Ach, in der Alsfelder Politik, da streiten alle mit allen, und zwar ständig", antwortete Corinna. „Wenn sich alle gegenseitig umbringen würden, die sich da ganz offenkundig hassen wie die Pest, dann wäre Alsfeld schon ausgestorben." „Und an der Arbeit?" „Davon weiß ich nichts, aber darüber haben wir auch nicht oft gesprochen." „Überlegen Sie doch nochmal in Ruhe", bat Nadine die Frau, deren Welt offenkundig völlig aus dem Ruder gelaufen war. „Wie soll ich denn nachdenken? Gleich kommen meine Eltern, meine Geschwister und die Schwiegereltern." Sie schluchzte so laut, als sei dieser Umstand gerade ihr größtes Problem. „Melden Sie sich, wenn Ihnen was einfällt." Damit verließen Thomas und Nadine den Wohnkubus am Rodenberg. „Wo willst du denn hin?", fragte Thomas, als Nadine nicht direkt auf das Auto zulief. „Ich dachte, hier steht irgendwo Altglas. Daran könnte man den Alkoholkonsum am ehesten ablesen." „So wie es hier aussieht, wirst du das ums Haus rum nicht finden. Da steht bestimmt eine ordentliche Box in einer der Garagen." „Wahrscheinlich", sagte Nadine und ging mit Thomas zum Auto. Er hatte immer noch die Kleenex-Box in der Hand und warf sie nach hinten.

Zurück auf der Wache hatte Simon schon wieder neue Nachrichten für seine Kollegen: Townsends Garage in der Hersfelder Straße war leer. Auf ihn war alter VW Passat zugelassen. „Es hilf ja nix, wir müssen den finden", sagte Thomas und beauftragte Simon, die Bilder der Verkehrsüberwachungskameras im Umkreis von fünfzig Kilometern anzufordern. „Fünfzig Kilometer ist ganz schön wenig", fand Simon. „Wenn du am Wochenende mehr schaffst, kannst du gerne hundert anfordern", antwortete Thomas. „Vielleicht sollten wir doch bald Verstärkung beantragen." Was hielt ihn eigentlich davon ab? Es war doch nur folgerichtig, dass ein Team, das sonst für eine bisschen Diebstahl und Autounfälle zuständig war, nicht plötzlich zwei Mordfälle aufklären konnte. Rein zeitlich natürlich. „Vor Montag tut sich da ohnehin nichts. Lasst uns schauen, wie weit wir bis dahin sind", schlug Nadine vor. „Ich habe auch schon Michael Townsends Personenstandsdaten abgerufen", sagte Simon. Der ist zwar ordentlich gemeldet und hatte zuvor seinen Wohnsitz in Boston, USA, aber das war's auch schon." „Wie, das war's auch schon?" „Nichts weiter. Das ist, als hätte es ihn vorher nicht gegeben. Ich habe noch eine Anfrage in den USA laufen. Aber hier in Deutschland gab's niemanden, der vom Namen und vom Alter her auf unseren Townsend hier passt." „Ich hab's doch gewusst. Irgendwas ist hier faul." Thomas nahm einen großen Schluck von seiner Coke Zero, auf die er aus Kaloriengründen schon vor Jahren umgestiegen war, setzte sich auf seinen Stuhl und streckte sich. Die ersten Überwachungsvideos trudelten auf Simons Rechner ein. „Da merkt man gleich, dass am Wochenende keiner außer uns arbeitet, sonst wären die Daten nicht so schnell da", sagte Simon. „Wenn ihr sonst nix zu tun habt, verteile ich die. Dann kriege ich nicht allein viereckige Augen."

Als zwei Stunden später zur allerbesten Mittagszeit Clara Faust das Büro betrat, fühlten sich sowohl Thomas als auch Nadine und Simon, als hätten sie tatsächlich schon viereckige Augen. „Was gibt's Neues?", fragte die Staatsanwältin, die an diesem Tag offenbar „Casual Saturday" hatte und in einem dünnen T-Shirt-Kleid und Turnschuhen unterwegs war. Sie sah aus wie sechzehn. Thomas konnte es nicht fassen und fragte sich, was seine beiden Töchter wohl gerade machten. „Ich hab' was zu futtern mitgebracht. Setzen wir uns raus!" Auf den Bierzeltgarnituren, die im Hinterhof der Polizeidirektion standen, breitete Clara Faust ihr Essen aus. Obwohl es sehr lecker roch, hatte Thomas Bedenken: In ockerfarbener Soße schwammen verschiedene dunkle Brocken. Dazu gab es eine grüne Paste, die ihn an Annikas Bio-Zahncreme erinnerte. „Oh, du warst beim Inder", freute sich Nadine und nahm sich eine Riesenportion der undefinierbaren Pampe auf einen der Teller, die sie gemeinsam mit Simon rausgebracht hatte. Als ob er es gerochen hätte, erschien Daniel Rensch auf der Bildfläche. Sein Institut war zwar in Gießen, aber er wohnte in Alsfeld, und seinem sportlichen Outfit nach zu urteilen, hatte auch er heute frei. Beherzt schnappte er sich einen Teller, drückte der Staatsanwältin einen Kuss auf den Mund und griff zu. So lief das also mit dem Casual Saturday in Alsfeld, dachte Thomas und wunderte sich kein bisschen mehr. „Ich habe deinen Kollegen heute schon was ins Institut gebracht", sagte Simon zu dem Kriminaltechniker. „Dann wünsche ich dir viel Glück, wenn du schon so einen weiten Weg auf dich genommen hast", entgegnete dieser. „Also, ein bisschen mehr Ehrgeiz könntet ihr da in euren Katakomben schon an den Tag legen", meinte Clara Faust und Thomas grinste. Das kam davon, wenn man was mit der Staatsanwältin anfing. Seine Anspannung vom Morgen war wie verflogen, als er mit seinem Team, Clara Faust und Daniel Rensch im Hinterhof der Polizeiwache in der Sonne saß. Fast hätte er, einem spontanen Glücksgefühl folgend, sein Glas erhoben und den beiden Letzteren das Du angeboten, doch schon fragte Clara Faust, was der Vormittag so ergeben hatte. „Ehrlich gesagt, noch wenig, wenn man mal von den roten Flecken auf der Bluse der Bürgermeisterin absieht und den Gerüchten um die Ehe der Schaufußens, von denen man nicht weiß, was dran ist", sagte Thomas. „Und natürlich der mysteriöse Herr Townsend", fügte Simon hinzu. Von dem hatte die Staatsanwältin ja bisher noch gar nichts gehört. „Und jetzt suchen wir die Verkehrsüberwachung ab und haben einen Suchlauf nach Townsends Nummernschild aktiviert. Wird auch Zeit, dass wir weitermachen", sagte Nadine.

Kurz darauf hatte Thomas den ersten Treffer: Townsends Auto war am Freitag in Gießen geblitzt worden. Allerdings zeigte das Bild einen jungen Typen, der dem Psychotherapeuten nicht im Geringsten ähnlichsah. „Was ist denn das nun wieder?", fragte sich der Kommissar, dessen sommerliches Gefühl vom Mittagessen längst wieder verflogen war. „Vielleicht Verwandtschaft", mutmaßte Simon, „schließlich ging es doch um eine Familienangelegenheit." Er versuchte währenddessen, sein Board neu zu ordnen, denn das Chaos hatte inzwischen überhandgenommen, sodass selbst er seinen Aufzeichnungen kaum noch folgen konnte. Kurz bevor sie Feierabend machen wollten, rief Nadine aus: „Das glaube ich ja nicht!" Eine Überwachungskamera an einer Tankstelle in Bad Wildungen, die in letzter Zeit dreimal überfallen worden war, hatte eine stämmige Frau festgehalten, die mit einem blauen Dokker gestern Morgen tankte. Am rechten Rand gab die Zeitanzeige halb sieben an. Auf der Kühlerhaube des Autos prankten ein Buch, ein Glas Wein und eine Flasche Bier. Thomas und Simon kamen an Nadines Platz und starrten auf das Bild. Thomas sah ihn zuerst: „Da ist doch einer auf dem Beifahrersitz."

17

Samstagabend.

Als Thomas und Nadine am Samstagabend bei Mari klingelten, standen sie vor verschlossener Tür. „Hast du eine Ahnung, wo sie sein könnte?", fragte Thomas. Nadine schaute an ihm vorbei und schien zu überlegen. „Vielleicht ist sie mit Herbert in den Erlen", schlug sie vor – wenig überzeugend, wie Thomas fand. „Dann müsste sie ja bald zurückkommen, lass uns ein wenig warten", antwortete er nur und lud seine Kollegin spontan in die Eisdiele auf dem Marktplatz ein. „So einen Stress haben wir hier echt selten", sagte Nadine, die die kurze Pause sichtlich genoss. Dieser Fall stellte sie alle auf eine harte Probe. Das Team war ehrgeizig und wollte den Fall ohne Hilfe von anderen Einsatzabteilungen lösen. So etwas brachte immer nur Unruhe, das wusste Thomas von einigen komplexen Fällen, für die die Staatsanwaltschaft in Weimar Verstärkung angefordert oder Teams zusammengelegt hatte. „Wir sollten Clara anrufen, damit sie uns einen Durchsuchungsbeschluss für Townsends Wohnung und die Praxis gibt", schlug Nadine vor. „Da können wir Maris Wohnung und den Laden gleich mit durchsuchen, bei der Beweislage." Nadine schluckte. Als sie merkten, dass um sie herum die Menschen an den Tischen verstummten, stellten die beiden ihr Gespräch ein, tranken aus und gingen noch einmal zu Maris Haus, versuchten sowohl vorne am Laden als auch am Hauseingang an der Rückseite des Hauses erneut ihr Glück, aber niemand öffnete. „Ich glaube, das wird heute nichts mehr", sagte Thomas. Sie warfen von der Baugasse aus noch einen Blick in Lisas Weinkeller, doch in der Laube, in der Mari und ihr Frauentrupp sonst gerne saßen, hatte eine Gruppe Touristen Platz genommen. „So eine schöne Stadt", hörte Thomas sie sagen. „Ja, aber richtig viel los ist hier nicht", wandte ein anderer ein, hob sein Weinglas und rief: „Auf die himmlische Ruhe." Thomas und Nadine schüttelten den Kopf und gingen zurück zum Kirchplatz, wo, wie schon so oft in letzter Zeit, ihr Auto stand. Noch von unterwegs telefonierte Thomas mit der Staatsanwältin und erwirkte zumindest für Michael Townsends Wohnung und die Praxis einen Durchsuchungsbeschluss. „Für Frau Reul ist mir das noch ein bisschen zu dünn. Gut, sie hat offenbar mit dem Verdächtigen in einem Auto gesessen. Aber wer weiß, vielleicht hat er sie auch gezwungen. Wir warten ab, was sie dazu zu sagen hat. Den Beschluss für Townsend bringe ich euch gleich rüber", sagte Clara Faust. Obwohl sie offiziell frei hatte, erschien sie nur eine Viertelstunde nach Thomas und Nadine in deren Büro. „Voilà", sagte sie und legte den Ermittlern den Durchsuchungsbeschluss vor die Nase. „Ein Team habe ich euch auch schon zusammengestellt, die Kollegen warten schon." Thomas hatte sich an das Tempo der Staatsanwältin inzwischen gewöhnt. „Und wer kommt von der KTU?", fragte er sie. „Na, ich natürlich!" Daniel Rensch trat hinzu, strahlte übers ganze Gesicht, als könne er sich nichts Schöneres vorstellen, als an einem Sommersamstagabend die Wohnung eines Tatverdächtigen zu durchsuchen. „Da kann ja nichts mehr schiefgehen", lachte Nadine. Bevor sie aufbrachen, meldete sich Daniel noch einmal zu Wort. „Also, ich habe mir Claras Kritik von heute Mittag natürlich zu Herzen genommen und bin nach dem Essen nach Gießen gefahren." „Und?!" Simon wurde ganz unruhig. „Ihr solltet es eigentlich schon per Mail haben." Die Ermittler schauten sich an. In dem ganzen Kuddelmuddel hatte keiner von ihnen in der letzten Stunde Mails abgeholt. Selbst Simon nicht. Er war immer noch mit der Sichtung der Überwachungskameras beschäftigt und hatte zu allem Überfluss auch noch Verkehrsdelikte angefordert, also Geschwindigkeitsübertretungen und Falschparken. Da er überhaupt nicht wusste, wonach er genau suchte, war er „ganz wuschig" geworden, wie er immer sagte, wenn ihm alles zu bunt wurde. „Tomatensoße." Daniel strahlte sie an, als hätte er gerade den Fall gelöst, dabei war das Gegenteil der Fall: „Also kein Blut auf Schöns Bluse?", fragte Nadine zur Sicherheit nach. „Nope!" Durch die Entlastung von Frau Schön hatten sie wie es aussah, eine Verdächtige weniger. „Da wird Yasemin sich aber ärgern, dass ihre Reinigungskunst versagt hat", meinte Nadine lakonisch. Doch Daniel war noch nicht ganz fertig: „Und wir haben noch was: den Fußabdruck in den Erlen." Thomas hielt die Luft an. In Weimar war er bekannt dafür gewesen, zu spüren, wenn es einen Wendepunkt in den Ermittlungen gab. In Alsfeld war ihm das noch nicht gelungen. Wahrscheinlich, weil es noch nicht so viele Gelegenheiten für einen Wendepunkt gegeben hatte. Aber jetzt lag etwas in der Luft. „Wie ihr wisst, war es der einzige Abdruck, den wir überhaupt nehmen konnten. Er ist unvollständig und es hat uns jede Menge Zeit und Arbeit gekostet, irgendwas aus ihm rauszuholen." „Ja????" „Wir mussten sogar die Hilfe eines Spezialisten aus Berlin hinzuziehen, daher hat es so lange gedauert." „Daniel, komm zu Potte, wir finden es ja sowieso ganz toll, was ihr geleistet habt." Clara und Nadine lachten sich an. „Ein Frauenturnschuh, Größe 36." „Corinna Schaufuß", platzte es aus Nadine heraus. Clara Faust sah an sich herunter. „So einfach ist das wohl nicht. Ich habe auch Größe 36. Und was ist mit der Horchler, der Schwab, der Özlüg und der Reul?" „Mari hat mit Sicherheit 39 oder größer." Thomas hatte sich an ihre Füße in den Birkenstocks erinnert und sich spontan geäußert. Er räusperte sich. „Was Sie alles wissen, Herr Eisenträger. Die Staatsanwältin grinste. Simon nahm das Bild mit der fleckigen Bluse vom Board und fügte an dessen Stelle eine Karte hinzu. „Frauenturnschuh, Größe 36", stand darauf. „Ich telefoniere mal die betreffenden Damen ab und sichte weiter die

Verkehrsdaten", sagte er, „vielleicht finde ich noch irgendwas." Die anderen machten sich auf den Weg zu Townsends Wohnung, auch Clara Faust ließ es sich nicht nehmen. Wahrscheinlich hat sie nichts Besseres vor, dachte Thomas. Er hatte alle an der Durchsuchung beteiligten Beamten gebeten, auf dem Kirchplatz zu parken und über den Platz am Schwälmer Brunnen, also nicht über den Marktplatz, in das Haus zu gehen. Der Kommissar hatte keine Lust auf die vielen Zuschauer, die in der Eisdiele saßen. Der Versuch misslang gehörig: Schon nach kürzester Zeit hatte sich eine kleine Menschenmenge in der Obergasse versammelt. „Was wolle se denn da?", hörte Thomas Alex Baier, den ehemaligen Autoverkäufer, sagen. „Da ist doch die Praxis von dem amerikanische Zycho", wusste Helge Schütz. „Der kam mir ja schon immer komisch vor." „Ich wüsst' auch nix, das mer net mit em kleine Kümmelche behebe könnt!" fügte Frieda Kaiser an, „für was brauch' mer dann en Zycho?". Thomas sah ungläubig in die Alsfelder Runde. Wo die aber auch immer gleich herkamen! Mit einer Kopfbewegung bedeutete er den Polizisten, dass sie den Platz vor dem Haus großzügig absperren sollten. Während der ganze Trupp einschließlich Nadine, Clara Faust und Daniel Rensch in die Wohnung eindrang, nahm sich Thomas die Praxis vor. Es war ihm ein wenig mulmig, aber noch immer konnte er sich nicht mit dem Gedanken anfreunden, seinen Kollegen gegenüber zugeben zu müssen, den Rat eines Psychologen zu suchen. Zielstrebig ging er zum Schreibtisch, auf dem sonst Townsends Notebook stand. Das war schon mal weg. Gut für ihn, schlecht für die Ermittlungen. Thomas zog sich Handschuhe über und öffnete den Schreibtisch, der nicht verschlossen war. Darin lagen verschiedene Schlüssel, die Thomas eilig, aber konzentriert ausprobierte. Der Ablageschrank mit dem Fach für die Hängeordner, in die Townsend seine Aufzeichnungen einsortierte, stand hinter dem Schreibtischstuhl. Nach wenigen Versuchen konnte Thomas das Fach öffnen. Wieder einmal kam ihm zugute, dass er unter Stress ganz ruhig und fokussiert wurde – zumindest, was seine Arbeit betraf. Thomas öffnete das Fach mit den Patientenakten. Schnell hatte er seine eigene Hängemappe gefunden. Er rollte sie zusammen und steckte sie hinten in seine Hose. Gut, dass er seine Jeansjacke trug. Unbequem war es trotzdem, und er musste aufpassen, dass die anderen es nicht merkten. Als er die Praxisräume verlassen wollte, stieß er fast mit dem Durchsuchungstrupp zusammen. „Schon was gefunden, Kollege?" Daniel Rensch war gut gelaunt wie immer. „Eher nichts gefunden, würde ich sagen", antwortete Thomas. „Wenn in der Wohnung kein Notebook oder etwas anderes in der Richtung ist, dann ist es weg." Daniel pfiff durch die Lippen und machte sich mit den anderen Beamten ans Werk. Er schaute Thomas prüfend von oben bis unten an. Dieser fühlte sich mehr und mehr unbehaglich. „Sie haben Ihre Überzieher vergessen, Herr Eisenträger." Sein altes Leiden – damit hatte er schon in Weimar die Spurensicherung auf die Palme gebracht. Fast nach jeder Tatortbegehung musste er seine Schuhe als Referenz abgeben. Eigentlich hatte er vor sich selbst Besserung gelobt in der Hoffnung, ein paar seiner schlechten Eigenschaften in Thüringen lassen zu können. Klappte anscheinend super. „Sorry, ich gelobe Besserung", antwortete er und hob entschuldigend die Schultern und die Augenbrauen.

In Townsends Wohnung saßen Nadine und die Staatsanwältin schon über Kisten und Ordnern. „Auf den ersten Blick ganz normales Zeug, was man halt so hat", gab Clara Faust bekannt. „Versicherungen, Rechnungen. Nichts Besonderes." „Bei mir auch nicht", sagte Nadine. „Aber wisst ihr, was komisch ist: Hier gibt es kaum was Privates. Keine Fotos, keine Reiseerinnerungen – nichts. So als wäre

Townsend vom Himmel hier runtergefallen und hätte bei null angefangen." „Er kam aus den USA, vielleicht hat er einfach alles dort gelassen. Soll's ja geben, so Menschen, die alten Ballast einfach loslassen können", überlegte die Staatsanwältin. Thomas schluckte. In seiner Brüder-Grimm-Suite war auch nur das Nötigste. Mehr Platz war da auch gar nicht, denn seine Vermieterin hatte ja das ganze Märchengedöns da ausgebreitet. Für Touristen halt. Vielleicht sollte er sich doch was Eigenes suchen. Aber wollte er überhaupt hierbleiben? Und was genau würde er überhaupt aus Weimar mitbringen? Das ganze Haus war eigentlich immer Beas Haus gewesen. Sie hatte alles so eingerichtet, wie es ihr gefiel, jeder Teppich, alle Möbel, die Bilder, der ganze Deko-Schnickschnack, alles trug ihre Handschrift. Als er einmal einen Kalender aufhängen wollte, den die Weimarer Kolleginnen für einen guten Zweck herausgegeben hatten, hatte Bea gemeint, der würde nicht ins Wohnzimmer passen. Okay, die hatten sich von einem Film inspirieren lassen und zeigten sich zwar in ihren Polizeiuniformen, aber halt nicht ganz fertig angezogen. Das Werk hatte damals für viel Gesprächsstoff gesorgt - in Weimar und im Hause Eisenträger: Sowohl Bea als auch seine beiden Töchter wollten das „frauenverachtende Machwerk" nicht im Haus haben. Thomas verstand die Welt nicht mehr: Es hatte sie doch nun wirklich keiner gezwungen, es war witzig und die Einnahmen gingen an das Weimarer Frauenhaus. Was war denn daran jetzt so falsch? Versteh einer die Frauen! „Thomas!" Nadine riss ihn aus seinen Gedanken. „Wir sind fertig. Die Kollegen laden uns noch ein paar Sachen ins Auto, dann fahren wir zurück zur Dienststelle." Die Uhr an der Walpurgiskirche schlug zehn. „Es war ein langer Tag", sagte Thomas. „Lasst uns morgen weitermachen. Acht Uhr, okay?" Nadine nickte. „Ich fahre noch mit auf die Wache und sage Simon Bescheid, dann kannst du gleich von hier nachhause." Thomas nickte. Mit seinem Team hatte er es echt gutgetroffen, kein Mullen und Knullen, wie es hier so schön hieß, wenn es um Überstunden ging, fair, zugewandt. Es tat ihm schon leid, dass er sie wegen seiner Patientenakte hinterging. Andererseits war das ja null fallrelevant.

Er ging den kurzen Weg vom Marktplatz zu seinem märchenhaften B&B an der Ecke der Untergasse. Von irgendwoher kam Musik und aus fast jedem Garten und jedem Hinterhof roch es noch nach Gegrilltem. Da fiel ihm ein, dass er noch nichts gegessen hatte. Plötzlich knurrte sein Magen wie verrückt. Was würde er geben, wenn er jetzt einfach bei Freunden sitzen könnte! Ein Steak, ein Bier. All das hatte er in Weimar gehabt und musste es sich hier erst wieder aufbauen. Wollte er das? Konnte er das? In Gedanken ging er eine Liste von alten Schulkameraden durch. Von einigen wusste er, dass sie in Alsfeld geblieben waren, andere hatten nach der Schule schnell das Weite gesucht. Zwei waren schon tot. Wenn jemand wüsste, wer vom alten Jahrgang noch da war, dann Mari. Er würde sie bei nächster Gelegenheit mal fragen. Mari. Nach wie vor glaubte er nicht, dass sie die Mörderin von Schaufuß und Bücking war. Sie war viel zu schlau, außerdem trug sie Verantwortung für ihren Bruder. Andererseits: Er war nun schon lange genug bei der Polizei, um zu wissen, dass die Dinge oft nicht so waren, wie sie schienen, und dass man sich in jeder, aber auch in jeder Person irren konnte. Seine zusammengerollte Patientenakte drückte ihn. Er schloss die Tür des alten Fachwerkhauses auf und stieg die knarzende Treppe nach oben in den ersten Stock, in dem sich seine Suite befand. Suite, dachte er, na ja. Oben angekommen, zog er die Akte aus der Hose und warf sie auf den Couchtisch, auf dem schon der Filofax des Psychologen lag. Er ging zum Kühlschrank. Darin gab es gerade noch eine Packung mit sechs kleinen Leberkäsen und vier

Schöppchen. Der Prototyp eines Männer-Kühlschranks. Besser als nichts, dachte er und nahm den Leberkäse und ein Schöppchen heraus. Eigentlich hätte er direkt aus der Plastikverpackung gegessen, aber er hatte ein wenig Angst zu verlottern, so allein, und so holte er sich einen Teller aus dem Schrank. Dabei fiel sein Blick auf das Foto seiner drei Frauen, das er auf das Regalbrett über der Küchenzeile gestellt hatte. Was sie wohl taten an diesem Sommerabend? Er nahm sein Handy aus der Tasche, um seinen Töchtern einen kleinen Gruß zu schicken. Seit Stunden hatte er nicht mehr auf sein Telefon geschaut. Eine Nachricht von seiner Schwester ploppte auf: „Sitzen im Garten und grillen – hast du Lust?" Seine Müdigkeit war mit einem Schlag wie weggeblasen, der Leberkäse wanderte zurück in den Kühlschrank. Wenn er sich richtig erinnerte, ging man um diese Zeit in Alsfeld am Grill gerade in die zweite Runde.

18

Samstagabend.

Mari saß bei einem Bier auf der Terrasse ihres Hauses am Edersee und schaute auf das fast ausgetrocknete Gewässer. Scheiß-Klimawandel, dachte sie, ich müsste wieder viel aktiver werden. Sie erinnerte sich wehmütig an die Zeiten, als sie auf keiner Demo in Hessen fehlte: Abrüstung, Klima, Frauenrechte, Ostermärsche – kaum ein Thema, bei dem sie sich zurückgehalten hätte. „Those were the days, my friend", summte sie vor sich hin, während Herbert faul unterm Tisch im Schatten lag. Michael stand am Grill und wendete die Kartoffelbratwürstchen, die Mari mitgebracht hatte. Je besser sie rochen, desto unruhiger wurde der große Hund, der darauf spekulierte, dass von den oberhessischen Leckereien etwas für ihn abfiel. Im wahrsten Sinne des Wortes. Mari grinste. Sie hatte sich ganz schön an das Riesentier gewöhnt. An ihr ganzes Leben eigentlich. Die Buchhändlerin liebte ihre Wochenenden am Edersee. Wenn sonst nichts anlag, packte sie sommers wie winters an vielen Samstagen nach Ladenschluss ihre Sachen und den Hund und machte sich auf den Weg. Nicht selten kam eine ihrer Freundinnen mit, oder mehrere. Gemeinsam hatten sie vor zwei Jahren eine Tchibo-Sauna im Garten errichtet und dabei jede Menge Spaß gehabt. Bis der Elektriker und der Installateur kamen, beide mit dem Kopf schüttelten und sich weigerten, Hand an eine von Frauen aufgebaute Tchibo-Sauna zu legen. Am Ende ließen sie sich aber doch von Yasemin und Olga breitschlagen, das neue Wellness-Highlight der „Finca Mari", wie sie das Ferienhaus samt dem Mini-Areal getauft hatten, an die Strom- und Wasserversorgung anzuschließen. Der Einladung, die Sauna gemeinsam einzuweihen, waren die beiden Herren jedoch nicht nachgekommen. Die Vorräte an Aperol, Bier und Wein, die dafür bereitstanden, hatten ihnen vermutlich Angst eingejagt. Mari lächelte vor sich hin. Wie hatte sie es doch gut erwischt in ihrer alten Heimat. Und wie schön war es, dass alles so ruhig dahinplätscherte. Wenn nicht gerade – ja, wenn nicht gerade zwei Morde passierten und sie nicht auch noch jedes Mal die Leichen hätte finden müssen. Ihr Gefühl der tiefen Zufriedenheit machte wieder dem unbehaglichen Grummeln Platz, unter dem sie seit fast einer Woche litt, seit sie Bücking erschlagen im Beinhaus gefunden hatte.

„Also, Mari, gibt's was Neues?" Michael hatte lange gewartet, bis er seine Frage von der morgigen WhatsApp wieder aufgriff. Sie saßen jetzt am Tisch, die Kartoffelwürstchen mit Senf und dem würzigen Bauernbrot schmeckten köstlich, und das Schöppchen passte hervorragend dazu. Alles könnte so schön sein ... „Nein, Michael, ich weiß nichts, nur dass Thomas deinen Filofax mitgenommen hat und – da du verschwunden bist – mit Sicherheit hinter dir her schnüffeln wird. Vielleicht hättest du einfach dableiben sollen." „Habe ich auch schon gedacht, aber ich war echt in Panik. Weißt du, es geht um zwei Wochen. Zwei Wochen." „Ja, ich weiß. Und auch, dass du deshalb dein Auto nicht als gestohlen gemeldet hast. Aber Thomas, Nadine und Simon sind ja nicht blöd. Und wenn ich das, was ich auf dem Board im Büro gesehen habe, richtig deute, dann haben sie nichts Konkretes und werden sich mit Sicherheit an dir festbeißen." Die Sonne stand immer noch über der Wasserpfütze im See, auch wenn es langsam dämmrig wurde.

Mit Michael war Mari noch nie hier gewesen, aber es war ihr nicht unangenehm. Jetzt mal abgesehen von den Umständen. Sie hatten nach Ladenschluss kurz telefoniert und Mari hatte beschlossen, an den See zu fahren. Im Laden hatte sie die Kiste mit den Leseexemplaren geschnappt, die sie sich für das Wochenende vorgenommen hatte - einen Krimi aus Neuseeland, zwei Liebesgeschichten, ein Sachbuch und eine Biografie. Da würde auch für Michael ein Zeitvertreib dabei sein. In Michaels Wohnung packte sie noch Klamotten und sein Notebook ein, das er bei seinem Aufbruch am Vortag vergessen hatte. Auch sein Fahrrad sollte sie noch mitbringen. Da hatte sich der arme Herbert ganz schön klein machen müssen. Unterwegs hatte sie noch eine ganze Ladung Lebensmittel, Zigaretten und Getränke besorgt und aus dem Wurstomat neben der Drogerie noch drei Pakete Kartoffelwurst, eine Stracke, einen Fleischsalat und zwei Pakete mit eingelegten Steaks gezogen. Hungern war definitiv nicht ihre Sache. Dann hatte sie sich mit Herbert auf den Weg gemacht. Doch der Versuch, ein normales Erholungswochenende vorzutäuschen, war fehlgeschlagen – nichts war wie sonst.

Später am Abend wurde es dennoch gemütlich am See: Inzwischen saßen sie zu viert an dem großen Holztisch auf den alten Plastikstühlen, deren Sitz- und Rückenfläche aus roten, orangefarbenen oder gelben Plastikbändern bestanden. In den Windlichtern flackerten die Kerzen und alle bedienten sich an dem köstlichen Brot, für das Petra in weiser Voraussicht eine ganze Schüssel selbstgemachter Tomatenbutter und Datteldipp mitgebracht hatte. Aus dem Thermomix natürlich, wie sie stets begeistert kundtat. Gemeinsam mit Olga hatte sie sich spontan auf den Weg zu ihrer Freundin gemacht, der Sommerabend war einfach zu schön. Olga hatte eine Flasche Aperol, zwei Flaschen Sekt und drei Flaschen Rotwein eingepackt. Vielleicht ein bisschen viel für einen Abend, aber man wusste ja nie. Auch ein bisschen Wasser hatten sie mitgebracht – als Spritz für den Aperol und als nichtalkoholisches Alibigetränk, von dem sie wussten, dass es nicht zum Einsatz kommen würde. Mari war zunächst nicht begeistert, als Petra anrief und fragte, ob sie in der Finca sei und ob sie spontan kommen dürften. Eigentlich wollte sie absagen, doch dann fand sie die Vorstellung, mit ihren Freundinnen zusammenzusitzen, zu verlockend. „Ich bin aber nicht alleine hier", sagte sie zu Petra und fügte hinzu: „Und ich will dazu nichts weiter sagen." Andere Menschen hätten dann wahrscheinlich einen diskreten Rückzieher gemacht, aber darauf konnte Mari bei Petra und Olga nicht zählen. Ihnen hätte sie schon eindeutig absagen müssen, doch genau das wollte sie nicht. Michael hatte zwar ein wenig konsterniert geschaut, als Petra und Olga auf der Bildfläche erschienen, doch als sie so taten, als sei seine Anwesenheit völlig normal, entschied er wohl, dass er das auch finden könne.

„Was machen denn Yasemin und Tine heute Abend?" „Yasemin wollte zu ihrem Bruder, und Tine ...", Petra blickte süffisant in die Runde, „...hat ein Date." „Nicht dein Ernst!" Die Frauen freuten sich sehr für ihre Freundin, die vor drei Jahren ihren Mann bei einem Verkehrsunfall verloren hatte und seitdem mit ihrer Tochter Milena allein war. Sie kam an sich gut zurecht, doch seit einem Jahr sprach sie davon, dass sie sich wieder jemanden wünschte. „Sie tindert", sagte Petra, als sie in die fragenden Gesichter ihrer Gegenüber blickte. Michael schaute zwar unbeteiligt dem Rauch seiner Zigarette nach, aber Mari sah ihn eindeutig grinsen. „Versuch doch mal, in Alsfeld einen kennenzulernen, da musst du Zeit mitbringen", verteidigte Petra Tines Vorgehen, das überhaupt niemand verurteilt hatte. „Grade jetzt, wo alle umgebracht werden", fügte Olga hinzu. „Und eure Männer so?" „Ach, die sind zum Stammtisch in der ‚Gemütlichkeit', die haben uns gerne ziehen lassen", lachte Olga. Peter war Petras Ehemann und Wolfi Olgas dritter. Die beiden waren gute Freunde, was den Frauen natürlich auch sehr entgegenkam. „Hat eigentlich Yasemin wieder mal irgendwen in Aussicht?", fragte Petra in die Runde. „Ich glaube, die hat die Nase immer noch voll von ihrem Ex. Verständlich wär's ja", meinte Mari. „Und du so?", fragte Olga wie beiläufig. „Ich bin doch die Freundin der Toten, wie ihr wisst." Mari machte eine geheimnisvolle Geste, um ihre morbide Aura zu unterstreichen – sie hatten doch schon Einiges getrunken -, als sowohl Olgas als auch Petras stummgeschaltete Handys auf dem Tisch aufleuchteten und vibrierten. Es war schon fast elf, es musste also etwas Wichtiges sein. „Ja, Simon?", fragte Olga. „Was gibt's, Nadine?", sagte Petra. Und dann hörten beide ihren Anrufern zu, schenkten sich nach und steckten sich jede eine von Maris Zigaretten an. „Das gibt's ja nicht", sagte Petra, und Olga meinte nur „Ja, und jetzt?".

Mari wusste sofort, dass Ungemach drohte. Sie hörte noch, wie Olga irgendwelche Nummern sagte, die wie Schuhgrößen klangen, und schaute zu Michael, der sie mit schreckgeweiteten Augen anblickte. „Was ist los?", fragte sie ihre Freundinnen, die sich besorgt ansahen. Keine schien zu wissen, wie sie anfangen sollte oder ob sie überhaupt etwas sagen wollte, als sie endlich aufgelegt hatten. Schließlich gab Petra sich einen Ruck: „Nadine hat sich gemeldet." „Und bei mir hat Simon angerufen", sagte Olga. In dem Moment wurde den beiden wohl klar, dass es um ein- und dasselbe ging. Sie schauten zu Michael und dann zu Mari und dann wieder zu Michael. „Warum seid ihr hier?", fragte Petra. „Weil es mein Ferienhaus ist und ich fast jedes Wochenende hier bin?" Mari war etwas ungehalten. „Ich meinte auch eher Michael." Mit ihm hatten sie auch bei Mari auf der Dachterrasse immer schon mal zusammengesessen, aber eben noch nie am Edersee. „Was wollt ihr eigentlich? Was haben Nadine und Simon denn erzählt?" Und dann erfuhren Mari und Michael von der Durchsuchung der Wohnung und der Praxis, davon, dass Michaels Auto mit einer fremden Person darin in Gießen geblitzt wurde, und davon, dass Mari und Michael beim Tanken in Bad Wildungen aufgezeichnet worden waren. „Demnach bist du nur knapp an einer Hausdurchsuchung vorbeigeschrammt und Nadine und Simon hadern damit, dass sie Eisenträger morgen wohl von der Finca erzählen müssen. Er hat heute schon gefragt, wo du stecken könntest", schloss Petra ihren Bericht. „Dass wir hier sind und euch brühwarm alles erzählen, wissen die beiden auch nicht. Es gibt also keinen Grund, angepisst zu sein", fügte Olga hinzu. Die Gemüter hatten sich offenbar ein wenig erhitzt: Die einen fühlten sich zu Unrecht einer Tat verdächtig, mit der sie nichts zu tun hatten, die anderen wussten nicht, was von all dem zu halten war.

„Kann ich euch vertrauen?" Michael blickte den beiden Frauen fest in die Augen. Mari sah ihn an. Sie wussten beide, dass ihm nichts anderes übrigblieb. „Also, mein Name ist Michael Tobisch, ich bin in München geboren und bin Arzt." „Du wirst gar nicht englisch ausgesprochen und bist auch gar kein Amerikaner?" Petra, die ebenso wie Mari und Olga so leicht nichts umhaute, konnte es kaum fassen. „Lass ihn ausreden, Petra", riet Mari ihrer Freundin. „Wenn du bei jeder Überraschung nachfragen willst, werden wir heute nicht mehr fertig." Was auch nicht verwunderlich gewesen wäre, denn es ging stark auf Mitternacht zu. „Also, nach meinem Studium war ich als Urologe in Hamburg am Klinikum beschäftigt. Es war 1989." Er stockte. „Ich war verheiratet. Luana war eine sehr impulsive Frau. Ihr Temperament hat mich oft überfordert. Nicht selten flogen bei uns Gegenstände, wenn wir stritten. Und ich habe nichts geworfen." Petra und Olga folgten atemlos Michaels Geschichte. „Eines Abends hatten wir wieder Streit. Sie meinte, ich arbeite zu viel und sie hatte auch Recht. Aber ich wollte unbedingt allen beweisen, was für ein toller Arzt ich bin. Ihr als Lehrerin fehlte dafür das Verständnis. Natürlich kann man ein gewisses Pensum nur mit Pillen aufrechterhalten. Irgendwann hatte ich wahrscheinlich immer so einen Grundpegel. Nach außen immer sachlich und kompetent, aber innerlich kurz vorm Anschlag. Wie auch immer. Eines Abends kam ich um kurz nach elf aus der Klinik und Luana war stinksauer. Ich hatte unseren Hochzeitstag vergessen, obwohl wir noch am Morgen besprochen hatten, dass sie einen Tisch für uns reservieren würde, damit wir uns endlich wieder mal einen schönen Abend machen könnten. Sie hatte auch erst noch versucht mich anzurufen, aber mein Sekretariat war ja schon nicht mehr besetzt, und ich bin nicht rangegangen. Sie hatte schon ziemlich viel getrunken und ging direkt auf mich los, als ich zur Tür reinkam. Ich war völlig überrumpelt und stieß sie von mir. Luana stürzte auf die Kante des Garderobenschranks und brach sich das Genick. Sie war sofort tot." Mucksmäuschenstill. Keine der Frauen sagte etwas, also fuhr Michael fort: „Ich war völlig panisch und bin einfach weggerannt, habe ein paar Sachen gepackt und bin abgehauen, völlig planlos. Ich war ja dauerzugedröhnt. Über einen Studienfreund bin ich bei ‚Ärzte ohne Grenzen' gelandet. Ich war in verschiedenen Ländern, auch in solchen, in denen man leicht eine neue Identität bekommt. Vor zehn Jahren habe ich mich in Boston niedergelassen und eine Zusatzausbildung zum Psychotherapeuten gemacht. Als ich vor fünf Jahren erfuhr, dass mein Vater gestorben ist, packte mich das Heimweh. Mit dem Finger auf der Landkarte bin ich dann in Alsfeld gelandet und dachte, in so einem kleinen Kaff wird mich niemand finden." „Und willst du jetzt bis zum Ende deines Lebens hier am See sitzen?", fragte Olga. „Nein, ich brauche nur noch zwei Wochen." „Wie, zwei Wochen?", fragte Petra. „Natürlich suchte die Polizei nach mir. Es wurde Anklage wegen Totschlags erhoben und der verjährt nach zwanzig Jahren. In meinem Fall am 10. Juli 2020." „Und du deckst das, Mari?" Petra wusste offenbar nicht, was sie davon halten sollte.

„Wer hat denn was davon, wenn Michael jetzt noch in den Knast zieht?", fragte Mari. „Für einen Unglücksfall. Als Arzt ohne Grenzen war er der Welt sicherlich nützlicher." „Ihr habt ja eine schöne Rechtsauffassung", schaltete Olga sich ein. „Also, was ist jetzt?", fragte Michael. „Wollt ihr mich verraten oder wollt ihr mir helfen?"

19

Sonntag.

Als um sieben Thomas' Wecker klingelte, traute er seinen Ohren kaum. Er war doch grade erst ins Bett gegangen, oder? Das letzte Bier hatte er um zwei ausgetrunken, der Abend bei seiner Schwester im Garten hatte – man konnte es durchaus so sagen – einen klassischen Verlauf genommen. Als er um kurz vor halb elf in Sabines und Ricos Garten aufschlug, lag gerade die nächste Runde Thüringer Rostbratwürste auf dem Grill. Er liebte diese Wunderwerke der Metzgerkunst, die auf dem Rost vom wabbeligen Riesennacktmull zur leckeren, braungebrannten Köstlichkeit wurden, und an diesem Abend, an dem er zwischen seinen beiden Heimatstädten so hin- und hergerissen war, schmeckten sie ihm umso besser. Nach der dritten Wurst und dem zweiten Bier leckte er sich die Finger. „Na, du hattest aber ganz schön Kohldampf", lachte seine Schwester ihn an. „Ja, ich hatte seit heute Mittag nichts gegessen – und was es da gab, du glaubst es kaum: Auberginenpampe vom Inder." „Schmeckt doch lecker", hörte er eine altbekannte Stimme neben sich. Tief und warm. Manuela Döring. Er hatte sie schon bei seiner Ankunft erkannt. Mit ihren langen dunklen Haaren und ihrer weiblichen Figur hatte sie sich kaum verändert, seit er sie das letzte Mal gesehen hatte. Irgendwann einmal auf einem Stadtfest, zu dem alle Ehemaligen den fast schon Pawlowschen Reflex verspürten, nachhause zu kommen, vergleichbar nur mit Weihnachten. Mit dem Unterschied, dass man zum Stadtfest freiwillig kam. Manu war seit dem Kindergarten Sabines beste Freundin und mit ihr hatte er als Fünfzehnjähriger im Klostergarten seine ersten Knutschversuche gestartet. Damals hatte er wegen Manus fester Zahnspange einen völlig falschen Eindruck davon bekommen. Nicht zuletzt, weil er sich an einem der Brekkies die Zunge, die er wohl ein bisschen zu lebhaft hin- und herbewegte, verletzt hatte und kurz an Manus Kauleiste festgeklemmt war. Der Befreiungsversuch verlief blutig und schmerzhaft. „Bist du Vegetarierin geworden?", fragte Thomas scherzhaft zurück. „Nein, aber Multikulti-Esserin. Und der Inder kocht echt fein." „Wenn du meinst", gab Thomas zurück und merkte, wie die dritte Thüringer ihm jetzt doch im Magen lag. Er hätte vielleicht nach der zweiten eine kleine Pause einlegen sollen. Ab morgen würde er vernünftiger essen. Wirklich.

Am Grill hatte er sich ausgiebig mit Harald unterhalten. Harald Fischer war tatsächlich der Erste aus seinem alten Abi-Jahrgang, den er nach der Begegnung mit Mari in Alsfeld traf. Seine Frau Doro, ebenfalls eine Jahrgangskollegin, saß am großen Esstisch. Beide waren gut gelaunt und freuten sich, Thomas wiederzusehen. „Mensch, Alter, dass es dich wieder nach Alsfeld verschlagen hat. Sabine hat schon erzählt, dass du grade mächtig mit den beiden Morden zu tun hast." „Ja, da kommt man in das kleine Alsfeld und will ein bisschen seine Ruhe haben und dann sowas." Das eine gab das andere und am Ende saßen die beiden Männer zwei Stunden auf der Bank etwas abseits von Grill und Esstisch und Thomas klagte Harald sein Eheleid. Dieser hörte nur zu, gab keine Tipps und erzählte so gut wie nichts von sich. Bei ihm und Doro lief es wohl seit der Oberstufe, also seit bald dreißig Jahren, richtig gut. „Meistens jedenfalls", bestätigte Harald auf Anfrage. „Und bei Manu?", fragte Thomas nach. „Manu ist auch vor ein paar Jahren erst wieder gekommen, um ihre Mutter zu pflegen – und weil ihr Mann sie damals verlassen hat. Der Klassiker, weißt du: Früh geheiratet und Kinder bekommen, und als die aus dem Haus waren, hat ihr Mann sich noch mal neu orientiert und seine Sekretärin geschwängert. Mit Fünfzig war Manu wieder hier, und zwar ohne alles, weil sie Gütertrennung hatten und sie sich in erster Linie um Haus und Kinder gekümmert hatte. Ihr Ex ist ja Chefarzt in Heidelberg, weißt du. Jetzt ist ihre Mutter tot, der Vater dement im Heim und sie arbeitet bei Lidl." „Aber die war doch immer die Schlaueste im ganzen Jahrgang, wenn ich mich recht erinnere." Sabine und Manu hatten stets nur die besten Noten angeschleppt und sich einen scherzhaften Wettkampf geliefert. „Ja, aber nix draus gemacht", stellte Harald lakonisch fest. Thomas blickte zu Manu, die mit einer Zigarette in der Hand und einem Glas Rotwein ins Gespräch mit einem Mann vertieft war, den Thomas nicht kannte. Aber er fand, er kannte schon eine ganz Menge Leute hier. Und nicht die Schlechtesten. Manu blickte ihn an und er nickte ihr zu. Aus der Bose-Box erklang „Summer of 69". Und alle sangen mit. Oder summten zumindest.

Das dicke Ende kam am Sonntagmorgen. Mit dicken Augen erschien Thomas um halb neun auf der Wache, wo Simon und Nadine schon auf ihn warteten. Auch bei ihnen hatte es anscheinend noch das eine oder andere zu essen und trinken gegeben und es war womöglich spät geworden. Nadine trank ja keinen Alkohol, aber sie war bestimmt trotzdem feierfest, vermutete er. Immerhin hatte einer von ihnen Brötchen und Croissants mitgebracht und der Kaffee blubberte schon in der Maschine. Thomas hatte natürlich überhaupt noch nichts gefrühstückt und nahm sich von allem etwas. „Was Neues seit gestern Abend?", fragte der Kommissar in die kleine Mitarbeiterrunde, gähnte und rieb sich die Augen. „Spät geworden?", fragte Nadine. „Ja, es gibt was Neues zu den Schuhgrößen der Verdächtigen", sagte Simon. „Von denen ist zwar keine Einzige ans Telefon gegangen gestern Abend, war ja auch schon spät, aber ich habe meine Mutter gefragt." „Deine Mutter?" Thomas schaute ihn verwundert an. „Ja, sie ist doch Fußpflegerin. Mari und Luise Schön haben Größe 41." Simon blickte auf seine Aufzeichnungen und fuhr fort. Vera Horchler und Yvonne Schwab haben 38, bei Frau Özlüg fragt sie morgen eine Kollegin aus Lauterbach. Und jetzt kommt's: Größe 36 haben – mit Fragezeichen bei Frau Özlüg - nur die Ehefrauen der Opfer: Bettina Bücking und Corinna Schaufuß." Sprach's und schrieb ihre Namen auf den Zettel mit der Schuhgröße, der schon auf seinem Board klebte. „Das ist ja ein Ding", sagte Thomas, der sich an diesem Sonntag eigentlich als Erstes an Maris und Townsends Fersen hatte heften wollen. „Ich würde sagen, auf zu Frau Schaufuß!" Nadine wollte schon losgehen, als Thomas Simon ansprach. „Hast du jetzt immer noch mit den Verkehrssachen zu tun?". „Ja, erstens das und zweitens versuche ich auch die Alibis der nicht ganz so wichtigen Verdächtigen zu überprüfen." „Das könntest du dir doch sparen", meinte Nadine. „Die Damen und Herren auf den unteren Rängen können wir doch dann wieder hervorkramen, wenn wir die Hauptverdächtigen ziehen lassen müssen. „Kann es sein, dass du immer noch die Schäfers schützten willst, Nadine?". „Ach, Quatsch, die Schäfers. Eigentlich ist uns doch allen klar, dass Leon Schäfer es nicht war, obwohl sein Alibi lückenhaft ist." „Ist es das, also klar, dass er es nicht war?", fragte Thomas etwas süffisant weiter. „Auf jeden Fall haben wir erstmal genug andere – wenn wir jetzt auch noch die beiden Witwen dazu nehmen, dann ist an der Spitze der Verdächtigenliste schon wieder allerhand los." Dort tummelten sich in der Tat immer noch Townsend und die Schön. Das Motiv der Bürgermeisterin – zumindest bei Schaufuß - lag auf der Hand, da halfen auch die Tomatenflecke nichts. Auch die Özlügs mit ihren komischen Alibis rangierten noch weit oben.

„Die Özlügs waren übrigens tatsächlich in der Therme. Dort gibt es eine Überwachungskamera im Eingangsbereich. Sie sind um zwölf Uhr rein und um zwanzig Uhr raus. Das deckt ja schon mal einen ziemlich großen Zeitraum ab", gab Simon bekannt. „Aber wie bei allen anderen auch nicht komplett", sagte Nadine. Es war zum Haareraufen. Wenn sie morgen immer noch im Dunkeln tappen würden, dann würde die Faust ihnen zum einen eine Verstärkung aufs Auge drücken, zum anderen würde die Presse wieder verrücktspielen. Thomas mochte gar nicht daran denken.

„Das kauen wir fast alles zum wiederholten Mal durch und was nützt es uns: Nichts." Nadine hasste es, wenn es nicht voranging. „Wir haben irgendetwas übersehen, da bin ich mir sicher", gab Thomas zurück. Es kam ihm so vor, als wäre es zum Greifen nah, aber sein Arm wäre zu kurz. Es musste etwas ganz Banales sein, und deshalb ging er alles nochmal durch. „Was wäre denn, wenn es stimmte, dass es um die Ehe der Schaufußens wirklich nicht so gut stand und die beiden Frauen, also Bettina Bücking und Corinna Schaufuß, ihre Männer gegenseitig umgebracht haben?", dachte Thomas laut. „Also, ich habe Nils gestern Abend da nochmal drauf angesprochen", sagte Nadine. „Er erinnerte sich, dass Christian sich irgendwann, als beide einen langen Abend in der ,Gemütlichkeit' zugebracht und neben den obligatorischen Brathähnchen auch die obligatorische Biermenge intus hatten, bitter über sein flaues Eheleben beschwert hatte. „Flaues Eheleben?", fragte Thomas. Damit kannte er sich ja aus. Allerdings war er auch fast zwanzig Jahre älter als die Schaufußens. „Na ja, Nils meinte, bei den beiden sei überhaupt nichts mehr gelaufen, also im Bett, und das nicht erst seit gestern. Und in der Öffentlichkeit strahlten sie, hielten Händchen, busselten rum und zogen alle Blicke auf sich." „Alles nur schöner Schein", fügte Simon hinzu. „Also, wenn sich alle Ehepaare, bei denen im Bett nichts läuft, an die Gurgel gehen würden, hätten wir echt viel zu tun", meinte Thomas mit Blick auf seine unbefriedigende Erfahrung der letzten Jahre. Dennoch konnte er sich nicht dieses Kribbelns erwehren, dass in der Beziehung von Corinna und Christian vielleicht doch einer der Schüssel zu diesem Fall liegen könnte. Das Kribbeln verstärkte sich noch, als Nadine hinzufügte: „Außerdem hat Nils auch gesagt, dass sie mehr trinkt, als ihr guttut." „Also los, fahren wir hin." Thomas musste jetzt dringend etwas tun. „Und Mari läuft uns schon nicht weg. Aber eine Fahndung nach Townsend geben wir raus. Kannst du dich darum kümmern, Simon?" Der Polizeiobermeister winkte den beiden zu und schaute wieder auf seinen Rechner.

Im Lupinenweg öffnete niemand die Tür, aber von drinnen drang Musik nach draußen, die noch lauter wurde, als Thomas und Nadine auf dem fein säuberlich angelegten Gartenweg ums Haus gingen. Bei der Lautstärke konnte Corinna Schaufuß sie wohl kaum hören, dachte Thomas und fragte sich, was es wohl am helllichten Sonntagmorgen zu feiern gab. Noch dazu, nachdem der eigene Ehemann ermordet aufgefunden worden war. Sie standen nun vor der Riesenglasfront, die der Kommissar bei ihren ersten Besuchen schon bewundert hatte. Erneut schaute er sich voller Ehrfurcht dieses Haus an, das nun allerdings nicht mehr ganz so aufgeräumt war wie letztes Mal. Im Wohnzimmer lag Corinna auf dem großen weißen Zottelteppich. Um sie herum mindestens vier leere Flaschen Sekt und eine halbleere Flasche Gin. Der von der feinen Sorte, dachte Thomas und schob die einen Spalt breit geöffnete Schiebetür zur Seite. Nadine folgte ihm. „Frau Schaufuß", sprach sie Corinna an, die schwer den Kopf hob und versuchte, sich aufzurichten. Sie reagierte noch, Gott sei Dank. „Wir haben noch ein paar Fragen an Sie", sagte Thomas, doch Nadine schüttelte den Kopf. „Das wird nichts", tat sie ihre Einschätzung der Situation kund. Mit entsetztem Blick sah Corinna von ihrem flauschigen weichen Liegeplatz zu ihm auf. „I will survive", verausgabte sich Gloria Gaynor in einer irren Lautstärke aus der teuren Teufel-Box, die direkt neben dem schwarzen Regalgestell stand, auf dem rustikale ehemalige Baubretter aus alten Fachwerkhäusern die Böden bildeten. Man konnte nur hoffen, dass sie Recht behielt. Als Corinna den Kommissar erkannte, verzog sich ihr Gesicht zu einer grauenhaften Grimasse. Sie riss die Augen auf, starrte ihn voller Entsetzen an und verlor direkt das Bewusstsein. Auch das noch, dachte Thomas, legte sie in die stabile Seitenlage und rief den Notarzt. Als er auf die Terrasse trat, um auf den Rettungsdienst zu warten, fiel sein Blick auf ein paar kleine, sehr dreckige Turnschuhe. Also doch! Er ging in die Küche, fand eine frische Mülltüte, da wo er sie vermutete, fasste hinein, drehte sie auf links und packte auf diese Weise die Schuhe ein. Wenn die mal nicht zu dem kleinen Fußabdruck passten. Thomas ärgerte sich, dass sie sich dieses Haus nicht gleich genauer angeschaut hatten. Wer weiß, welche Spuren hier noch zu finden waren.

„Ein ganz normales Besäufnis ...", befand die junge Ärztin, nachdem sie Corinna Schaufuß stabilisiert und mit Hilfe der Sanitäter in den Krankenwagen befördert hatte. Sie blickte auf die leeren Flaschen, in deren Mitte die Frau gelegen hatte. „... mit Tendenz zu Alkoholvergiftung", fügte sie hinzu. Sie schaute sich um und schüttelte den Kopf. „Meine Oma hat immer gesagt, Geld allein macht nicht glücklich", sagte sie zu Nadine. „Da hat sie wohl recht." „Sehen wir uns am Dienstagabend wieder?", hörte Thomas die Ärztin fragen. Am liebsten hätte er Nadine mal gefragt, ob in das mysteriöse Aikidō auch Männer kommen durften. „Wir nehmen sie mit und gönnen ihr eine Nacht unter ärztlicher Aufsicht", rief die Medizinerin Thomas zu, der an der Straße stand und nicht fassen konnte, was hier grade vor sich gegangen war. Er sammelte sich. „Alles klar – ich hole sie morgen früh persönlich im Krankenhaus ab", gab er ihr mit auf den Weg. „Hinterlassen Sie das bitte auf der Station."

Es war keine Stunde vergangen, und sie waren wieder zurück in der Wache. Von unterwegs hatte Thomas Clara Faust angerufen und sie um einen Durchsuchungsbeschluss für das Schaufuß'sche Anwesen gebeten. Sie war so überrascht davon, dass sie fast zeitgleich mit Nadine und Thomas eintraf. Im Schlepptau hatte sie Daniel Rensch, dem Thomas die Tüte mit den Schuhen vor die Nase hielt. „Schön, dass Sie mitgekommen sind", sagt er nur. „Sonst noch was gefunden?", fragte der Kriminaltechniker. „Bis jetzt nicht, aber was noch ist, kann ja noch werden." Im Büro angekommen, berichteten Thomas und Nadine von den Vorkommnissen der vergangenen Stunde. Simon notierte wie gehabt alles auf seinem Board. „Ich habe mir noch mal die Aussagen der Ehefrauen angeschaut, wegen der Schuhgrößen und deiner Vermutung, Thomas", sagte er. „Und mir fiel auf, dass zwar Frau Bücking angegeben hat, am Sonntagabend die Schaufußens in den Erlen gesehen zu haben, Frau Schaufuß aber nichts von einem Spaziergang in den Erlen oder dergleichen erzählt hat." „Wahrscheinlich, weil wir sie nicht danach gefragt haben", mutmaßte Nadine. „Vielleicht", antwortete Simon. „Das ist richtig. Nur, am Anfang stand die Tatzeit ja überhaupt noch nicht fest, und wenn ich das richtig nachvollziehe, dann kann die Gerichtsmedizin den Sonntag als Tattag gar nicht ausschließen, sondern wir haben das aufgrund von Corinnas Aussage getan. Wenn sie aber die Täterin ist, dann hat sie sich selbst ein Alibi gegeben und uns komplett in die Irre geführt." Schweigen im Büro. Corinna Schaufuß die Täterin. Noch immer schien es den Anwesenden nicht wirklich realistisch zu sein. Doch allen wurde schlagartig klar, dass sie Corinna niemals verdächtigt hatten, im Gegenteil: Sie hatten ihr immer alles geglaubt, weil sie so einen verzweifelten, zerbrechlichen Eindruck machte. Selbst die Tatzeit hatten sie ihren Schilderungen angepasst und den Sonntagabend, den sie mit Christian verbracht hatte, als

Zeitpunkt ausgeschlossen. „Dann hätte sie uns aber ganz schön hinters Licht geführt", merkte Nadine an und in ihrer Stimme klang eine leichte Anerkennung mit. „Das heißt, sie hat Christian am Montag gar nicht in die Rhön gefahren, weil er da schon tot war?!", fragte Thomas. „Könnte sein – ich habe mir alle möglichen Mails, Nachrichten und Telefonate noch mal zu Gemüte geführt und nirgends einen Grund gefunden, warum er sich von ihr hätte wegfahren lassen sollen und dann wieder kommen." „Sein Verhältnis mit Frau Schön?", warf Clara in die Runde. „Es war nur Sex", sagte Thomas beiläufig. Die Staatsanwältin schaute ihn verwundert an. Nadine grinste. „Dann halt nur Sex. Könnte ja auch ein Grund sein, oder?", meinte jetzt auch Daniel, der noch auf den Durchsuchungsbeschluss wartete. „Gibt's denn irgendeinen Hinweis darauf, dass Corinna Schaufuß am Montagmorgen in Alsfeld war?", fragte Clara. Die Anwesenden zogen die Schultern hoch und schauten sich fragend an. „Egal, wir gehen da jetzt rein", sagte die Staatsanwältin, holte ein Formular aus ihrer Aktentasche, füllte es aus, unterschrieb und kopierte es, gab das Original ihrem Freund und die Kopie Simon für die Akten. Daniel machte sich mit seinen Kollegen auf den Weg zu dem Haus des Ehepaares Schaufuß. Die anderen blieben zurück.

„Was ist denn mit den weiteren Verdächtigen?", fragte Clara Faust. Nicht schon wieder, dachten Nadine und Thomas, doch Simon setzte sie geduldig ins Bild. „Die Fahndung nach Townsend läuft?", erkundigte sich Thomas. Simon lächelte verschmitzt. „Habe ich glatt vergessen in dem ganzen Chaos. Mache ich aber sofort." „Was machen wir denn mit Mari?", fragte Thomas in die Runde. Früher in Weimar hätte er die Staatsanwaltschaft in solche Überlegungen erstmal nicht mit einbezogen. Er hätte das Gefühl gehabt, das würde ihm als mangelnde Führungsqualität und fehlende Ermittlungskompetenz ausgelegt. Bei Clara Faust war das anders. Es herrschte eine Kultur des Miteinanders, fand er und hoffte, er täuschte sich nicht. Bis vor kurzem hatte er jedenfalls noch gedacht, dass die „Kultur des Miteinanders" nur als Utopie für Team-Building-Seminare erfunden worden war. „Ich finde, wir sollten sie auf jeden Fall befragen", meinte die Staatsanwältin. „Nur weil die Schaufuß jetzt in Simons Wall auf Shame aufgerückt ist, heißt das ja nicht, dass Townsend und sie aus dem Schneider sind." Wall of Shame fand Thomas richtig witzig, Simon grinste auch. „Du hast doch Maris Nummer, oder?", fragte Thomas Nadine. „Die ist auch in den Akten", gab Simon der Ordnung halber seinen Senf hinzu. „Ruf sie doch mal an", bat ihn Thomas, „oder besser noch, schick mir die Nummer mal aufs Handy."

Mari ging gleich dran. „Hallo, Mari, Thomas hier", sagte der Kommissar. „Wir hätten noch ein paar Fragen an dich. Wo bist du?" „In meinem Ferienhaus am Edersee, wie fast jedes Wochenende", sagte Mari. Thomas schaute zu Nadine, die ihrerseits fragend zurückschaute. Warum hatte sie ihm das nicht gesagt? „Also pass auf, ich stelle dich jetzt auf laut, hier sind Nadine, Simon und die Staatsanwältin und wir wollen jetzt von dir wissen, was du mit Townsend zu tun hast und was ihr beide mit den Morden zu tun habt." „Was ich mit Michael zu tun habe, habe ich dir letztens schon gesagt, und mit den Morden habe ich so weit zu tun, dass ich die Opfer gefunden habe. Ob und welche Rolle Michael dabei spielt, müsst ihr schon rausfinden. Ihr seid schließlich die Polizei." Mari wusste offenbar nicht, in welch ungünstiger Lage sie sich aufgrund des Tankstellenfotos befand. „Mari, wir haben ein Bild von dir, auf dem du mit Townsend an einer Tankstelle in Bad Wildungen zu sehen bist. Vorgestern früh. Willst du was dazu sagen?" Sie hörten Mari schlucken. „Ich habe Michael an den Edersee gefahren", antwortete sie wahrheitsgemäß. „In dein Ferienhaus, oder was?" „Ja, er hatte schlechte Nachrichten bekommen und musste abschalten." „Und du hast dich nicht gewundert?" „Ich habe keinen Grund, ihm zu misstrauen", sagte Mari. „Warum musstest du ihn denn fahren, er hat doch ein Auto." „Sein Auto ist ihm vor zwei Wochen gestohlen worden." „Das hörte sich aber anders an, als wir uns das letzte Mal gesprochen haben." „Vielleicht habe ich mich da etwas missverständlich ausgedrückt oder du hast mich falsch verstanden." Thomas verdrehte die Augen. Mari, Mari ... Seine Zuhörerschaft hing an seinen Lippen. „Hat er den Diebstahl angezeigt?" „Das musst du ihn schon selbst fragen." „Dann gib mir doch mal bitte deinen Michael an die Strippe, Mari." „Das geht nicht. Er ist nicht mehr da." Die Ermittler und die Staatsanwältin hielten die Luft an. Thomas merkte, wie ihm gelinde gesagt der Kamm schwoll. „Willst du mich verarschen, Mari?", platzte es aus ihm heraus. Sein Gegenüber blieb die Ruhe selbst. „Thomas, weder will ich irgendwen verarschen, noch habe ich irgendwelche Geheimnisse. Ich habe definitiv nicht mehr mit den Morden zu tun, als ihr ohnehin schon wisst, und es war mir nicht bewusst, dass ihr Michael verdächtigt. Warum eigentlich?" „Du erwartest jetzt aber keine Ermittlungsdetails, oder?" Nadine zuckte mit den Schultern. Mari hatte ja recht: Welche Indizien gegen Townsend hatten sie denn? Es gab nur die beiden Namen der Mordopfer in dem Filofax, die sich dort in bester Gesellschaft befanden, und das wusste außer Thomas niemand. „Ist noch was?", hörten sie Mari fragen. „Bist du morgen wieder in Alsfeld?", fragte Thomas noch, warum, wusste er auch nicht recht. „Heute Abend schon, Thomas. Du bist herzlich auf ein Schöppchen in meinem Dachgarten eingeladen." Jetzt übertrieb sie aber. Thomas schaltete sie leise. „Ich überleg's mir", antwortete er.

Während Clara Faust, Nadine und Thomas sich mit Simons Aufzeichnungen beschäftigten, verließ Simon das Büro und kam mit ein paar Tortenstücken aus der Bäckerei unweit der Dienststelle zurück. „Wenn alles nicht mehr weiterhilft, dann muss man sich hinsetzen, einen Kaffee trinken, seinen Zuckerhaushalt in Ordnung bringen und weitermachen. Das hat mir meine Babuschka beigebracht", sagte Simon und verteilte die Leckereien. „Allerdings kippte sie sich stets noch einen kleinen bis mittelgroßen Wodka in den Kaffee, damit sie noch besser nachdenken konnte." Seine Kollegen blickten ihn an, als wären sie bald auch zu allen Schandtaten bereit.

Es war schon früher Abend, als Daniel mit seinem Trupp von Schaufußens Hausdurchsuchung zurückkam. „Viel haben wir nicht gefunden. Eine Bluse und eine Hose, auf denen Blutflecke sein könnten, die gehen ins Labor. Aber das hier erscheint mir sehr aufschlussreich." Er hielt den Ermittlern eine Kiste hin, die aussah, als hätte sie schon bessere Zeiten gesehen. Es war diese Art IKEA-Kiste mit den silbernen Ecken und Kanten, weiß natürlich. Darin lagen Briefe, Postkarten, selbstgeschriebene Gedichte – und ein Polaroid, auf dem zwei sehr junge, sehr schöne Frauen in die Kamera lachten: Corinna Schaufuß und Luise Schön.

20

Montag.

Der Montagmorgen verhieß einen weiteren strahlenden Sommertag. Thomas nutzte die Kühle, die noch vor sieben Uhr herrschte, um seine Liederbach-Runde zu drehen. Er liebte den immer gleichen Weg rund um Alsfeld, und besonders wenn sein Blick vom Liederbacher Feld auf die Stadt fiel, die in der Morgensonne selbst ein wenig zu glänzen schien, überkam ihn ein lange weggewesenes Wohlgefühl. Er hielt kurz an und schaute sich um. Wie um seine spontane Heimatregung noch zu verstärken, hatten sich drei Rehe auf der Wiese versammelt. Sie blickten in seine Richtung und blieben ganz ruhig stehen, auch als er weiterlief. Thomas war trotz aller Strapazen der letzten Woche gut erholt: Gestern Abend hatte es nur Coke Zero gegeben und einen italienischen Salat von Alfredo. Er hatte auf One noch den Tatort geschaut – eine Wiederholung, wie sie gerne im Sommer kamen, dafür aber eine aus Münster. Thomas wusste natürlich, dass gerade die Münster-Krimis die unrealistischsten von allen waren, aber er liebte sie für ihr schrulliges Personal, das sich seit Jahren kaum verändert hatte. Daher trauerte er auch jetzt noch Nadeshda nach, die Anfang des Jahres den Serientod gestorben war; umso schöner fand er die Wiederholung, bei der sie in bester Gesundheit mitwirkte. Danach war er ins Bett gegangen und hatte geschlafen wie ein Stein. Entsprechend munter war er, als um halb sieben sein Wecker klingelte. Seine Routine führte ihn jetzt zur schwesterlichen Metzgerei, wo er sich wie immer sein Fleischsalatbrötchen holte. „War schön bei euch am Samstag", sagte er zu Sabine, die ihn anlachte. „Manu ist auch wieder in Alsfeld." „Ich weiß, Harald hat es mir erzählt. Ist ja echt scheiße, was sie so alles mitmacht." „Ja, aber sie ist da ganz pragmatisch und meint, sie hatte fünfundzwanzig fette Jahre und jetzt wäre es halt erstmal anders." „Ist sie nicht verbittert oder so?" „Mir macht es nicht den Eindruck. Du weißt ja, sie war schon immer tough." „Ja, das ist sie – sonst hätte sie ihre kieferorthopädische Behandlung nicht durchgestanden." „Und du auch nicht", lachte Sabine, die natürlich von dem Knutschunfall wusste. „Mach's gut, bis morgen, und grüß Rico von mir!" „Mach' ich, Tschüssi." Tschüssi, auch so ein Heimatwort.

Frisch geduscht und mit sommerlichem Kurzarmhend unter der Jeansjacke, lief Thomas wenig später den kurzen Weg von der Altstadt zur Polizeidirektion. Er wollte sich grade die Schlüssel für das Dienstfahrzeug schnappen, um Corinna Schaufuß im Krankenhaus abzuholen, als er sah, dass Nadine und Simon beide schon vor Simons Bildschirm hingen. „Der ist ja knochentrocken", sagte Nadine. „Ja, der war schon immer so", antwortete Simon. „Er hat in der Schule mal ziemlich Ärger bekommen, weil er einem Lehrer, der furchtbar Mundgeruch hatte, eine Flasche Odol aufs Pult gestellt hat. Tobi dachte, er täte ihm damit einen Gefallen, aber der Lehrer, Herr Kuhn, hat sich mächtig aufgeregt. Tobi versteht das bis heute nicht." „Tobi wer?", frage Thomas. „Auch guten Morgen", erwiderte Simon. Nadine lachte. „Tobi ist ein Schulkollege von mir. Er arbeitet hier beim Ordnungsamt. Heute Morgen hat er mich angerufen, weil er einen Strafzettel für Christian Schaufuß generiert hat. Und weil der ja nun tot sei, sollten wir das Teil mal seiner Witwe geben. Das wäre vielleicht schöner, als wenn das jetzt per Post käme, meinte er. Darauf verzichten wollte er angesichts des plötzlichen Ablebens von Herr Schaufuß aber nicht." Thomas schüttelte den Kopf und hörte den Amtsschimmel förmlich wiehern. „Aber jetzt kommt's: Tobi hat uns die PDF-Datei des Strafzettels geschickt und weißt du, wann Christian Schaufuß oder, besser gesagt, sein Auto aufgeschrieben wurde? Am vergangenen Montag, als er sich von seiner Frau auf den Kreuzberg hat fahren lassen." „Sind sie geblitzt worden?" „Nein, ich sag doch, aufgeschrieben." „Komm doch mal rum", sagte Nadine und machte den Platz vorm Bildschirm frei: „... wird Ihnen zur Last gelegt, am Montag, 22.6.2020, um 10:20 Uhr unrechtmäßig auf dem Gehweg des Lupinenwegs 15 in 36304 Alsfeld geparkt zu haben ..." „Haben die Schaufußens ein oder zwei Autos?", fragte Thomas. „Sie haben nur eins – aus ökologischen Gründen, wie Christian mal in der Presse bekanntgegeben hat, als seine Partei mit den Grünen koaliert hat. Allerdings einen SUV", wusste Nadine. „Dann haben wir es jetzt ja schriftlich, dass Corinna Schaufuß uns angelogen hat. Sie war am Montagvormittag nicht mit ihrem Mann im Auto unterwegs in die Rhön, sondern am Sonntagabend mit ihm in den Erlen, wo Frau Bücking sie gesehen hat." „Ihr Fußabdruck wurde neben der Leiche ihres Mannes gefunden, wie Daniel soeben bestätigt hat. Und Bückings Blut war auf ihren Klamotten", vollendete Clara Faust die bisherigen Ermittlungsergebnisse. Sie war heute wieder ganz förmlich angezogen, hatte ihre Haare zu einem Knoten gebunden und war dezent geschminkt. Nun sieht sie zumindest schon mal aus wie fünfundzwanzig und nicht wie sechzehn, dachte Thomas. „Ich will euch ja keinen Stress machen, aber heute gibt es um siebzehn Uhr eine Pressekonferenz. Wenn ihr bis dahin noch ein bisschen mehr zur Schaufuß-Bücking-Connection hättet, wäre das toll. Ansonsten kommt morgen Verstärkung." Thomas liebte klare Ansagen, aber eher, wenn er sie machte. Allerdings wusste er, dass er dieser hier nichts entgegensetzen konnte. Vielleicht wäre es sogar besser, wenn mal ein paar frische Menschen mit frischen Gedanken kämen. „Ich fahre jetzt ins Krankenhaus und hole Corinna Schaufuß hierher – hoffentlich ist sie ausgenüchtert", kündigte Thomas an. „Ihr beiden könnt ja so lange nochmal schauen, ob wir in den bisherigen Unterlagen oder Corinnas

Kiste aus dem Haus irgendwelche Hinweise auf Bücking finden." Nadine wollte grade etwas einwenden. Thomas wusste schon, dass sie viel lieber unterwegs war als Akten zu wälzen, und in der Regel schätzte er es auch sehr, dass sie und Simon sich da so gut ergänzten, aber nun mussten sie sich noch effizienter aufstellen, sonst wäre schon die Pressekonferenz am Abend eine Katastrophe, ganz zu schweigen von der Verstärkung, die man Thomas' Meinung nach ja nur dann bekam, wenn man selbst versagt hatte.

„Zimmer 218", sagte die Dame an der Rezeption im Alsfelder Kreiskrankenhaus, das mit seinem gelbbraunen Achtzigerjahre-Charme noch genauso aussah, wie er es in Erinnerung hatte. Ein Ort, an dem die Zeit stehengeblieben zu sein schien – hoffentlich nur optisch. Thomas betrat die Station und ging die Zimmer ab. Als er die 218 betrat, fand er ein leeres Bett, in dem anderen drehte eine blonde Frau Thomas den Rücken zu. „Frau Schaufuß?" Keine Reaktion. „Frau Schaufuß?!" Die Patientin reagierte nicht und Thomas wurde panisch. Er tippt die Frau an, die sich erschrocken umdrehte und ihn ganz entsetzt ansah. Sie hatte fast unsichtbare Stöpsel im Ohr – In-Ears, wie seine Töchter sie sich kürzlich für viel Geld gekauft hatten –, hatte ihn deshalb nicht gehört und drückte direkt den Hilfeknopf, als sie einen fremden Mann vor sich stehen sah, der sie auch noch angefasst hatte. Dazu stieß sie einen markerschütternden Schrei aus. Was immer sie da hört, trägt wohl kaum zu ihrer Entspannung bei, dachte Thomas. Die Kombi aus Knopf und Schrei zeigte magische Wirkung: In Nullkommanichts stand Schwester Hildegard im Zimmer und Thomas wurde es tatsächlich kurz ein wenig mulmig beim Anblick der Zweieinhalb-Zentner-Frau, die ihn anranzte, was er hier wollte. Sie hatte ihre Hände in die Körpermitte gestemmt, da wo Thomas unter dem Kittel und der Haut und einer beachtlichen Masse an Körperfett die Hüften vermutete,

216

und ihr Gesichtsausdruck verriet, dass sie keinen Spaß verstand – zumindest dann nicht, wenn unbekannte Männer in die Krankenzimmer von Patientinnen eindrangen und sich diesen unerlaubt näherten. Thomas kramte nach seinem Ausweis, hielt ihn Schwester Hildegard, die eine selbstgemalte Sonne hinter ihrem Namen auf dem Schild trug, was Thomas einigermaßen fragwürdig vorkam, vor die Nase und fragte nach Corinna Schaufuß. „Die hat sich heute Morgen selbst entlassen". Die Krankenschwester machte keinen Hehl aus ihrer Missbilligung. Als Thomas sie fragend anschaute, wurde sie deutlich: „Kommt hier an, voll wie eine Haubitze, kotzt wie ein Reiher und kaum ist sie wieder nüchtern, gibt sie an wie ein Arsch voll Mücken." Hildegard war in Rage. Offenbar liebte sie Tiermetaphern. „Als ich vorhin gesagt habe, dass ich nicht vorhabe, ihr Schminksachen oder frische Klamotten zu besorgen, wurde sie direkt wieder hysterisch: ‚Ich bin Corinna Schaufuß', hat sie gerufen. ‚und ich lasse mich nicht mehr rumschubsen und für blöd verkaufen.' Ich bin dann raus und das nächste Mal, als ich sie sah, hat sie grade ihre Entlassungspapiere unterschrieben. Sie hatte sich ein Taxi bestellt. Wahrscheinlich steht sie jetzt zuhause im Bad und schminkt sich. Oder lässt sich wieder volllaufen. Oder beides."

Thomas konnte es nicht fassen. Er fuhr zurück in die Dienststelle und erzählte Simon und Nadine, was er soeben erlebt und erfahren hatte. „Wie, die ist weg?" Auch Nadine kam den Entwicklungen offenbar kaum noch hinterher. „Wahrscheinlich ist sie zuhause, oder was meint ihr?" Sie mussten Corinna Schaufuß jetzt irgendwo finden – wenn sie so hysterisch war, wie Schwester Hildegard gesagt hatte, und wenn sie noch dazu zwei Männer auf dem Gewissen hatte, dann war sie in einem Zustand, in dem alles möglich war. Gerade als Thomas und Nadine wieder wegwollten, betraten zwei Männer Mitte dreißig das Büro. Sie waren sehr lässig gekleidet, kurze Shorts, T-Shirts, braungebrannt, kurze dunkle Haare der eine, einen Männerdutt der andere. Thomas fand diese neue Frisurenmode für Männer unmöglich. Immer wenn er einen Geschlechtsgenossen mit einem Man Bun (Das hatte ihm Annika erklärt: Männerbrötchen, wer denkt sich so was aus?) sah, musste er an einen zugebundenen Müllbeutel denken und fand es gar nicht mehr so schlimm, dass sich seine einstige Haarpracht mehr und mehr verabschiedete. Nicht, dass man das später noch mitmachen muss, wenn man auf dem Markt bestehen will, dachte Thomas und schaute auf die Schuhe, die der Man-Bun-Träger anhatte. Es waren diese komischen, in denen jede Zehe einzeln einen Platz hatte. Schuhe, mit denen zum Ausdruck kommen sollte, dass ihre Träger vegan, grün, ökologisch und sportlich waren. Und dass sie genderten. Thomas konnte ein Lied von diesen Typen singen. In Weimar waren sie haufenweise unterwegs und beschwerten sich über alles, was passierte und nicht in ihr Weltbild passte, insbesondere über Autos auf dem Gehweg, rauchende Eltern am Spielplatzrand und grundsätzliche Störungen ihres vermeintlich besseren Lebens. Damit kamen sie dann zur Polizei. Einmal wollte einer, der eine Wohnung am Marktplatz ergattert hatte, den Würstchenstand verbieten lassen, weil er sich von dem penetranten „Fettgeruch nach totem Tier" belästigt gefühlt hat. Thomas schüttelte den Kopf. „Nils, was wollt ihr denn hier?" Nadine ging auf den Kurzhaarigen zu und drückte ihm einen Kuss auf den Mund. „Mein Mann, Nils", stellte Nadine ihn Thomas vor, „und das hier ist Roman Knieling." Sie zeigte auf den Man-Bun-Zehenschuhen-Träger. „Die Ingrid ist weg", sagte dieser atemlos, „ihr müsst was tun!" „Seit wann denn?", fragte Thomas. „Seit zehn Uhr", schluchzte der verlassene Ehemann. Nadine, Simon und Thomas sahen auf die Uhr. Es war viertel nach elf. Sie holten tief Luft und räusperten sich alle drei. Schließlich sagte Thomas: „Herr

Knieling, Ihre Frau ist eine erwachsene Person, die ihren Aufenthaltsort selbst bestimmen darf. Wir können leider erst irgendwie tätig werden, wenn ..." „Nadine, jetzt sag doch auch mal was." Knieling flehte Nadine geradezu an, und Thomas sah ihr an, dass ihr das Ganze eher unangenehm war. „Warum glaubst du denn, dass sie weg ist?", fragte sie den Freund ihres Mannes. „Sie hat die Mädchen in die Kita gebracht und ist um acht ins Bürgerbüro. Ich habe heute frei und wollte ein paar Einkäufe mit dem Fahrrad machen, aber das hatte Ingrid mitgenommen." „Teilen Sie sich ein Rad?", fragte Thomas ungläubig. „Unser Lastenrad", antwortete Roman ganz selbstverständlich und Thomas nickte beiläufig. Natürlich, die jungen Familienväter von heute rasierten sich die Beine, trugen einen Dutt und fuhren Lastenrad. Wer weiß, was für Typen seine Töchter bald anschleppen würden. „Ich bin so um zehn zum Bürgerbüro gelaufen und wollte das Rad holen. Sie stellt es immer hinter dem Gebäude in der Rittergasse ab. Natürlich wollte ich ihr kurz Bescheid sagen, aber das Büro war zu und auf mein Klingeln und Klopfen hat niemand geöffnet. Davor standen zwei, drei Leute, die einen Termin hatten. Auch ihnen machte keiner auf, obwohl drinnen Licht brannte. Das hab' ich genau gesehen." „Hast du heute auch frei?", hörte Thomas Nadine ihren Mann fragen. Sie schien verwundert. „Nein, ich bin kurz weg, als Roman mich bat mitzukommen. Er meinte, wenn ich dabei wäre, würde sein Anliegen ernster genommen." Lehrer halt, dachte Thomas und fragte Roman, ob er seine Frau mal versucht habe anzurufen. „Ich bin ja nicht blöd", antwortete der überraschend direkt. „Sie geht nicht ran." Simon sagte als Erster was dazu. „Es kann ja nicht schaden, wenn sich mal einer das Bürgerbüro ansieht, oder? Ich kann auch mal bei der Stadt anrufen. Vielleicht gibt es für alles eine ganz einfache Erklärung." Sie hörten, wie Simon schon wieder mit seinem alten Freund Tobi sprach, der allerdings von nichts wusste, was die Tätigkeit im

Bürgerbüro einschränken könnte. Simon stellte das Telefon laut. „Nee, das Büro ist heute eigentlich geöffnet. Aber wenn wir zu viele Sachen auf dem Tisch haben, die erstmal wegmüssen, dann machen wir unsere Büros natürlich zu, sonst kriegen wir das ja bis Feierabend nicht weg, wenn dauernd einer kommt und was von uns will. Also, da muss der Bürger dann auch schon mal warten, bis wir so weit sind." „Danke dir, Tobi, mach's gut." „Tschau mit au", hörten sie den Mann vom Ordnungsamt noch sagen und Thomas als Dienststellenleiter ergriff das Wort: „Also, Sie sehen ja, Herr Knieling, alles ganz normal im Bürgerbüro." Thomas grinste. Die beiden Männer waren alles andere als zufrieden. „Aber sie geht nicht ans Handy! Sie geht immer ran, weil ja immer was mit den Kindern oder so sein kann." Knieling wirkte sehr verzweifelt. Typisch Helikopter, dachte Thomas, der die beiden Softies jetzt dringend loswerden wollte. „Wir müssen sowieso in die Stadt und werden so bald wie möglich im Bürgerbüro vorbeischauen." „Wir melden uns bei dir, sobald wir dort waren", versprach Nadine Roman und drückte Nils zum Abschied ein Küsschen auf die Wange. Die beiden Männer verließen die Wache missmutig, aber es blieb ihnen aktuell ja auch nichts anderes übrig.

„Bürgerbüro hin oder her, wir fahren jetzt erstmal zu Frau Schaufuß. Die muss jetzt herbei, egal wie. Ich lasse mich doch nicht noch länger von der an der Nase herumführen", sagte Thomas und Nadine musste schon wieder grinsen. „Natürlich nicht", erwiderte sie nur und machte sich mit ihm auf den Weg. „Simon, würdest du bitte die Bücking herbestellen? Auch wenn sie nicht mit drinhängt, müsste sie ihre Aussage über den Sonntagabend in den Erlen noch präzisieren." „Mach' ich", rief Simon den beiden Kollegen nach, die sich wieder auf den Weg Richtung Rodenberg machten, um Corinna Schaufuß den Ernst ihrer Lage zu erklären. Fast schon waren sie daran gewohnt, dass ihnen niemand öffnete. Sie gingen den Weg ums Haus herum nach hinten und konnten durch die Glasfront sehen, dass jemand am Aufräumen war. Es hatte ja auch übelst ausgesehen gestern. Eine junge Frau stiefelte über die Flaschen. Sie schien zu tanzen und außergewöhnlich gute Laune zu haben. Schien ja die reinste Partyoase zu sein, der Lupinenweg. Thomas klopfte an das Glas. Keine Reaktion. Nadine und Thomas winkten wie verrückt in der Hoffnung, die Frau würde sie sehen, wenn sie mal aufblickte. Doch erst als sie auf sie zuging, um die Tür zu öffnen – eher um zu lüften als die ihr unbekannten Gäste einzulassen -, wurde sie gewahr, dass die beiden wohl schon länger dastanden und reinwollten. Sie erschrak – und ließ die Schiebetür zu. Thomas bezweifelte einmal mehr den Nutzen von In-Ear-Kopfhörern. Er zog seinen Ausweis hervor und hielt ihn der Frau durch die Scheibe vor die Nase. Nadine war durch ihre Uniform ja leicht als Polizistin zu erkennen. „Was wollen Sie denn?" Die junge Frau blickte sie mit einem offenen Blick an und legte ihre Ohrstöpsel ab. „Wir suchen Frau Schaufuß", antwortete Thomas, „und Sie sind?" „Laura Siewert, ich putze hier." Thomas blickte sie prüfend an. Er hatte sich eine Putzfrau immer anders vorgestellt. In erster Linie mit Migrationshintergrund, wenn er ehrlich war. „Ein Freundschaftsdienst – und zu Recherchezwecken", fügte die junge Frau an. Sie war Anfang zwanzig, gut gekleidet und gepflegt. Als die beiden Beamten immer noch nichts sagten, redete sie weiter. „Also von Ihnen kann man schon mal lernen, wie man Menschen durch beharrliches Schweigen zum Reden bringt", lachte sie. „Ich bin zweiundzwanzig, komme aus Alsfeld, studiere Soziologie in Marburg und schreibe meine Bachelorarbeit über prekäre Arbeitsverhältnisse. Allerdings geht es hier mehr um das Rechts- und Unrechtsbewusstsein aller Beteiligten." Thomas schaute sie fragend an: „Na ja, die einen wollen nicht angemeldet werden, die anderen wollen alles richtig machen. Und keiner will zu viel zahlen. Beispielsweise bekommen die wenigsten Reinigungskräfte – übrigens fünfundsiebzig Prozent Frauen und vierzig Prozent mit Migrationshintergrund, und das sind nur die offiziellen Zahlen – so gut wie nie Lohnfortzahlung im Urlaubsfall." Die Studentin hatte sich in Rage geredet und mochte ihr Thema auch ganz spannend finden, doch Thomas und Nadine half das grade nicht weiter. „Wir suchen Frau Schaufuß", wiederholte er seine Frage. „Ja, entschuldigen Sie. Ich finde das Thema so vielschichtig. Haben Sie auch eine Putzfrau? Schon die Berufsbezeichnung, oder? Würden Sie nach einem ‚Putzmann' fragen?" „Frau Siewert!", ermahnte er sie. „Sie war vorhin, als ich kam, kurz im Bad und hat sich fertiggemacht, also geschminkt und so. Dann hat sie drei Flaschen Sekt eingepackt und sich auf den Weg gemacht. Keine Ahnung, wohin sie wollte. Zur Arbeit vielleicht?"

Das Bürgerbüro! Wenn da, wie Nils und Roman vorhin vermutet hatten, etwas nicht stimmte, war dort vielleicht der Dreh- und Angelpunkt des Falls. Thomas und Nadine wurde das gleichzeitig klar. Sie nickten der studentischen Putzkraft zu und eilten zu ihrem Auto. Mit Blaulicht fuhren sie zum Marktplatz – auf dem es wegen der Bauarbeiten nicht mal für sie ein Durchkommen gab. Sie sahen Simons Nummer auf dem Display, aber sie gingen nicht ran. Sie drehten, fuhren um die Altstadt herum, um schließlich von der Marburger Straße aus in die Rittergasse zu fahren, an deren Ende sich der Hintereingang des Bürgerbüros befand. Olga Winter saß dort auf der Treppenstufe; in ihren Armen: Corinna Schaufuß. Die Turmuhr der Walpurgiskirche schlug halb eins.

21

Immer noch Montag.

Corinna wimmerte wie ein kleines Kind und umklammerte ihren riesigen Alsfeld-Shopper. Ein dickes, ledergebundenes Buch lugte daraus hervor. Thomas zog seine Einweghandschuhe an und zog das schwere Buch mit beiden Händen heraus. Es war ein Band der Oberhessischen Zeitung; April bis Juni 2004. Nadine und er schauten sich an. Erst jetzt sahen sie, dass das zum Bürgerbüro führende Areal schon abgesperrt war. Kurz nach ihnen trafen schon die Spurensicherung, ein RTW und die Staatsanwältin ein. „Simon ist schon drin", sagte Olga und wies mit einer Kopfbewegung durch die Hintertür ins Bürgerbüro. Thomas übergab Daniel Rensch den OZ-Band. Sie gingen ein paar Stufen nach oben und betraten durch die geöffnete Tür den Raum hinter dem Bürgerbüro, in dem die Alsfelder an normalen Tagen ihre Pässe bestellen und sonstige Angelegenheiten klären konnten. Das Bild, das sich ihnen bot, konnten sie nur schwer entschlüsseln: Simon hielt Maris Bruder Klaus im Arm, Luise Schön steckte in einem runden Käfig und Ingrid Knieling saß auf einer alten Holztruhe. Beide Frauen machten einen völlig fertigen Eindruck, selbst Luise Schön hatte von ihrer Strahlkraft eingebüßt. Doch ein menschliches Wesen, dachte Thomas. Mari betrat den Raum und ging auf Klaus und Simon zu. „Da war was nicht richtig", wiederholte Klaus wieder und wieder. Die Sanitäter nahmen zunächst Ingrid und Klaus in Augenschein. Die Bürgermeisterin steckte noch in dem Triller fest, einem mittelalterlichen Folterinstrument, von dem es ein zweites vor dem Beinhaus gab, damit sich die Touristen noch ein bisschen mehr grausten, wenn sie auf dem ehemaligen Stadtfriedhof und vor dem Gebäude standen, in dem die Gebeine der Toten aufbewahrt worden waren, nachdem der Friedhof im 17. Jahrhundert pest- und kriegsbedingt zu klein geworden und geräumt worden war. „Hat einer den Schlüssel für das Teil?", fragte er. „Ich glaube, den hat Corinna in ihrer Handtasche", antwortete Ingrid. Nadine ging nach draußen und kam wenig später mit dem Schlüssel zurück, um Luise Schön zu befreien. Daniels Kollegen stellten zwei leere Flaschen Sekt sicher, nahmen Fingerabdrücke und schauten in jede Ecke des Hinterzimmers, das wohl auch als Abstellkammer für Alsfeld-Devotionalien aller Art diente. Neben dem Nachbau des Trillers und der alten Truhe stand noch ein in Schwälmer Tracht gehülltes Schaufensterpuppenpärchen herum und sah dem Treiben teilnahmslos zu. Alte Prospekte und Postkarten stapelten sich in dem Regal neben einer Küchenzeile. Plötzlich wollten alle nur noch an die frische Luft. Luise Schön fand als Erste zumindest annähernd wieder zu ihrer Form zurück. Sie ging zu dem Krankenwagen, in dem Corinna verarztet wurde. Die schluchzte immer noch herzzerreißend und Thomas bekam schon wieder Mitleid mit ihr. Was war hier passiert? Er sah, wie Luise auf Corinna zuging und sie in den Arm nahm. „Alles wird gut, Corry", flüsterte sie und streichelte ihr über den Kopf wie einem kleinen Kind. „Nichts wird gut" schrie Corinna Schaufuß. „Ich habe zwei Menschen umgebracht. Ich wollte frei sein und jetzt ..." Sie sackte wieder in sich zusammen. Alle Umstehenden hatten Corinnas Geständnis gehört. Clara Faust reagierte als Erste. „Ist sie stabil genug für ein Verhör?", fragte sie den Notarzt, einen Mann um die Sechzig, der Corinna eine Beruhigungsspritze verabreichte. „Gönnen Sie ihr ein, zwei Stunden Ruhe, dann wird es gehen." „Bringt sie schon mal auf die Wache. Sie kann im Ruheraum liegen, aber passt auf, dass sie nicht wieder abhaut", sagte die Staatsanwältin zu zwei Polizisten, die bei der Absperrung geholfen hatten. „Und jetzt zu dir, Simon. Warum warst du als Erster hier?"

„Gehen wir zu mir", bot Olga an. Ihre Podologiepraxis lag schräg gegenüber. „Was ist denn hier los?", rief Frieda Kaiser. Sie stand vor der Praxis und alle wunderten sich, wie die Zweiundneunzigjährige die Absperrung überwunden hatte. „Ich habe einen Termin." „Heute mache ich nichts mehr, tut mir leid, Frau Kaiser", sagte Olga in ruhigem Ton, „ich melde mich bei Ihnen." „Was ist denn passiert, man kommt ja kaum durch." „Können Sie morgen alles in der Zeitung lesen", sagte Thomas. „Gehen Sie bitte nachhause." Die alte Frau stapfte über das Pflaster, hob das Flatterband an, ging drunter durch und peilte die Obergasse an. Dort sah Thomas schon Axel Baier und Helga Schütz stehen. Die Nachrichtenversorgung der Alsfelder war also sicher-gestellt. Er wusste nicht, ob das jetzt gut oder schlecht war, doch auch er musste nun erstmal auf den neuesten Stand gebracht werden. In Olgas Praxis tummelten sich Mari und Klaus, die Staatsanwältin, Simon, Nadine, Thomas und die Bürgermeisterin. Ingrid hatte, nachdem der Notarzt sie und Luise für stabil befunden hatte, direkt ihren Mann angerufen, der sie abholen kam. Er hatte Thomas einen derart zornigen Blick zugeworfen, wie er es dem Softie gar nicht zugetraut hätte. „Hätten Sie gleich auf mich gehörte, wäre uns Einiges erspart geblieben", warf Knieling Thomas an den Kopf. Ja, ja. Hinterher war man immer schlauer. Der Kommissar sah den beiden nach, als sie sich davon machten – mit dem Lastenrad, das Roman fuhr, während Ingrid in der Ladefläche saß. Jetzt musste Thomas doch grinsen.

Und dann fing Simon an zu erzählen. Um viertel nach zwölf hatte seine Mutter Olga ihn angerufen, weil ihr im Bürgerbüro etwas komisch vorkam. Sie hatte in ihrer Praxis Klaus gehört, der wie ein Wilder an die Tür des Bürgerbüro geklopft und „Lass mich rein" gerufen hatte. Kaum war er verstummt, hörte sie, wie es von drinnen rief „Lass uns raus. Du spinnst ja." Alle blickten zu Klaus. „Ich will zum Helmut.

225

Ich hab' Hunger." „Klaus, was war denn, was hast du gesehen?", frage Mari ihren Bruder. „Die schöne Frau ist ins Bürgerbüro gefallen", sagte er. „Corry hat mich angerufen und ins Bürgerbüro bestellt", erkläre Luise Schön. „Als ich mit meinem Schlüssel öffnete, hat sie mich schon erwartet und mich reingezogen. Klaus muss das gesehen haben und wollte mich anscheinend retten." Klaus wurde rot, während Luise Schön weitersprach: „Er hat wie wild an die Tür gehauen. Corry war völlig außer sich und ehe ich mich versah, hat sie mich in den Triller geschubst und abgeschlossen. Klaus hat immer weiter an die Tür gehämmert, bis Corry sich nicht mehr anders zu helfen wusste, als ihn auch noch reinzulassen. Er hat gesehen, dass ich gefangen war, und aus der großen Truhe rief Ingrid um Hilfe. Das hat ihn anscheinend völlig überfordert und er wollte direkt wieder raus. Corry hatte anscheinend schon mindestens eine Flasche Sekt intus und die Situation überhaupt nicht mehr unter Kontrolle und lief Richtung Hintertür." „Als ich kam, um nach dem Rechten zu schauen, rannte mich Corinna am Hinterausgang fast um", machte Simon weiter. „Ich habe sie aufgefangen und meiner Mutter in die Arme gedrückt, die mit rübergekommen war. Dann bin ich ins Bürgerbüro, habe Klaus beruhigt und die Spusi und den Notarzt gerufen. Bei euch habe ich auch angerufen, aber ihr seid nicht rangegangen." „Frau Schaufuß hat grade zwei Morde gestanden, Frau Schön. Wissen Sie, was es damit auf sich hat?" Clara Faust ging zielstrebig zu Werke. „Es muss was mit unserem Abi zu tun haben", mutmaßte die Bürgermeisterin. Thomas erinnerte sich an Christians Nachricht: „Ich weiß, was du im Sommer 2004 getan hast", murmelte er. „Genau, Christian hat mir so eine komische Nachricht geschickt." „Der Jahresband der OZ ist doch auch aus diesem Zeitraum, oder", sagte Nadine. Die Ermittler schauten sich an. „Es ist Zeit, Frau Schaufuß aufzuwecken", sagte Thomas und löste die Versammlung rund um den

Behandlungsstuhl und das Elektrofeilensortiment auf. Er warf noch einen Blick auf ein anatomisches Fußmodell und zahlreiche Zertifikate an der Wand. „Deine Füße tragen dich überall hin", las er auf einem mit Blumen verzierten Plakat, „danke es ihnen regelmäßig." Kurz dachte er wieder über sein Alter und eventuelle optische und gesundheitliche Verbesserungsmöglichkeiten nach, doch Nadine und Simon liefen schon an ihm vorbei nach draußen. Es gab zu tun! Die Bürgermeisterin machte sich ihrerseits auf den Weg ins Rathaus. Thomas sah sie an den umstehenden, neugierigen Passanten vorbei stolzieren. Niemand sprach sie an. Was für eine Frau! Auch Mari und Klaus ließen die Alsfelder vorbeiziehen. „Ich hab' Hunger" hörte er Maris Bruder noch sagen, und Mari und Klaus bogen ab in Richtung Marktcafé.

„Brauchen Sie mich noch?" Bettina Bücking war Simons Bitte gefolgt und in der Wache erschienen, hatte aber niemanden angetroffen. „Simon!" Der Polizeiobermeister folgte Thomas' Aufruf und nahm Frau Bücking mit in den Besprechungsraum. „Wir brauchen noch einmal Ihre Darstellung vom Sonntagabend in den Erlen, Frau Bücking", sagte er und schloss die Tür.

„Kannst du mal nach Frau Schaufuß sehen?" Nadine machte sich auf in Richtung Ruheraum und kam mit einer wackligen Corinna Schaufuß am Arm zurück. Clara Faust nickte. „Wir versuchen es. Möchten Sie juristischen Beistand, Frau Schaufuß?". Die mutmaßliche Täterin schüttelte den Kopf. „Dann erzählen Sie mal." Nadine stellte ihr einen Kaffee und einen grünen Tee hin und schaltete das Aufnahmegerät an.

„Christian wollte am Sonntagabend bei einem Spaziergang mit mir über alles sprechen", fing Corinna an. „Wir hatten ein paar Probleme." Sie wirkte erstaunlich klar. „Ich hatte ihn beim Abendessen nicht nur angeschrien, sondern auch ein

Glas Wein nach ihm geworfen, als er mir vorhielt, dass ich zu viel trinke. Was ja stimmt, ich weiß." Sie begann wieder zu schluchzen, aber sie fing sich, nahm einen Schluck Wasser, setzte sich gerade auf und fuhr fort. „Wie immer war es so, dass je wütender ich wurde, er umso ruhiger und gelassener wurde. Christian wusste genau, dass er nur warten musste, bis ich mich selbst auf diese Weise ruinierte und er wieder die Oberhand hatte. So lief das immer. Wie er mich ansah, so voller Verachtung! Ich schämte mich vor mir selbst, gleichzeitig wurde ich immer wütender: Er konnte mich so dermaßen bis aufs Blut reizen, konnte mich so klein machen, so armselig. Wieder einmal nahm ich mir vor, ihn zu verlassen. Zum hunderttausendsten Mal. Natürlich würde ich es nicht schaffen, das wusste ich auch schon. Wissen Sie, Christian und ich waren das schönste Paar Alsfelds. C und C, wie das Logo von Coco Chanel. Wo wir hinkamen, waren wir gern gesehene Gäste, es war einfach toll." Die Ermittler hörten gebannt zu, auch Simon war inzwischen dazu gekommen. „Was schauen Sie mich so an, es ist schön, zu den oberen Zehntausend zu gehören", rief Corinna aus, etwas zu theatralisch vielleicht. Alsfeld hat neuntausend Einwohner, dachte Thomas und hörte, wie es Simon entfuhr: „Das wäre ja dann ganz Alsfeld." Nadine und Clara schauten sich an. Sie machten einen sehr betroffenen Eindruck. „Klar weiß ich, dass es den Leuten nie um mich ging", fuhr Corinna von Simons Einwurf unbeeindruckt fort. „Ich war sein Anhängsel, von Anfang an. Und ich hatte mich darauf eingelassen. Was sollte ich jetzt, mit fast fünfunddreißig, daran noch ändern? Ich ging also mit ihm in die Erlen und er fragte mich: ‚Wo soll das alles noch hinführen?'; er hörte sich an wie mein Vater. ‚Schau dich doch an, Corinna. Du verkommst immer mehr. Meinst du, ich wüsste nicht, dass du auch tagsüber schon trinkst? Ich weiß wirklich nicht, wie lange ich mir in meiner Position eine Frau wie dich noch leisten kann.'" Corinna äffte ihren Mann nach, und jeder konnte sehen, wie verletzt die junge Frau war. Wieder einmal hatte Christian sie durchschaut und ihr zu verstehen gegeben, was er von ihr hielt – und mehr als das: Er hatte sie ernsthaft angezählt. „Der wollte mich rausschmeißen", rief Corinna aus. „Und weil wir so einen tollen Ehevertrag hatten und unser Haus auch noch auf dem Grundstück von seinem Vater stand, hätte ich mit nichts dagestanden. Er hat in der Öffentlichkeit zwar immer so getan und behauptet, ich sei sein Fels in der Brandung und er sei ja nichts ohne mich, aber das war alles nur Show. Der brauchte mich nur zum Schönaussehen und Kleinmachen." Jetzt fing Corinna doch wieder an zu weinen und Thomas reichte ihr fast schon reflexhaft ein Tempo. „Und was wäre schon gewesen, wenn er mich verlassen hätte? Sie wissen doch, wie das läuft: Ein, zwei Tage, vielleicht eine Woche lang hätten sich die Menschen überall die Mäuler zerrissen. Auf dem Marktplatz, an den Supermarktkassen, im Sport, in den Erlen, im Schwimmbad, in den Biergärten. Christian hätte überall seine Wahrheit verbreitet und Mitleid, Unterstützung und Zustimmungen geerntet. ‚Eine Alkoholikerin zur Frau, der Arme'", imitierte sie die vermuteten Beileidsbekundungen und fuhr mit ihrem Kopfkino fort. „Christian jedenfalls hätte nach kurzer Zeit eine neue, attraktive Begleitung aus der langen Liste seiner Bewunderinnen erwählt. Vielleicht Ines Laube, seine Assistenzärztin. Sechsundzwanzig Jahre alt, strahlendes Lachen, lange blonde Haare, definierter Body. Doch Christian wollte das gar nicht. Der wollte sich nicht von mir trennen, der wollte mich einfach immer nur weiter quälen", rief die Witwe aus und berichtete von einem Deal, den sie damals, im Sommer 2004 mit Christian geschlossen hatte:

Schon in der Schulzeit waren die beiden ein Paar, er in der dreizehnten, sie in der elften Klasse. Alle waren sich einig, dass sie das schönste Paar der Schule waren. Auch als

Christian direkt nach dem Abitur anfing, in Gießen zu studieren, blieben sie zusammen. „Ich fand es eigentlich ganz schön, dass er nicht mehr so viel Zeit für mich hatte, mir war das mit ihm eigentlich alles zu früh und zu fest. Auch Luise hat mich dauernd gefragt, wie ich das aushalte." Luise und Corinna waren im selben Jahrgang und eng befreundet. Luise war in der elften Klasse mit ihren Eltern von Frankfurt zurück nach Alsfeld gezogen, woher Luises Mutter stammte. „'Christian ist der größte Spießer der ganzen Schule', hat Luise immer gesagt. Egal: Alle Mädchen unseres Jahrgangs außer Luise fanden Christian richtig heiß und dann wollte er mich haben. Mich. C und C, verstehen Sie. Wir waren einfach DAS Paar des Jahrgangs, ach was, der ganzen Schule."

Doch dann stellte eine Nacht alles in Frage, was Corinna bisher als sicher galt, wie sie atemlos berichtete: Auf ihrer Abiparty auf dem Homberg floss der Alkohol in Strömen. Sie hatten ihre Zelte aufgeschlagen, Musik dröhnte über den Platz, die Sommernacht hätte nicht schöner sein können. Und als Corinna morgens in den Armen von Luise aufwachte, hatte sie die irrste, liebevollste, zärtlichste Nacht ihres Lebens hinter sich. Der Sex mit Luise Schön stellte alles, was Christian mit ihr gemacht hatte, weit in den Schatten. Sie war geflogen, hatte die Erde umrundet – mehrfach – und war eingeschlafen mit dem Gefühl, dass nun endlich, endlich ein heller, richtiger Weg vor ihr lag. Als Christian ungläubig in ihr Zelt geschaut hatte, war ihr klar, dass ihr dieser helle, richtige Weg versperrt bleiben würde, weil sie ihn gar nicht erst gehen würde: Sie, eine der Erbinnen der Alsfelder Bekleidungshausdynastie Wartenbach, konnte keinesfalls die Regeln brechen. Sie konnte, durfte keine Frau lieben. Und schon gar nicht Luise Schön, die mit ihrem lockeren Lebenswandel der Schreck aller Familien war. Die, die allen Männern die Köpfe verdrehte und so frei und ungezwungen war, dass es

Corinna ganz schwindelig gemacht hatte. Sie und Luise. Luise und sie. Das wäre es gewesen.

„Wäre es gewesen", sagte Corinna und löste sich von der Erinnerung an diese Nacht. Sie war zurück in den Erlen und berichtete weiter. „'Komm schon, du weißt genau, wenn ich dich nicht aus Luises Zelt gefischt hätte, hätten alle mitbekommen, was ihr da getrieben habt. Du warst doch selbst froh, dass ich dir diese eklige Lesbenscheiße verziehen und niemandem was davon erzählt habe. Du kannst mir ewig dankbar sein. Aber was tust du? Lässt mich nicht mehr ran, säufst und wunderst dich, dass ich mit Luise vögele. Die hat's echt drauf, aber was sag' ich dir ...'" Corinna schlug mit der bloßen Hand auf den Tisch und alle hielten die Luft an. „Das hat er mir alles an den Kopf geworfen, nicht zum ersten Mal. Wir waren an meiner Lieblingsstelle in den Erlen angekommen. Dort führt eine alte Steintreppe vom Ufer aus in den Bach. Sie ist bemoost und immer, wenn ich dort war, stellte ich mir vor, wer schon alles hier gesessen und über sein verpfuschtes Leben nachgedacht hatte, so wie ich. Als Christian so vor mir stand und dann auch noch zugab, dass er mit Luise schlief, da bin auch auf ihn los. Wissen Sie, es war mir völlig egal, mit wem er schlief, Hauptsache, ich hatte meine Ruhe. Aber mit Luise. Sie hat mir so gefehlt! Kein Tag, an dem ich nicht an sie dachte. Und als sie dann wiederkam, bin ich ihr aus dem Weg gegangen, wo ich nur konnte."

Corinna machte eine Pause, aber die Ermittler konnten jetzt nicht mehr warten. „Und dann?", fragte Thomas. „Als er sagte, dass er mit Luise vögelt, bin ich ausgerastet, bin auf ihn los. 'Ja, lass es einfach raus – mich wundert bei dir sowieso nichts mehr', hat er gerufen und ich habe immer weiter mit den Fäusten auf seine Brust eingeschlagen. Er hat gelacht und gelacht und wollte meinen Arm greifen. Aber ich habe mich weggedreht. Christian hat ins Leere gegriffen und ist ins Straucheln geraten. Er hat das Gleichgewicht verloren, ist gestürzt und mit dem Kopf auf einer der Treppenstufen aufgeschlagen, deren Moosbelag immer ein bisschen klitschig ist. Er blutete heftig am Kopf, und noch immer lachte er. Er wollte sich aufrichten, aber es ging nicht. „'Jetzt guck nicht so blöd, hilf mir lieber auf!', schrie er mich an. Stellen Sie sich das mal vor", wandte sie sich an ihre Zuhörer. „Der war sich sicher, dass er mich so behandeln kann und dass ich ihm trotzdem helfe! Neben ihm lag ein Ast. Ich hob ihn auf und schlug auf Christian ein, bis ich nicht mehr konnte. Er hatte schon längst aufgehört zu lachen und zuckte nicht mehr. Aber ich konnte erst aufhören, als mir schon alles wehtat. Ich sah an mir runter und erst jetzt wurde mir klar, was hier gerade vor sich gegangen war. Ich schaute mich um und hoffte, dass mich niemand gesehen hatte. Wir waren vorher den Bückings begegnet, aber jetzt war niemand mehr da." „Und der Ast? Was haben Sie damit gemacht", fragte Clara Faust. „Weggeschmissen. In die Schwalm." Kein Wunder, dass sie ihn nicht gefunden hatten. „Ich gab Christian noch einen kleinen Schubser mit dem Fuß, dann verschwand er im Gestrüpp neben der Treppe. Eigentlich hatte ich gehofft, Sie würden ihn im Herbst erst finden. Ein wenig Ruhe wäre schön gewesen." Simon, Nadine, Clara und Thomas konnten es nicht fassen. Sie schauten Corinna Schaufuß mit einer Mischung aus Abscheu und Mitleid an. Diese nahm einen großen Schluck aus der Teetasse und freute sich offenbar, ihr Gewissen zu erleichtern. Unvermittelt fuhr sie fort.

„Kaum hatte ich einen Plan geschmiedet, wie ich erklären wollte, dass Christian nicht von seinem Schweigeseminar zurückkehren würde, traf ich am Montagabend den Bücking im Supermarkt. Ich hatte mich im Bürgerbüro krankgemeldet und den ganzen Tag über alles nachgedacht.

Es hört sich für Sie vielleicht blöd an, aber ich fühlte mich frei. Seit sechzehn Jahren war ich nicht mehr so frei gewesen. Ich hatte einen Riesenhunger und wollte mir endlich wieder mal etwas Ordentliches zu essen machen. Christian hat ja immer an meiner Figur rumgemeckert. Frauen über Größe vierunddreißig fand er abstoßend. Hat er zumindest immer behauptet." Thomas sah Nadine und der Staatsanwältin an, was sie mittlerweile von Christian Schaufuß hielten, und schloss sich innerlich ihrer Meinung an. „Bücking sprach mich direkt an und machte so Andeutungen. Erst ganz harmlos. Ob wir noch vor dem Gewitter nachhause gekommen seien und so. Dann kam er ganz nah an mich ran und flüsterte mir ins Ohr ‚Wir beide haben ein Geheimnis. Am besten kommst du morgen mal zu mir ins Stadtarchiv, dann können wir es gemeinsam lüften.' Er hat mich also doch gesehen, dachte ich und hoffte gleichzeitig, dass es etwas anderes sei. Aber was denn schon? Den ganzen Abend überlegte ich, was ich machen sollte. Als ich ihn dann am Dienstag vom Marktcafé ins Beinhaus gehen sah, dachte ich, besser kläre ich es gleich, als dass er irgendetwas rumerzählt. Ich wusste ja, dass er für Gefälligkeiten zu haben war. Oder kennen Sie vielleicht eine Frau in Alsfeld, an der er seine Drecksflossen noch nicht hatte?" Sie machte eine kleine Pause und trank einen Schluck Wasser. Die Luft in dem Vernehmungsraum war zum Schneiden und Thomas verspürte langsam einen ziemlichen Kohldampf. Wie bestellt, brachte Simon ihnen allen jetzt was zu trinken, stellte Wasser und Kaffee auf den Tisch und hatte auch noch eine Dose Konferenzkekse gefunden, wie er die Gebäckmischung in den edlen viereckigen Verpackungen immer nannte. Thomas nickte ihm zu. „An Ihnen wahrscheinlich nicht", wandte Corinna sich an Clara und Nadine. „Und an Luise wahrscheinlich auch nicht. Sie sind nicht sein Beuteschema." Thomas wunderte sich über den Geisteszustand von Corinna

Schaufuß. Einerseits völlig klar und dann wieder völlig am Ende mit Tendenz zu hysterisch.

„Bücking saß wichtig an seinem Schreibtisch, als ich ins Stadtarchiv kam, und blätterte in einem großen Jahresband der Oberhessischen Zeitung. Als ich mich vor ihn auf den Stuhl setzte, zog er ihn zu sich und tätschelte mir das Knie. Ich hatte mir extra schon eine Hose angezogen. Wer im Sommerröckchen zu Bücking geht, ist selber schuld." Clara schüttelte fassungslos den Kopf. „Er war so widerlich. Ich musste fast kotzen, aber es half ja nichts. Ich fragte ihn, was er wollte, und er sagte so was wie ,Tja, meine Liebe, wir haben alle unsere kleinen dunklen Seiten, von denen wir hoffen, dass niemand sie entdeckt, stimmt's?' Dann lachte er mich an oder aus, je nachdem, und machte sich die Stufen hoch ins Archiv, wo er wahrscheinlich schon extra für mich eine Kiste bereitgestellt hatte. Bücking entnahm der Kiste etwas, das ich erst nicht erkennen konnte. Dann sah ich, dass es unsere Abizeitung war. Er lief ausgiebig um die Kiste herum und wollte mir von oben herunter einen Vortrag halten. ,Ja, liebe Corinna, du glaubst ja nicht, was ich hier ...' Weiter kam er nicht. Er schwenkte die Abizeitung und stolperte über die Kiste, die er sich selbst in den Weg gestellt hatte. Im Fallen hat er seine Beine verdreht und blieb irgendwie ganz komisch da liegen. Der dachte tatsächlich auch, dass ich ihm helfen würde." Sie schüttelte ungläubig mit dem Kopf. „Haben Sie aber nicht", fragte Thomas. „Ich wollte frei sein. Die Welt ist voll von solchen Scheißtypen und hier lag einer vor mir. Es fehlte nur noch ein kleiner Schubs. Ich nahm den dicken Lederband von seinem Schreibtisch und schlug damit auf Bücking ein. Sie hätten mal sehen sollen, wie der mich ansah. Der hatte Schiss vor mir. Er vor mir! Ich stellte mir vor, wie alle Frauen, denen Bücking an die Wäsche gegangen war, nochmal in ihm vorbeiflanierten zum Abschied und ihm den Stinkefinger zeigten. Warum hätte ich aufhören sollen?" „Und dann?". „Es hat schon übel ausgesehen, glücklicherweise hatte ich so eine Hose an, die aussah, als hätte Picasso sie gemalt. Da sind Bückings Blutflecke nicht so aufgefallen. Aber eklig war's schon. Ich habe den Zeitungsband und die Abizeitung in meine Tasche gesteckt und bin damit zielstrebig über den Marktplatz zum Bürgerbüro gelaufen. Ein ganz normaler Weg für mich. Dort habe ich mir das alles angeschaut, und wissen Sie was: Der hatte mich gar nicht in den Erlen gesehen, der wollte mich mit meiner Knutscherei mit Luise erpressen! In der Zeitung war ein Knutschbild vom Homberg, eigentlich harmlos. Er hat dann das Bild mit unseren Fotos in der Abizeitung verglichen und uns erkannt."

Clara Faust ließ Corinna abführen. Die vier Ermittler gingen nach draußen und holten tief Luft. Kaum zu glauben, dass dieser schöne Sommertag so enden würde. Zumindest könnten sie gleich auf der PK eine große Bombe platzen lassen. „Und alles nur, weil zwei Männer solche Arschlöcher waren", sagte Nadine und sprach aus, was sie wohl alle dachten. Selbst Thomas hegte immer noch ein wenig Mitgefühl für Corinna Schaufuß. „Sie hätte sich einfach von ihm trennen müssen, als sie gemerkt hat, dass es nicht mehr ging", sagte Simon. „Wenn das so einfach wäre, hätten wir viele Probleme nicht", erwiderte Nadine. Thomas wurde das jetzt alles zu theoretisch. „Heute Abend nach der PK im Biergarten?"

Zwei Wochen waren seit dem Showdown im Bürgerbüro vergangen. Alsfeld war kurzfristig erschüttert, doch mit dem Abzug der Fernseh- und Zeitungsteams war wieder Ruhe eingekehrt rund um das alte Pflaster des ehrwürdigen Marktplatzes. Für ein wenig Aufruhr hatte noch die Pranger-Aktion unbekannter Aktivistinnen gesorgt: Sie hatten eine Puppe am Pranger befestigt, die angesichts ihres auffälligen British-Landlord-Styles große Ähnlichkeit mit einem kürzlich verstorbenen ehemaligen Richter hatte. Zunächst klebte nur ein wenig Eidotter mit Schalenresten an der Cordjacke, die irgendwann einmal jemand in der Reinigung vergessen hatte. Mit der Zeit häuften sich die Tomaten und Salatblätter auf der Puppe und rund um ihren Platz an der Ecke des Weinhauses. Die Frauen, die vorbeikamen, zeigten erst erstaunt auf die Puppe, dann lachten sie lauthals los und die meisten fanden etwas in ihren Einkaufstaschen, das sie der Installation beifügen konnten. Am dritten Tag jedoch, als auch hierfür die Fernseh- und Zeitungsteams wieder abgezogen waren, begann das Ganze in der Sommerhitze zu faulen, und Tobi vom Ordnungsamt konnte nicht anders als das Kunstwerk entfernen zu lassen.

Der Sommer nahm kein Ende. Die Türme der Walpurgiskirche und des Rathauses ragten von allem unbeeindruckt in den blauen Himmel über der Fachwerkstadt. Es schlug ein Uhr Mittag. Klaus machte sich auf den Weg vom Buchladen zum Marktcafé. Alex Baier fachsimpelte mit der neuen Stadtarchivarin Vera Horchler über die Funde auf dem Marktplatz. Helga Schütz gesellte sich zu ihnen und gestikulierte wild. Von weitem kündigte das Klackern von Absatzschuhen auf dem Marktplatz das Erscheinen der Bürgermeisterin an, die gerade aus ihrer Mittagspause kam. Milena und Jannis schmissen den

Buchladen, während Mari mit einem Kaffee auf der Hollywoodschaukel vor ihrem Laden saß und eine Zigarette rauchte. Thomas setzte sich zu ihr. Er hatte nach zwei Wochen wieder eine Sitzung bei Michael Townsend gehabt und ihm bei der Gelegenheit seinen Filofax und die Patientenakte zurückgegeben. „Schön, dass er wieder da ist", sagte Mari zu Thomas. Er wunderte sich, dass sie wusste, dass er von Townsend kam. Sie bot ihm eine Zigarette an. Er nickte zustimmend. „Wo war er eigentlich die ganze Zeit?", fragte Thomas. „Am Edersee." „Aber als ich dich fragte, sagtest du, er sei nicht mehr da." „Da war er ja auch nicht da." Schweigen. „Aber kurz darauf ist er wiedergekommen." Mari grinste. „Sonst noch was?" Thomas ahnte, dass hinter Townsends Verschwinden mehr steckte als das, was bisher bekannt war. „Nö." Mari nahm einen großen Schluck aus ihrer Kaffeetasse und schaute in den Sommerhimmel.

„Was machst du eigentlich immer heimlich auf dem Wohnmobilstellplatz?", fragte Thomas weiter. Er hatte seine Morgenrunde variiert und Mari in den letzten Tagen zweimal morgens recht früh dort gesehen, immer in der Nähe eines Eisverkaufsfahrzeuges. Er fand das interessant und hatte sie beobachtet. Offenbar war sie mit dem Fahrer des Autos sehr vertraut. Sie stutzte. „Mit dem Hund gehen, was sonst", antwortete sie kurz. Sie schwiegen wieder eine ganze Weile und blickten auf den immer noch aufgerissenen Marktplatz und die schönen Häuser rundherum. „Und was macht Weimar?", fragte Mari ihren ehemaligen Schulkollegen. „Geht so." „Und Manu?" Jetzt musste Thomas grinsen. „Machen wir einen kleinen Deal, Reul." So hatte er sie in der Schule immer genannt. „Du fragst nicht nach Manu und Weimar, und ich frage nicht nach Townsend und bofrost." Mari nahm einen tiefen Zug aus ihrer Zigarette. Sie streckte ihre nackten Füße aus. „Wenn du meinst."

... nur falls einer fragt:

Die Handlung dieses Krimis ist komplett erfunden. Das handelnde Personal ist vollständig von mir erdacht. Ähnlichkeiten mit lebenden Personen, und sollten diese dem einen oder der anderen noch so bekannt vorkommen, sind nicht beabsichtigt und wären wirklich rein zufällig.

Ich sage Dankeschön.

Ein solches Buch könnte natürlich nie entstehen, wenn es keine Unterstützer, Ideengeber, Korrekturleser, Gestalter und viele andere Menschen mehr geben würde. Daher möchte ich gerne vielen von ihnen danken: Angela, die mich erst auf die Idee zu diesem Krimi gebracht hat. Hanne, Claudia und den anderen aus unserem Krimikurs von Schreibwerk Berlin, der eingangs dafür gedacht war, im Sommer 2021 schnell mal einen Krimi zu schreiben und der immer noch (also im Juli 2023) besteht. Wir haben Freud und Leid geteilt, Perspektiven geübt, Leichen gezählt und Traumata erfunden. Und eine Wahnsinnslesung in Potsdam bestritten. Viele Freunde und Bekannte haben mir mit Informationen weitergeholfen, insbesondere die Damen und Herren aus dem Geschichts- und Museumsverein, danke dafür! Mein Dank gilt allen Korrekturleserinnen, insbesondere Jutta und Roswitha, die schnell und gewissenhaft waren und ohne die Frieda nach knapp zwei Wochen um zwei Jahre gealtert und Jannis ewig ein Ofenstufenschüler geblieben wäre. Ich danke Maike für die tolle Gestaltung des Covers und allen Frauen aus meiner Runde für Input ohne Ende. Sie haben sehr oft sehr viel Geduld mit mir bewiesen. Ebenso wie meine Familie, die mich zeitweise nur noch an den Tasten hat sitzen sehen und das Wort „Krimi" wahrscheinlich kaum noch hören mochte. Dennoch haben mich alle bestärkt und das ganze Projekt mitgetragen. Und sie haben auch schon Ideen für den zweiten Band.

Und so sage ich nicht nur Dankeschön, sondern verleihe auch gleich mal der Hoffnung Ausdruck, dass alle beim nächsten Mal wieder mit am Start sind.

Ahoi,

Traudi

Traudi Schlitt: Alles Gute

... oder wie man mit ein wenig Wahnsinn gut durchs Jahr kommt

In ihrem ersten Buch nimmt Traudi Schlitt ihre Leserinnen und Leser mit in die Welt des Alltags und seiner Tücken. Die Kolumnistin der Oberhessischen Zeitung spricht offen über ihre problematische Beziehung zum FC Bayern und ihre Schwierigkeiten im ständigen Kampf gegen die Zeit. Auch über ihre ganz persönliche Situation als Hausfrau und On-Off-Emanze denkt sie regelmäßig und meistens zur Freude ihres Publikums nach.

50 Kolumnen hat Traudi Schlitt im Jahr 2014 unter dem Titel „Alles Gute" erstmals in ein Buch gepackt.

ISBN: 9783734736872

Preis: 7,99 Euro

Traudi Schlitt: Alles bestens

… der Wahnsinn geht weiter

Unverdrossen hat sich Traudi Schlitt dem Alltag auf die Spur begeben, die Langsamkeit entdeckt (und wieder vergessen) und die beiden weiblichen Kernkompetenzen „Schönrechnerei" und „Schönrednerei" gelüftet. In ihrem zweiten Buch spricht die Kolumnistin über ihre schwierige Kindheit als Stöpselkind, sie offenbart ihr Diätgeheimnis und erklärt sich solidarisch mit Karl Lagerfelds ehemaliger Haltung zu Bequemkleidung.

50 neue Kolumnen hat Traudi Schlitt im Jahr 2015 unter dem Titel „Alles bestens" als Nachfolger ihres Erstlings „Alles Gute" veröffentlicht.

ISBN: 9783739207037

Preis: 8,-- Euro

Traudi Schlitt: Läuft!

...Neues von der Alltagsfront.

Das Leben schreitet unerbittlich voran und macht vor nichts Halt: Auch Traudi Schlitt kämpft weiter mit den Tücken des Alltags, und ihr „Läuft" könnte durchaus ironisch zu verstehen sein. in ihrem dritten Kolumnenband lüftet sie nicht nur Kleopatras Schönheitsgeheimnis, nein, sie gibt auch Tipps zur ultimativen Faschingsverkleidung, blickt zurück auf die Einführung des Frauenwahlrechts (die allerdings vor Erscheinen des Buches stattfand) und widmet sich den ersten Wechseljahres-beschwerden. In der ein oder anderen Kolumne sollen sich auch Männer wiederfinden ....

50 neue Kolumnen hat Traudi Schlitt im Jahr 2017 unter dem Titel „Läuft" als Nachfolger von „Alles bestens" und „Alles Gute" veröffentlicht.

ISBN: 9783739207037

Preis: 8,-- Euro

Traudi Schlitt: Gerne

Überleben in irren Zeiten.

Mit „Gerne!" legt Traudi Schlitt den vierten Band ihrer Kolumnensammlung vor. Sie berichtet von ihren Kämpfen mit der Nachhaltigkeit, den Klimaxtagen oder den Filterfunktionen und verarbeitet ihre Pandemie-erfahrungen. Als Bonusmaterial gibt es Texte, die nach einer intensiven Handtaschenrecherche entstanden sind. Dabei wird mehr als nur ein Geheimnis gelüftet.

86 neue Kolumnen hat Traudi Schlitt im Jahr2021 unter dem Titel „Gerne!" als Nachfolger von „Alles bestens", „Alles Gute" und „Läuft!" veröffentlicht.

ISBN: 9783755701835

Preis: 12,-- Euro

Tobias Gremmel und Traudi Schlitt: Hinterhöfe

Alsfelds kleine Fluchten

Gemeinsam mit dem Fotografen Tobias Gremmel hat sich Traudi Schlitt auf den Weg gemacht, Alsfelder Hinterhöfe zu erkunden. Was er fotografisch an wundersamen Ecken, überraschenden Details und ganz viel Heimatliebe zusammengetragen hat, hat sie mit Gedankenschnipseln versehen.

Ein Buch für alle Menschen, die Alsfeld auf eine neue Art und Weise entdecken wollen. Oder die es einfach so lieben.

ISBN: 9783754359990

Preis: 20,-- Euro

Traudi Schlitt

und

Victoria Wittek:

Handschuhgeschichten

Gesucht und gefunden oder für immer vermisst. Liegengelassen, geschunden, gehegt, voller Erinnerungen, edel und vornehm, dreckig und zerschlissen – all das können sie sein: Handschuhe! Man braucht sie für tausend verschiedene Dinge, und so unterschiedlich ihre Einsatzgebiete sind – bei der Müllabfuhr, in der Oper, auf der Baustelle, im OP, in der Kälte, auf der Hochzeit – sie sind immer, immer als das zu erkennen, was sie sind: Handschuhe.

Victoria Wittek hat Handschuhe und ihre wahren Geschichten gesammelt, sie hat sie katalogisiert, fotografiert, in die Sonne gestellt, in Rahmen gespannt, sie gezeichnet und angemalt, sie in Silber gegossen und im Computer verzerrt. Die Vielfalt der Fingerkleider hat sie damit nicht nur interpretiert, sondern auch erweitert. Mit schönen, geheimnisvollen, witzigen und manchmal auch traurigen Worten hat Traudi Schlitt ihren Bildern von Handschuhen Ausdruck verliehen. Worte und Bilder ergeben ein Kaleidoskop an Handschuh-Impressionen.

Wozu? Zur Inspiration, zur Muße. Zum Fühlen. Zur Unterhaltung und vielleicht auch zur Wertschätzung eines oft unterschätzten Begleiters, den man hier mit neuen Augen sieht.

„Handschuhgeschichten" ist ein selbstgemachtes Kunstwerk, das Freude macht. Es gibt es mit oder ohne silbernen Handschuh.

ISBN: 9783929359275

Preis: 39,-- Euro (ohne Schmuck), 52,-- Euro (mit Schmuck)

Erhältlich nur bei Victoria Wittek und Traudi Schlitt

Traudi Schlitt wurde 1967 im osthessischen Fulda geboren und wuchs in dem kleinen Dorf Heubach glücklich mit zwei Geschwistern inmitten eines EDEKA-Ladens auf, wo sie sich bevorzugt hinter der Wursttheke und vor dem Süßigkeitenregal aufhielt. Seit vielen Jahren lebt sie mit Mann, Kindern, Hund und Schwiegermutter in Alsfeld im Vogelsberg und freut sich fast jeden Tag ihres Lebens. An den anderen Tagen versucht sie es zumindest. Sie ist begeisterte Alsfelderin, Kleinstädterin, Vereinsmeierin. Sie liebt es, in ihrem Städtchen unterwegs zu sein, Menschen zu treffen und Ideen für ihre Kolumnen und ihren Krimi zu sammeln.

Vier Bücher mit Kolumnen sind bisher erschienen, und auch an den Festschriften zum 500. Geburtstag des Rathauses und zum 800-jährigen Bestehen der Stadt Alsfeld hat sie mitgewirkt.

Mit „Tod im Beinhaus" legt sie ihren ersten Alsfeld-Krimi vor.

Neues von Traudi Schlitt gibt es (fast immer) alle zwei Wochen auf ihrer Website www.traudi-schlitt.de.

Wer ihre Kolumnen als Newsletter abonnieren möchte, der kann dies tun unter info@traudi-schlitt.de